Jumping Heart

NEVER GIVE UP

Impressum

Chloe Jackson
c/o Barbara's Autorenservice
Tüttendorfer Weg 3
24214 Gettorf

Lektorat & Korrektorat: Rohlmann und Engels
Cover: Marie Graßhoff

Für alle, die niemals aufgeben.

Playlist

Calvin Harris – Feel so close (Benny Benassi Remix)
Ellie Goulding – Beating Heart
Tom Odell – Another Love (Zwette Edit)
Hans Zimmer – Mountains (Interstellar Soundtrack)
Alle Farben – Bad Ideas
Tom Walker – Leave a Light on
Galantis – Runaway (U&I)
Ellie Goulding – Lights
Ed Sheeran - Perfect
Katy Perry – Dark Horse
Robin Schulz & Richard Judge – Show me Love
Calvin Harris – C. U. B. A.

1. Kapitel

Jane

Angstschweiß bildet sich in meinem Nacken und mein Blick huscht unruhig durch die große Halle. Ich stehe an der Stirnseite mit dem Pferd meines Trainers und warte darauf, dass er wieder zurückkommt. Überall sind laute Rufe anderer Turnierteilnehmer sowie das aufgeregte Wiehern von Pferden zu hören. Abwesend streiche ich mit einer Hand den Hals des Pferdes. Ich drehe mich etwas zur Seite, um Cajou genauer zu betrachten. Dessen Nüstern sind vor Aufregung weit aufgebläht und in den Augen erkenne ich das Weiße. Aufgeregt bewegen sich seine Ohren.

Panik schnürt mir die Kehle zu, wenn ich daran zurückdenke, zu was dieses Pferd im stande ist. *Wir sollten nicht hier sein*, schießt es mir durch den Kopf, bevor Cajou versucht, sich loszureißen. Nur mit Mühe kann ich ihn festhalten. »Ruhig, Cajou. Gleich geht es los«, sage ich zu ihm, doch er reagiert nicht auf meine Stimme.

Ich atme erleichtert aus, als ich bemerke, dass Landon, mein Chef und Trainer in einem, auf mich zukommt. Er steckt in seinen weißen Reithosen, einem roten Jackett sowie blank geputzten, schwarzen

Lederstiefeln. Grinsend grüßt er ein paar der anderen Reiter und bleibt dicht neben mir stehen.

»Na, war er brav?«, fragt er mich, obwohl er weiß, dass dem nicht so ist. Deshalb prangt auch oberhalb Cajous Schweifs eine rote Schleife. So erkennen die anderen Reiter, dass man ihm nicht zu dicht aufreiten sollte, da er sonst mit seinen Hufen nach hinten ausschlägt.

»Den Umständen entsprechend«, antworte ich wortkarg. Angespannt sehe ich Landon dabei zu, wie er seine Steigbügel einstellt und den Sattelgurt ein Loch fester zieht.

»So schlimm?«, fragt er mich belustigt und ich rolle als Antwort mit den Augen. »Schon gut, war nur Spaß«, wiegelt er ab und klopft mir auf die Schulter.

»Bist du sicher, dass du heute reiten willst? Er kommt mir noch einen Ticken nervöser vor als sonst.« Unsicher kaue ich auf meiner Unterlippe herum, während ich erneut Cajou mustere. Sein braunes Fell glänzt vor Schweiß, da er sich wie verrückt aufgeregt hat. Dabei habe ich ihn nur vom Hänger heruntergeholt, geputzt, gesattelt und ein wenig herumgeführt, bis Landon gekommen ist. Auf gar keinen Fall würde ich mich auf dieses Pulverfass setzen.

Ein wehmütiger Gedanke erfasst mich, als ich an mein eigenes Pferd zurückdenke, welches das genaue Gegenteil von Cajou war. Vor knapp vier Monaten ist es bei einem tragischen Weideunfall gestorben. Seitdem bin ich nicht mehr geritten, obwohl ich es schmerzlich vermisse. Doch ohne Soraya ist es nicht dasselbe. Wir waren ein Team, haben uns blind vertraut und sind im Turniersport erfolgreich gewesen. Allerdings ist das Geschichte. Ein regnerischer Tag hat ausgereicht, um dieses Glück für immer zu zerstören. Nie werde ich vergessen, wie qualvoll sie gewiehert hat, als ihr linkes Vorderbein gebrochen ist.

»Ach, Quatsch. Cajou ist so aufgeregt wie immer. Das bildest du dir ein«, antwortet Landon auf die ausstehende Frage und reißt mich somit aus meinen Gedanken. »Ich mache ein paar Sprünge zum Aufwärmen. Kommst du mit zum Abreiteplatz?«

Ich mustere ihn kurz, bevor ich nicke. Er sieht heute blass im Gesicht aus, aber das liegt womöglich an der Aufregung. Er fährt sich mit einer Hand über seine schwarzen Haare, bevor er den Reithelm aufsetzt und ich beim Aufsteigen Cajou halte. Mir fällt auf, dass seine Reithosen ziemlich locker an seiner schmalen Gestalt sitzen, und ich frage mich, ob er abgenommen hat. Aber vielleicht täusche ich mich auch. Kaum dass er im Sattel ist, steigt Cajou plötzlich. Ich kann noch zur Seite springen, bevor mich ein Huf trifft.

»Alles okay?«, fragt Landon besorgt, nachdem Cajou wieder mit allen vier Hufen auf den Boden zurückgekehrt ist. Ich nicke und spüre, wie mir mein Herz bis zum Hals schlägt. Dieses Pferd ist verrückt!

Landon schaut mich noch einmal prüfend an und reitet anschließend zum Abreiteplatz, der sich in der riesigen Eventhalle befindet. Dort macht man ein paar Sprünge als Vorbereitung für den Parcours.

Ich folge ihm mit großem Abstand. Gleichzeitig sehe ich mich ein wenig um. Zahlreiche Reiter sowie ihre Helfer säumen die Halle im abgesperrten Bereich, der für Zuschauer nicht zugänglich ist. Kein Wunder, heute ist der Riders Cup von Birmingham. Die Besten der Besten treffen sich hier und liefern sich ein Turnier der Superlative.

Wehmut erfasst mich, sobald ich daran denke, dass meine Teilnahme auch geplant war. Soraya und ich hätten mit Sicherheit eine gute Runde abgeliefert. Ich schüttle mit dem Kopf, um diese Gedanken zu vertreiben. Einen Moment später bleibe ich an der Absperrung zum Abreiteplatz stehen.

»Was ist das denn für ein Gaul?«, fragt jemand aufgebracht neben mir. Ich presse die Lippen zusammen, als ich merke, dass es um Cajou geht. Wie immer. Egal, bei welchem Turnier wir teilnehmen, Cajou ist das Gesprächsthema Nummer eins.

Dabei ist an ihm rein äußerlich nichts auffällig. Er ist ein brauner Fuchs mit gleichfarbiger Mähne und Schweif. Cajous Kopf ist etwas klein und sein Hals zu kurz, weshalb er bereits früh kastriert wurde, da man ihn für die Zucht nicht geeignet hielt. Was für ein Fehler, denn sein Talent ist einzigartig. Dieses Pferd kann jedes Hindernis, egal, wie hoch, überspringen. Zumindest, wenn es will. Das wiederum ist der kritische Punkt bei Cajou. An dem einen Tag springt er wie ein Gott und an dem nächsten scheut er vor dem kleinsten Hindernis.

Hinzu kommt seine Aggressivität und Nervosität. Dieses Pferd ist und bleibt ein einziges Rätsel.

Ich beobachte Landon dabei, wie er versucht, Cajou unter Kontrolle zu bekommen. Wieder einmal steigt er. Zudem wiehert er wie verrückt und scheucht die anderen Pferde auf.

Nach ein paar Augenblicken hat er sich glücklicherweise beruhigt. Landon beginnt langsam, mit ihm zu traben. Ich beobachte die Beiden, bis ein anderer Reiter, der mit seinem Pferd auf den Platz geritten kommt, meine Aufmerksamkeit auf sich zieht.

Meine Miene verfinstert sich, als ich ihn erkenne. Eingebildet wie immer sitzt er auf seinem imposanten, schwarzen Rappen. Als würde er meinen Blick spüren, sieht er zu mir und nickt mir mit einem falschen Grinsen im Gesicht zu. Wie ich Sven Sorrenson hasse. Seitdem ich mich zurückerinnern kann, sind wir Konkurrenten.

Widerwillig muss ich zugeben, dass dieser arrogante Schnösel gut ist beim Springreiten.

Es versetzt mir einen Stich, ihn hier zu sehen. Ich sollte heute gegen ihn antreten, aber nein … Sorayas Tod schmerzt mich so sehr, dass ich meinen Blick von ihm abwende.

Sven hat mir, eine Woche nachdem der Weideunfall passiert ist, gesagt, dass ich ohne dieses Pferd sowieso keine Chancen mehr habe. Obwohl ich es nicht zugeben will, fürchte ich, er hat recht. Soraya war meine Chance, in der Reiterelite ganz oben mitzumischen, doch das ist jetzt vorbei. Kein Pferd kann sie ersetzen, weshalb ich es gar nicht erst versuche. Da reite ich lieber nicht mehr.

»Jane? Hallo?« Mein Kopf ruckt hoch. Landon steht mit Cajou vor mir und zeigt auf die zwei Hindernisse hinter sich. »Kannst du mir einen Steilsprung aufbauen?«, bittet er mich.

»Klar.« Ich husche unter der Absperrung hindurch und stelle ihm den Sprung hüfthoch auf. Als Steilsprung bezeichnet man ein Hindernis, bei dem eine oder mehrere Stangen übereinander aufgelegt werden. Je nach Leistungsklasse variiert der Schwierigkeitsgrad in der Höhe.

Einen Augenblick später kommt Landon im Galopp angeritten und springt ohne Probleme drüber. Er wiederholt das zweimal, bis ich das Hindernis erhöhe.

Ein Lächeln bildet sich auf meinem Gesicht, während ich Landon und Cajou miteinander beobachte. Heute ist, entgegen dem bisherigen Eindruck, offenbar doch ein guter Tag. Cajou springt leichtfüßig darüber und scheint Spaß bei der Sache zu haben. Kann dieses Pferd nicht immer so drauf sein?

Ich sehe den Beiden weiterhin zu und verliere mich ein wenig in meinen Gedanken. Landon ist mittlerweile seit zwei Jahren mein Trainer, bester Freund und Chef in einem. Ich helfe bei ihm im Stall aus und reite seine Pferde, zumindest habe ich das bis vor vier Monaten gemacht. Jetzt longiere ich sie bloß noch.

Außerdem hat er mir dreimal die Woche Springunterricht gegeben und ich ahne, dass mich viele darum beneideten. Er ist mit seinem Olympiasieg vor vier Jahren zu einer Legende geworden. Niemand hat damit gerechnet, dass ein Einundzwanzigjähriger die Goldmedaille holt. Genauso, wie niemand damit rechnet, dass er Cajou irgendwann unter Kontrolle bekommt. Aber er wird es schon noch allen zeigen.

Zudem wollte vor zwei Jahren niemand Cajou kaufen. Nur Landon hat in ihm frühzeitig das Talent erkannt. Jetzt, zwei Jahre später, bereuen es alle, den Kauf ausgeschlagen zu haben. Ganz besonders Sven Sorrenson und sein Vater, denn die Beiden wollen immer die besten Pferde im Stall haben.

Ich denke nicht weiter über Vergangenes nach, sondern baue den Beiden einen Oxer auf. Dabei handelt es sich um einen doppelten Steilsprung. Währenddessen ignoriere ich Svens Blicke, die sich förmlich in mich bohren, und sehe Landon und Cajou nach dem Aufbauen zu, wie sie auch dieses Hindernis leichtfüßig überwinden.

»Das reicht, Jane. Wie viele Starter kommen noch vor mir?«, ruft er mir zu.

»Drei.« Er nickt und reitet daraufhin Richtung Turnier. Während ich den Beiden folge, versuche ich, meinen rasenden Puls und die Aufregung tief im Inneren unter Kontrolle zu bekommen. Hoffentlich kann er heute allen zeigen, was er draufhat, und die Blamage von letzter Woche wettmachen.

2. Kapitel

Sven

Belustigt sehe ich Landon dabei zu, wie er versucht, sein Pferd ruhig zu halten. Er wartet am Eingang darauf, dass er einreiten kann, doch sein verrückter Gaul denkt nicht daran, still stehen zu bleiben. Er tänzelt hin und her, schnaubt laut und wippt mit den Vorderhufen auf und ab, als möchte er gleich wieder steigen. Landon, dieser Idiot. Hätte er Cajou lieber mal meinem Vater verkauft. Ich würde es mit dem Pferd sowieso viel weiter bringen als er.

Dieses Pferd braucht keinen Reiter, der es nur tätschelt und lobt, wenn es sich doch mal dazu entschließt, ein Hindernis zu überspringen. Nein, es braucht jemanden, der ihm einen strukturierten Ablauf vorgibt und nicht jedes Mal klein beigibt.

Ich stelle mich mit etwas Abstand hinter die zwei und beobachte weiter das Treiben. Zwar habe ich noch fünf Starter vor mir und könnte mehr Sprünge zum Aufwärmen reiten, aber die Blamage, die Landon Sticks mit Sicherheit gleich zeigen wird, will ich auf gar keinen Fall verpassen.

»Hast du nichts Besseres zu tun, als uns anzuglotzen?«, blafft mich jemand von der Seite an und ich wende den Blick mit hochgezogener Augenbraue von Landon ab. Jane Walker steht neben meinem Pferd und mustert mich abschätzig.

»Ich wüsste nicht, dass dich das etwas angeht«, zische ich zurück.

Sie schnaubt und schüttelt mit dem Kopf, bevor sie sich abwendet und zu ihrem unfähigen Trainer zurückgeht. Mein Blick schweift über ihre sportliche Statur. Egal, wie sehr ich diese Frau verachte, heiß ist sie dennoch.

Jane wirft mir über die Schulter hinweg noch einen bösen Blick zu. Dabei fällt mir auf, dass ein nervöser Zug um ihre Mundwinkel liegt, der sie prompt älter wirken lässt als zweiundzwanzig.

Das nächste Reiterpaar reitet ein, sodass ich mich von Janes Anblick löse, da ich spüre, wie sich alles in mir vor Aufregung anspannt. Prompt beginnt auch mein Pferd Candy, nervös zu werden. Ich nehme kurz die Zügel an und sofort steht sie wieder still. Anders als Cajou. Der lässt sich kaum noch beruhigen und Jane steht etwas hilflos daneben.

»Dass die sich überhaupt hierher trauen«, spricht mich mein Vater von der Seite an und ich muss ein Lachen unterdrücken.

»Umso lustiger wird es doch für uns«, antworte ich und aus dem Augenwinkel sehe ich, wie er grinst. Er hat Landon damals ein großzügiges Angebot gemacht, um ihm Cajou abzukaufen, aber dieser Trottel wollte nicht.

Dabei weiß er genau, dass er mit diesem Pferd niemals siegreich sein und seinen Erfolg bei Olympia nicht wiederholen wird.

Doch wer nicht hören will, muss eben fühlen, denke ich mir und sofort habe ich die Bilder vor Augen, wie sich Landon letztes Wochenende beim Turnier blamiert hat.

Sein Pferd ist nicht galoppiert, sondern hat eher wilde Bocksprünge gemacht. Nicht einmal ein Hindernis konnte er mit ihm überspringen. Was für eine Schande. Und das im Profisport.

»Vielleicht haben wir heute genauso viel zu lachen wie letzte Woche«, sage ich an meinen Vater gewandt und er wendet seinen Blick von Landon ab, um zu mir zu schauen.

»Daran zweifle ich nicht. Aber ich will immer noch dieses Pferd! Unter dir könnte es zu einem Champion werden!«, beginnt er erneut die Rede, die ich mir täglich anhören muss. Mittlerweile ist es für ihn fast zu einer Besessenheit geworden, dieses Pferd zu bekommen. Aber was soll ich tun? Wir können Sticks das Pferd ja schlecht einfach wegnehmen. So viel Macht haben wir dann doch nicht, obwohl wir die bekannteste und erfolgreichste Reiterfamilie im Vereinigten Königreich sind.

Ursprünglich stammen meine Eltern aus Schweden und sind erst kurz vor meiner Geburt hierher ausgewandert. Mein Vater hat in Großbritannien damals die Möglichkeit bekommen, aktiv im Profisport mitzureiten. Was natürlich das Beste war, was er tun konnte. Hendrik Sorrenson kennt jeder, der etwas mit Pferden am Hut hat.

Landon reitet ein, nachdem der vorherige Reiter seinen Ritt beendet hat, und ich tippe mein Pferd mit den Fersen an, damit es ein paar Schritte nach vorne geht. Ich bleibe neben Jane stehen, doch sie scheint mich nicht zu bemerken. Ihre Aufmerksamkeit liegt einzig und allein auf Cajou und Landon. Schon des Öfteren habe ich mich gefragt, ob sie und Landon ein Paar sind. Obwohl ich es nicht will, verdüstert sich meine Miene bei diesem Gedanken.

»Als nächstes Reiterpaar begrüßen wir Landon Sticks und seinen fünfjährigen Wallach Cajou«, ertönt die Stimme des Moderators über die Lautsprecher und ich lehne mich nach vorn, um mehr zu sehen. Die Zuschauer klatschen und das Startzeichen wird gegeben.

Landon galoppiert an und Cajou macht prompt ein paar Bocksprünge. Erneut wiehert er laut, doch Sticks lässt sich davon nicht beirren. Konzentriert reitet er auf das erste Hindernis zu. Mühelos überwindet Cajou es und es wirkt, als wäre ein Schalter in dem Kopf des Pferdes umgelegt worden. Es springt, ohne zu bocken oder Widerwillen, und es sieht fast so aus, als würde Cajou über die Hindernisse fliegen. Fasziniert beobachte ich die beiden und muss einmal mehr zugeben, dass dieses Pferd ein geborener Springer ist. Es scheint ihm richtig Spaß zu machen. Zumindest heute.

Landon reitet auf das vorletzte Hindernis zu, das aus einer dreifachen Kombination besteht: drei Sprünge nacheinander, die jeweils nur einen Galoppsprung voneinander entfernt sind. Selbst von hier aus kann ich allerdings erkennen, dass Landon die Kurve zum ersten Hindernis zu steil nimmt. Der Abstand passt nicht, doch Cajou springt dennoch ab und überspringt es souverän. Jedoch landet er dadurch viel zu dicht vor dem zweiten Hindernis und hat nicht genug Schwung, um es zu überwinden.

Ich halte die Luft an, da ich ahne, was gleich passieren wird. Kurz hoffe ich noch, dass Landon Cajou herumreißt, damit er das Hindernis nicht springt, doch es ist zu spät. Wie in Zeitlupe läuft alles vor mir ab: Cajou versucht, irgendwie rüberzuspringen. Allerdings bleibt er mit den Vorderbeinen an der obersten Stange hängen und sie legt sich quer dazwischen. Er kommt aus dem Takt und knickt mit den Vorderbeinen beim Landen ein. Hilflos müssen wir mit ansehen, wie sich Cajou überschlägt. Landon wird aus dem Sattel katapultiert und fliegt in das dritte Hindernis hinein. Cajou landet halb auf ihm, springt jedoch sofort auf und galoppiert aufgeregt davon.

Ein paar Zuschauer schreien laut auf. Jane löst sich neben mir aus ihrer Starre und rennt auf den regungslosen Landon zu.

»Was zum …?«, murmelt mein Vater, doch ich beachte ihn gar nicht. Ich springe von Candy ab, drücke ihm die Zügel in die Hand und renne Jane hinterher.

Sie hockt sich neben Landon und schreit seinen Namen.

Wieso rührt er sich nicht?, frage ich mich panisch und bleibe hinter Jane stehen. Zwei Sanitäter tauchen auf und untersuchen Landon eilig, der sich immer noch nicht bewegt. Auch seine Augen sind nach wie vor geschlossen.

Ich nehme einen Moment später ein Kopfschütteln von einem der Sanitäter wahr. Das ist mir Antwort genug. Als ich Landon aufmerksamer ansehe, erkenne ich, dass sein Genick offenbar gebrochen ist. Sein Kopf ist in einem unnatürlichen Winkel zur Seite gebogen.

»Landon! Bitte!«, schreit Jane erneut und ich ziehe sie kurzerhand von ihm weg.

»Jane, ganz ruhig«, spreche ich sie an, doch sie windet sich in meinen Armen.

»Lass mich los! Ich muss ihm helfen!«

»Du kannst ihm nicht mehr helfen«, murmle ich leise und als sie meine Worte realisiert, sackt sie in meinen Armen zusammen. Sie presst sich an meine Brust und schreit ihren Schmerz heraus. »Es tut mir so leid, Jane«, flüstere ich ihr ins Ohr und halte sie tröstend fest.

Die entgeisterten und fassungslosen Blicke der Zuschauer sind immer noch auf Landon gerichtet, der eilig mit einem Tuch abgedeckt wird.

Der Moderator fordert die Menschen auf, die Halle langsam und geordnet zu verlassen, doch keiner rührt sich. Alle sind zu schockiert über das, was eben geschehen ist. Ich drücke Jane noch etwas fester an mich. Mein Blick schweift zu Cajou, der wild in der Halle umhergaloppiert und sich nicht einfangen lässt.

3. Kapitel

Jane

Vier Wochen später

Mit zitternden Fingern knöpfe ich meine weiße Bluse zu und ziehe mir eine Jacke über. Danach werfe ich einen letzten Blick in den Spiegel und erschrecke vor mir selbst. Dass ich beschissen aussehe, beschreibt es nicht mal ansatzweise.

Seit Landons Tod habe ich kaum die Wohnung verlassen oder mich um mein Äußeres gekümmert. Es ist, als wäre ich in ein tiefes, dunkles Loch gestürzt.

Wieso musste es ausgerechnet ihn treffen? Und warum so plötzlich? Ich konnte mich nicht mal von ihm verabschieden.

Ich presse die Lippen zusammen und zwinge mich, meine Tränen zurückzuhalten. Wenigstens heute will ich stark sein. Immerhin geht es um Landons Stall und seine Pferde. Bis jetzt weiß ich nicht, was damit wird, denn er hat keine Kinder, Frau oder Verwandte. Wer sollte den Hof also übernehmen?

Ich mit Sicherheit nicht. Schließlich reite ich nicht mal mehr. In den letzten vier Wochen habe ich die Arbeit mit dem Hof gerade so stemmen können. Das aber auch nur dank der Reiter im Stall sowie zahlreichen Helfern, die von seinem Tod gehört haben. Es wäre schön gewesen, wenn meine Eltern auch mit geholfen hätten, doch sie interessieren sich kaum für mich, sodass sie mir nur eine Trauerkarte geschickt haben. *Danke für nichts*, denke ich mir.

Hoffentlich wird die Testamentsverlesung mir wenigstens ein paar Antworten liefern. Vielleicht hat Landon ja irgendjemandem den Stall vererbt, obwohl ich nicht wüsste, wem.

Da rätseln nichts bringt, schnappe ich mir die Schlüssel von der Flurkommode und mache mich auf den Weg zum Anwalt.

Ein junger Mann sitzt bereits mit dem Rücken zu mir in dem Zimmer des Anwalts. Als er sich umdreht und mir kurz zunickt, stockt mir der Atem. Die Ähnlichkeit zwischen ihm und Landon ist deutlich zu erkennen. Die schwarzen Haare, die grünen Augen und das kantige Gesicht. Selbst das Alter dürfte das gleiche sein. Lediglich der Dreitagebart unterscheidet ihn von Landon. Ist er etwa sein Bruder? *Aber Landon hat nie etwas von einem erzählt,* denke ich mir und betrachte ihn unschlüssig.

»Schön, dass Sie hier sind, Ms Walker. Ich bin Mr Sparks. Wir hatten vor ein paar Tagen telefoniert«, begrüßt mich der Anwalt und reißt mich so aus meinen Gedanken. Ich lächle höflich, da ich zu mehr nicht in der Lage bin, und setze mich auf den zweiten, freien Stuhl vor seinem Schreibtisch. »Da wir nun vollzählig sind, können wir ja anfangen.« Ich hebe skeptisch eine Augenbraue und sehe mich in dem leeren Raum um. Nur dieser Mann und ich? Es kommen wirklich nicht mehr?

Schmerzlich wird mir bewusst, dass Landon tatsächlich nur seine Pferde hatte.

»Mr Sticks hat zum Glück ein Testament verfasst, sodass die Verteilung seines Eigentums geklärt ist. Ich würde dann ohne große Vorworte mit der Verlesung beginnen«, sagt der Anwalt in einem freundlichen Tonfall und schaut zwischen uns hin und her.

»Natürlich«, antworte ich, da dieses Landon-Double keine Anstalten macht, etwas zu erwidern. *Er hätte sich ja wenigstens mal vorstellen können,* denke ich mir, bevor mir jedoch einfällt, dass ich das ebenso wenig getan habe.

»Sehr gut«, fährt der grauhaarige Anwalt fort. »Ich, Landon Sticks, hinterlasse hiermit meinen Reitstall, meine Pferde, mein Vermögen sowie allen Grundbesitz meinem Bruder Flynn Sticks.«

»Was?«, entfährt es dem Mann neben mir.

Also lag ich mit meiner Vermutung richtig! Er ist tatsächlich Landons Bruder. Jedoch scheint er über dessen letzten Willen nicht besonders glücklich zu sein. Seine Augenbrauen sind zusammengezogen, sein

Gesicht hat ein wenig Farbe verloren und er sieht fassungslos drein.

»So steht es hier, Mr Sticks«, erklärt ihm der Anwalt.

»Was will ich mit seinem Stall? Seit Jahren haben wir nichts miteinander zu tun und jetzt …«

»Mr Sticks, Sie können das Erbe natürlich auch ablehnen«, unterbricht ihn der Anwalt und Flynn lehnt sich in seinem Stuhl zurück.

»Das werde ich auch. Ich habe nichts mit Pferden am Hut!«, blafft er und ich fühle mich unwohl in meiner Haut. Was mag bloß zwischen ihm und Landon vorgefallen sein, dass er ihn so verabscheut?

»Über Ihre weitere Vorgehensweise können wir ja nachher nochmal sprechen, Mr Sticks. Ich verlese erst einmal den Rest des Testaments.« Landons Bruder nickt genervt.

Der Anwalt sieht nun mich an und ich rutsche unruhig auf meinem Stuhl hin und her. Was soll Landon mir vermacht haben? Sein Bruder erbt alles, obwohl ich ehrlich gesagt froh darüber bin. Der Verantwortung bin ich nicht gewachsen.

»Meiner treuesten Freundin Jane Walker vermache ich mein Pferd Cajou, da ich weiß, dass sie diejenige sein wird, die aus ihm ein Siegerpferd macht«, liest Mr Sparks vor.

Meine Kinnlade klappt runter und ich starre den Anwalt fassungslos an. Das kann nicht sein Ernst sein!

Wieso vermacht Landon mir ausgerechnet dieses verrückte Pferd? Was soll das?

»Ms Walker, Sie haben, ebenso wie Sie, Mr Sticks, sechs Wochen Zeit, um sich zu überlegen, ob Sie das Erbe annehmen oder nicht«, spricht mich der Anwalt nach ein paar schweigsamen Sekunden an, da ich nicht in der Lage bin, zu antworten. Erneut vergehen einige Augenblicke, bevor ich spreche, ohne nachzudenken.

»Ich nehme es an.«

Was? Moment!, schreit die kleine Stimme in meinem Kopf und ich bin kurz davor, meine Aussage zu revidieren. Jedoch denke ich an Landon und weiß, dass ich ihm diesen letzten Wunsch nicht abschlagen kann.

Dieses Pferd bringt mich möglicherweise ebenso um wie Landon, denke ich mir finster und presse meine Lippen zusammen. Doch ein Rückzieher kommt nicht infrage. Landon wollte es so und er hat sich mit Sicherheit etwas dabei gedacht. Außerdem kann ich ja schlecht seinen letzten Willen ablehnen.

Der Anwalt erklärt uns, wie die Erbannahme abläuft, aber ich höre nur mit halbem Ohr hin. Erst Flynns Stimme reißt mich aus meiner Starre.

»Dann nehme ich eben auch dieses verfluchte Erbe an«, blafft er und ich schaue ihn erstaunt an. Er bemerkt meinen Blick und ich zucke innerlich zusammen, als ich für einen Moment Landon vor mir sitzen sehe. »Verkaufen kann ich es ja immer noch«, wendet er sich an mich.

»Sie können es sich nach wie vor überlegen, Mr Sticks«, unterbricht ihn der Anwalt, doch keiner von uns beiden reagiert auf seine Worte.

Stattdessen nicke ich und ein Lächeln bildet sich auf meinem Gesicht. Ich bin froh, dass Landons Bruder es zumindest versucht.

»Gut, dann sind wir uns ja sehr schnell einig geworden. Mr Sticks, ich habe noch einige Papiere hier für Sie, die Sie sich ansehen müssten«, wendet der Anwalt sich an Flynn. Er streckt ihm ein paar Dokumente hin, bevor er zu mir schaut. »Ms Walker, Sie können sich nach wie vor umentscheiden, ob Sie das Erbe annehmen oder nicht. Sollte ich innerhalb von sechs Wochen nichts von Ihnen hören, gilt das Erbe jedoch als angenommen. Wenn Sie möchten, können Sie jetzt gehen. Wir haben dann schon alles geklärt.«

Ich nicke und stehe mit wackligen Beinen auf. »Vielen Dank, Mr Sparks«, verabschiede ich mich. Flynn sieht zu mir, doch ich bringe kein Wort hervor. Ich nicke ihm lediglich erneut zu und er erwidert es. Wenn er das Erbe tatsächlich annimmt, werden wir uns in nächster Zeit sowieso öfter begegnen. Der Anwalt bringt mich zur Tür und bevor ich gehe, drehe ich mich noch einmal aus einem Impuls heraus zu ihm um.

»Mr Sparks, wann wurde dieses Testament aufgesetzt?«

Freundlich lächelt er mich an. »Darüber darf ich Ihnen keine Auskunft geben, Ms Walker. Ich kann Ihnen nur sagen, dass Mr Sticks es noch nicht lange aufgesetzt hatte«, erklärt er mir. Ich lasse mir nichts anmerken, sondern bedanke mich und gehe eilig nach draußen.

Ich brauche dringend frische Luft, um einen klaren Kopf zu bekommen. Warum hat mir Landon diesen verrückten Gaul vermacht, obwohl ich seit Monaten nicht mehr reite? Und die noch größere Frage lautet: Wieso hatte er überhaupt ein Testament? Er war gerade mal fünfundzwanzig Jahre alt. Da denkt man doch noch nicht über so etwas nach!

Ich schließe meine Jacke, als der kalte Wind mich vor dem Büro des Anwalts empfängt, und verschiebe das Nachdenken auf später.

4. Kapitel

Sven

Ich steige von Candy ab und wische mir mit dem Handrücken über die Stirn. Irgendwie lief heute nichts, wie es sollte, aber so geht es bereits die letzten Wochen. Genau genommen seit dem Turnier, bei dem Landon gestorben ist. Ich sehe immer noch seinen verdrehten Hals und Jane, die sich hilflos an ihn klammert, vor mir.

Ich reibe mir mit der flachen Hand über das Gesicht, um diese dunklen Gedanken zu vertreiben. *Es war ein tragischer Unfall. So etwas passiert nun mal*, sage ich mir selbst.

Candy schnaubt neben mir und ich streichle ihr über den Hals. Anschließend nehme ich die Zügel herunter, um sie aus der Reithalle zu führen. Kaum habe ich sie in die Box gebracht, taucht mein Vater im Stallgang auf.

»Sven!«, ruft er, obwohl ich ihn längst wahrgenommen habe.

»Hmm«, brumme ich, drehe mich jedoch nicht um. Stattdessen nehme ich die Trense von Candys Kopf sowie den Sattel von ihrem Rücken. Ich trete aus der Box, um das Sattelzeug davor aufzuhängen, und schaue meinen Vater heute das erste Mal genau an. »Was gibt es?«, frage ich ihn, da er nichts sagt.

»Lief heute schlecht, was?«

Statt zu antworten, nehme ich mir eine Abschwitzdecke, die ich bereits neben die Box gelegt habe, und breite sie auf Candys Rücken aus. Ich streiche ihr über den Kopf, bevor ich die Boxentür schließe und mich wieder meinem Vater zuwende.

»Redest du nicht mehr mit mir, Junge?«, herrscht mein Vater mich an.

»Was soll ich schon sagen? Ja, es lief scheiße heute. Aber ich bin derzeit einfach mit den Gedanken woanders«, erkläre ich halbherzig.

Mein Vater atmet laut aus und mustert mich prüfend. »Dann wird es Zeit, dass du dich endlich mal wieder konzentrierst. In zwei Wochen steht das nächste Turnier an.«

»Ich weiß.«

»Gut«, murmelt er, bevor er einen Schritt nach vorne macht und zwischen den Gitterstäben zu Candy hineinsieht. Ich beobachte ihn dabei und frage mich, warum er jetzt hier auftaucht. Normalerweise hat er viel mit der Buchhaltung des Hofes zu tun, sodass er fast nie im Stall anzutreffen ist.

»Weswegen bist du hier?«, frage ich ihn direkt, da ich keine Lust habe, um den heißen Brei herumzureden.

»Immer gerade heraus, was, Sven?«

»Dad«, brumme ich und er hebt seine Hände.

»Schon gut. Ich will, dass du zu Sticks Stall fährst und dort ein Angebot machst, um Cajou abzukaufen. Wie ich nämlich erfahren habe, hat dieser Trottel Landon das Pferd an Jane Walker vererbt. Wenn du mit ihr persönlich redest, kannst du sie bestimmt von einem Verkauf überzeugen.«

Mir stellt sich eine Gänsehaut auf, während er so herablassend über einen toten Menschen spricht. Ich habe Landon ebenfalls nie gemocht, aber muss ich deshalb so über ihn reden? Ganz sicher nicht.

»Woher weißt du das alles?«, frage ich ihn stattdessen, da es nichts bringt, ihn darauf hinzuweisen.

Mein Vater winkt bloß ab und verschränkt die Arme vor der Brust. »Ist egal. Kümmere dich einfach darum. Ich will dieses Pferd!«

Er wirft mir einen missmutigen Blick zu, bevor er den Stall verlässt. Ich weiß nicht, warum er unbedingt Cajou will. Wir haben selbst genug Pferde hier, die das Zeug zum Champion hätten. Gut, Cajou ist ein Ausnahmetalent. Aber ob man jemals seinen Charakter unter Kontrolle bekommen könnte, ist die große Frage, und da hege ich mittlerweile große Zweifel.

Bevor jedoch mein Vater deshalb wieder einen Streit anfängt, bringe ich Candys Ausrüstung in die Sattelkammer und mache mich auf den Weg zu meinem Auto. Vielleicht lässt Jane ja mit sich reden und sieht ein, dass ich dieses Pferd womöglich eher zähme als sie.

Jane

Mit schwitzigen Händen, einem Kloß im Hals und Schweißperlen auf der Stirn sitze ich Landons Bruder Flynn gegenüber. Seit zwei Tagen gehört ihm offiziell der Hof und er kam heute Morgen auf mich zu, um mit mir über ein paar *Änderungen*, wie er es genannt hat, zu sprechen.

Mittlerweile habe ich mir die schlimmsten Horrorszenarien ausgemalt. Am wahrscheinlichsten ist wohl, dass er mir kündigen wird. Wofür braucht er mich schon? Ich reite nicht mehr, aber Landons Pferde brauchen jemanden, der es tut. Da ist es nur logisch, dass ich ersetzt werde.

Oder er hat sich dazu entschieden, die Pferde sowie die Ländereien und den Hof zu verkaufen. Es würde mir in der Seele schmerzen, aber ich könnte ihn auch verstehen.

Ich mustere Flynn, während ich darauf warte, dass er das Wort ergreift. Er sieht Landon wirklich verdammt ähnlich. Mein Herz krampft sich zusammen und ich verdränge den Gedanken an ihn schnell. Sein Tod ist noch viel zu frisch und auf gar keinen Fall möchte ich vor Flynn in Tränen ausbrechen.

»Jane?«

Ich zucke zusammen und mein Kopf ruckt nach oben. Offenbar war ich so in Gedanken, dass ich gar nicht realisiert habe, dass Flynn mich angesprochen hat.

»Sorry«, murmle ich und spüre, wie meine Wangen sich rot färben.

»Schon gut.« Mein Hals schnürt sich zu, sodass ich kein Wort herausbringe, sondern ihn stattdessen anstarre. »Landon hat ein ziemliches Vermögen angehäuft, aber ich will nicht verschwenderisch damit umgehen. Deshalb halte ich es für das Beste, wenn wir von den zwölf Pferden, die er selbst besessen hat, sechs verkaufen. Ich möchte, dass du mir eine Liste erstellst, welches Pferd bleiben soll und welches nicht. Danach mache ich mich auf die Suche nach Käufern«, erklärt er mir und ich setze mich prompt aufrechter hin.

»Du willst sechs seiner Pferde verkaufen?«, frage ich und starre ihn schockiert an.

»Sollte ich denn alle behalten?«, stellt er mir als Gegenfrage und ich presse die Lippen zusammen. »Hör mal, Jane. Für mich ist das alles hier neu und ich muss wirtschaftlich denken. Ich könnte zwar locker alle zwölf Pferde hier lassen, aber ich reite selbst nicht, also nützen sie mir nichts. Ich will die sechs besten behalten, um sie vielleicht groß rauszubringen. Die Pferde, die nicht so viel Potenzial haben, müssen leider gehen.«

Ich nicke, da er recht hat. Dennoch schmerzt es mich, Pferde von Landon zu verkaufen. Er hat jedes einzelne davon geliebt und sich bestens um sie gekümmert.

»Die sechs Boxen, die somit frei werden, werde ich an Pensionspferde vermieten«, fährt er fort. »Landon hat auch Reit- und Springunterricht gegeben, nicht wahr?«

»Allerdings hat er nur drei Leute unterrichtet. Dreimal die Woche kam ein Trainer und hat sich um die anderen, die ebenfalls Reitunterricht nehmen wollten, gekümmert.«

»Das können wir so beibehalten. Dann müsstest du bitte die übernehmen, die sonst Landon unterrichtet hat.«

Erstaunt sehe ich Flynn an. »Du kündigst mich nicht?«, frage ich verblüfft, da ich damit fest gerechnet hatte.

»Sollte ich?«, fragt er ohne jede Gesichtsregung und ich schüttle sofort mit dem Kopf. »Du bist früher Landons Pferde geritten, oder?« Bevor ich antworten kann, fährt er fort: »Der Stalljunge hat mir davon erzählt, dass du mehrmals am Tag seine Pferde bewegt hast, es aber seit einem knappen halben Jahr nicht mehr tust. Darf ich fragen, wieso?«

Ich seufze und bin froh, dass Connor, unser Stalljunge, ihm zumindest nicht die ganze Geschichte erzählt hat. Er würde es wahrscheinlich eh nicht verstehen. »Ich habe meine Gründe«, antworte ich ausweichend und Flynn hebt eine Augenbraue.

»Aha. Dann solltest du diese Gründe schnellstens beseitigen, denn ich brauche jemanden, der die Pferde reitet. Ansonsten müssen wir uns doch nochmal über deine Zukunft hier unterhalten.«

Mein Herz setzt einen Schlag aus, als er all das so nüchtern von sich gibt.

»Flynn, ich … Ich kann nicht.«

»Doch, du kannst. Ich gebe dir eine Woche Zeit.«

Ich nehme meine Hände vom Tisch und kralle die Finger in die Oberschenkel, um nicht gleich loszuheulen. Verdammt, ich weiß ja, dass er recht hat. Dennoch schmerzt es.

»Okay, ich versuche es«, willige ich ein, obwohl ich mir selbst nicht so sicher bin, ob ich es wirklich tun werde. Andererseits möchte ich auf gar keinen Fall diesen Job verlieren.

»Dann haben wir eigentlich alles, bis auf eine Sache.« Ich horche auf und sehe ihn fragend an. »Cajou«, sagt er nur und ich fühle, wie sämtliche Farbe aus meinem Gesicht weicht.

Die letzten zwei Tage hatte ich erfolgreich verdrängt, dass Landon mir dieses Pferd vererbt hat. Bisher habe ich noch nicht einmal nach ihm geschaut. Ich kann einfach nicht. Sobald ich Cajou betrachte, sehe ich Landons Sturz vor mir und wie er anschließend regungslos dalag.

»Was willst du mit ihm machen? Verkaufen? Behalten?«, fragt Flynn mich, da ich nicht auf seine Worte reagiert habe.

»Ich weiß es noch nicht«, antworte ich ehrlich, da ich mir tatsächlich keinerlei Gedanken darüber gemacht habe.

»Der Stalljunge hat mir erzählt, dass Cajou wohl ziemlich wild und unberechenbar wäre. Du kannst dir stattdessen gerne eins von Landons Pferden aussuchen und verkaufst ihn. Das wäre mir auch recht«, schlägt er vor.

»Danke, Flynn. Ich denke darüber nach.« Kurz frage ich mich, ob er überhaupt weiß, dass Landon bei einem Ritt mit Cajou gestorben ist. Vielleicht ist es besser, wenn ich ihm nichts davon erzähle.

»Gut, dann ist ja alles geklärt.« Flynn steht auf und ich ebenfalls.

»Darf ich dich noch etwas fragen?« Er nickt und ich streiche mir nervös eine Strähne hinter das Ohr. »Wieso ziehst du hierher, obwohl du doch nichts mit Pferden zu tun hast?«

Das erste Mal, seitdem ich Flynn nun kenne, bildet sich ein kleines Lächeln auf seinem Gesicht. »Ich habe vorher in Winchester gewohnt und dort hat mich eigentlich nichts mehr gehalten. Außerdem hätte ich es nie über das Herz gebracht, Landons Stall einfach so zu verkaufen. Ich weiß, dass ihm die Pferde viel bedeutet haben, und auch wenn wir lange keinen Kontakt mehr hatten, bin ich ihm das irgendwie schuldig.«

Ich lächle nun ebenfalls und bin froh, dass er mir meine direkte Frage nicht übel genommen hat. »Danke für deine Ehrlichkeit. Ich war nur etwas neugierig.«

»Schon gut und jetzt sieh zu, dass du wieder aufs Pferd kommst. Ich möchte dich ungern in einer Woche kündigen«, sagt er leichthin und verlässt das kleine Büro, bevor ich etwas erwidern kann.

Ich atme einmal tief durch und öffne anschließend die Tür nach draußen. Meine Miene verfinstert sich, als ich den protzigen, schwarzen SUV auf dem Parkplatz vor dem Stall stehen sehe. Sven ist hier und ich ahne auch schon, warum.

5. Kapitel

Jane

Sven steigt aus seinem Auto aus. Als er meinen Blick bemerkt, lächelt er selbstgefällig. Was für ein arroganter Mistkerl. Ich gehe auf ihn zu, um die Begegnung so schnell wie möglich hinter mich zu bringen. Er lehnt sich derweil an sein Auto und verschränkt die Arme vor der Brust. Wie immer steckt er in einer engen, blauen Reithose sowie in einer schwarzen Jacke, die an seinen Schultern spannt. Wäre er nicht so eingebildet, würde ich ihn sogar als gut aussehend bezeichnen, aber sein Charakter zerstört die äußerliche Schönheit fast komplett.

»Was willst du hier, Sorrenson?«, frage ich und bleibe mit etwas Abstand vor ihm stehen. Sven stößt sich von seinem Auto ab und kommt auf mich zu. Obwohl es mir schwerfällt, weiche ich nicht zurück, auch wenn wir nur noch einen Schritt voneinander entfernt sind.

»Hallo Jane. Nett von dir, dass du mich gleich am Auto abholst.« Ein Grinsen breitet sich auf seinem Gesicht aus und ich unterdrücke den Impuls, mit den Augen zu rollen. Die Grübchen, die sich bei seinem Lächeln bilden, ignoriere ich geflissentlich, genau wie den Klang seiner Stimme, wenn er meinen Namen ausspricht.

»Weshalb bist du hier?«, frage ich erneut und gehe nicht auf sein Geplänkel ein. Ich habe keine Lust, so zu tun, als wären wir Freunde. Denn das sind wir nicht. Ganz und gar nicht.

»Ich wollte nur mal sehen, wie es dir geht. War immerhin eine ganz schön schwere Zeit für dich.« Ein mitfühlender Ausdruck zeigt sich auf seinem Gesicht und für einen Moment kaufe ich ihm das sogar ab.

»Aus welchem Grund bist du *wirklich* hier?«

Sven seufzt und geht einen Schritt zurück, sodass endlich wieder mehr Abstand zwischen uns besteht. »Sei doch nicht gleich so, Jane. Ich weiß, dass es für dich ein harter Schicksalsschlag war. Ich bin nicht hier, um mich darüber lustig zu machen oder so zu tun, als wäre es halb so schlimm. Landon mochte ich zwar nicht, dennoch muss ich zugeben, dass er ein erfahrener Reiter war und so einen Tod nicht verdient hat. Er war einer von der guten Sorte, genau wie ich. Auch wenn du das nicht einsehen willst.«

Erstaunt mustere ich Sven, da ich mit solchen Worten nicht gerechnet hatte. Womöglich steckt in seiner arroganten Schale weitaus mehr, als ich bisher annahm.

»Danke«, murmle ich, da sich ein Kloß in meinem Hals gebildet hat.

»Also, was wird jetzt aus dem Stall?«, fragt er mich und sieht sich kurz um.

»Landons Bruder übernimmt den Hof sowie die Pferde. Wie ihm das gelingt, wird sich zeigen.«

»Hm«, brummt Sven und schaut wieder mich an.

»Du bist hier wegen Cajou, nicht wahr?«, spreche ich das Offensichtliche an.

Er seufzt, fährt sich durch die blonden Haare und nickt. Wusste ich es doch!

»Ich verkaufe ihn nicht.«

»Jane …«

»Du bist umsonst gekommen, Sven.«

»Aber …«

»Kein Aber«, unterbreche ich ihn erneut und funkle ihn wütend an.

»Warum gestehst du dir nicht selbst ein, dass ich der bessere Reiter für dieses Pferd wäre? Ich kenne mich mit Pferden wie Cajou aus und könnte mit ihm bis an die Spitze reiten.«

Sofort sehe ich bei seinen Worten rot. »Willst du mir etwa sagen, dass ich nicht das Zeug dazu habe, um ganz oben mitzumischen?«, fauche ich ihn an und gehe nun meinerseits einen Schritt auf ihn zu.

Sven verliert offenbar langsam seine Geduld, denn er verschränkt die Arme vor der Brust. »Mit Soraya hättest du es schaffen können, aber so … Nein, das wird nichts. Du glaubst doch nicht etwa, dass du mit

Cajou klarkommen wirst, oder?«, blafft er zurück und ich spüre, wie mein Puls anfängt, zu rasen. Am liebsten würde ich ihm eine Ohrfeige geben, um etwas von der angestauten Wut in mir loszuwerden, doch stattdessen hebe ich nur eine Augenbraue.

»Du wirst schon noch sehen, Sven.«

Er lacht laut auf und schüttelt anschließend mit dem Kopf. »Ist das dein Ernst? Hör mal, ich mache dir ein gutes Angebot für Cajou, und glaub mir, du wirst es nicht bereuen.«

»Die Antwort lautet Nein. Egal, wie viel. Also kannst du jetzt wieder gehen.«

»Was willst du mit ihm? Du reitest doch sowieso nicht mehr«, sagt er und trifft dabei meinen wunden Punkt.

»Was hast du gerade gesagt?«, zische ich.

»Dass du sowieso nicht mehr reitest. Cajous Talent ist viel zu gut, um es so zu vergeuden.«

Sven schaut herausfordernd und nur mit Mühe kann ich mein Temperament kontrollieren. »Es ist, glaube ich, besser, wenn du jetzt gehst. Wir sehen uns beim nächsten Turnier, Sorrenson«, verabschiede ich mich von ihm und drehe mich um.

Er ruft mir etwas hinterher, doch ich gehe stur weiter in Richtung Stall. Was fällt ihm ein, so abfällig über mich zu reden? Natürlich habe ich das Zeug, um mit Cajou zu gewinnen!

Bevor ich weiter darüber nachdenken kann, öffne ich die Tür von der Sattelkammer, schnappe mir Cajous Sattelzeug, das bereits leicht eingestaubt ist, und laufe schnurstracks zu dessen Box. Ich hänge die Sachen davor, greife mir eine Bürste, die auf dem Boden herumliegt, und streiche noch einmal über sein braunes Fell. Offenbar hat ihn Connor heute schon geputzt, denn er ist fast komplett sauber.

Cajou beobachtet jede meiner Bewegungen misstrauisch. Zu gerne wüsste ich, was in seinem Kopf vor sich geht. Vermutlich fragt er sich, warum ich in die Box gestürmt komme, ihn beim Fressen störe und sattle. Bereitwillig lässt er sich jedoch auch die Trense aufziehen und ich führe ihn auf den Gang.

Zwei Frauen, die ihre Pferde im Stall untergebracht haben, kommen mir entgegen und sehen mich erstaunt an. Ich nicke ihnen kurz zu, gehe aber gar nicht auf ihre fragenden Mienen ein. Da mein Helm irgendwo in der Sattelkammer vergraben ist, schnappe ich mir den erstbesten, der vor der Reithalle liegt. Zielstrebig laufe ich hinein und habe Glück, da gerade niemand reitet.

Cajou tänzelt neben mir hin und her, doch ich reagiere gar nicht darauf und führe ihn in die Halle. Routiniert stelle ich meine Steigbügellänge ein, ziehe den Sattelgurt ein Loch straffer und steige anschließend auf.

Für einen Moment fühlt es sich ungewohnt an, wieder auf einem Pferd zu sitzen, doch nach einer Schrittrunde ist das seltsame Gefühl komplett verschwunden. Ja, es macht mir sogar Spaß.

Ich reite ein paar Minuten im lockeren Schritt und trabe danach an. Cajou reagiert sensibel auf meine Anweisungen und arbeitet unerwarteterweise mit mir und nicht gegen mich. Nachdem ich mehrmals die Richtung gewechselt habe und Cajou erstaunlich brav ist, galoppiere ich auf dem Zirkel, eine Hufschlagfigur, bei der man in einem großen Kreis reitet, an. Ich lege dabei mein äußeres Bein ein wenig nach hinten und er reagiert sofort auf die Hilfe, die ich ihm damit gebe.

In einem ruhigen Tempo galoppiere ich durch die Halle, wechsle zwei Runden später die Richtung und pariere anschießend wieder in den Trab.

»Na, das ging ja schneller als gedacht«, ertönt Flynns Stimme und ich zucke zusammen. Ich schaue zum Tor der Halle und bemerke erst jetzt, dass sich dort einige Reiter aus dem Stall sowie Flynn versammelt haben und mich beobachten.

Röte schießt mir in die Wangen und ich trabe bis zum Tor, bevor ich Cajou zum Halten bringe.

»Ich habe euch gar nicht bemerkt«, murmle ich zurückhaltend und gucke keinen von meinen Zuschauern genauer an.

»War echt super!«, sagt jemand und die anderen nicken zustimmend.

»Danke.« Sie sehen mich noch einen Augenblick an, bevor sie nach und nach in den Stall zurückgehen. Bis auf Flynn. Er schaut lächelnd zu mir hoch.

»Ich wusste, dass du reiten würdest«, sagt er, nachdem die übrigen gegangen sind, und tätschelt Cajous Hals, bevor er ebenfalls die Halle verlässt.

Ich schaue ihm kurz hinterher und reite anschließend im Schritt los. Erst jetzt wird mir bewusst, was ich getan habe. Ich bin Cajou geritten. Die tickende Zeitbombe, die jeden Moment losgehen könnte. Allerdings kann ich gerade selbst kaum glauben, dass er heute so entspannt und einfach zu reiten ist.

Als er nicht mehr so stark schwitzt, steige ich ab und streichle lobend über seinen Kopf. »Vielleicht werden wir ja noch ein Team«, murmle ich und bringe Cajou in seine Box. Als ich sein Sattelzeug weggeräumt habe, fühle ich mich wie ein neuer Mensch.

Vielleicht war Svens Besuch doch zu etwas gut, denke ich mir.

6. Kapitel

Sven

Noch reichlich verwirrt von dem Gespräch zwischen Jane und mir komme ich wieder am Stall an. Zu gerne wüsste ich, was mich vorhin geritten hat. Wieso war ich den einen Moment freundlich zu ihr, nur um sie im nächsten schlechtzumachen? Dabei weiß ich genau, dass ich so nicht bei ihr weiterkomme.

Ich streiche mir durch meine Haare und steige aus dem Wagen aus. Mein Vater wird nicht erfreut sein, wenn er erfährt, dass ich nicht erfolgreich war.

Jane wird bestimmt noch einsehen, dass es besser ist, wenn sie Cajou an mich verkauft. Ihr muss doch bewusst sein, dass sie mit ihm nicht erfolgreich sein wird! Immerhin war Landon das schon nicht und der hatte weitaus mehr Erfahrung als sie. Hoffentlich besinnt sie sich eines Besseren, bevor es ihr genauso ergeht wie ihm.

Mir stellen sich bei diesem Gedanken die Nackenhaare auf und ich frage mich, warum ich mir überhaupt den Kopf über sie zerbreche. Sie ist immerhin nichts weiter als eine Konkurrentin für mich.

Mit einem mulmigen Gefühl im Magen gehe ich zum Stall. Mein Vater wird mit Sicherheit nicht lange auf sich warten lassen, um zu erfahren, wie es lief.

Sobald ich den Stallgang betrete, umweht mich der Geruch nach frischem Stroh, Pferden und Leder. Ein Lächeln bildet sich trotz des katastrophalen Tages auf meinem Gesicht. Immer wenn ich bei den Pferden bin, überkommt mich eine innere Ruhe, die ich sonst nie verspüre.

Da der Tag noch recht jung ist, gehe ich zu Flowers Box. Ein dreijähriges Pferd, das ich derzeit einreite. *Vielleicht komme ich ja bei ihr ein wenig weiter, damit ich heute wenigstens mit einem Erfolgserlebnis Feierabend machen kann,* denke ich mir.

Flower sieht mich aufmerksam an, als ich ihre Box betrete. Ich streichle ihr sanft die weichen Nüstern und streife ihr das Halfter über den Kopf. Zwar ist sie normalerweise lieb, doch ab und an versucht sie, zu zwicken. Um das zu vermeiden, binde ich sie vor der Box an die vorgesehene Halterung an. Neugierig schaut sie sich im Stall um und wiehert.

»Ruhig, meine Hübsche«, sage ich und schnappe mir die Putzutensilien.

In gleichmäßigen Bewegungen striegle ich erst ihr Fell, bürste es anschließend und kratze ihr zum Schluss die Hufe aus. Gerade als ich mich auf den Weg zur Sattelkammer machen will, betritt mein Vater den Stall. Flower versteift sich prompt neben mir und drängt sich nahe an die Boxentür. Mein Vater hat offenbar so eine imposante Erscheinung, dass selbst die Pferde nervös werden. Oder es liegt daran, dass er hier öfter mal herumbrüllt.

»Sven!«, ruft er mich und ich zucke innerlich zusammen, obwohl ich ihn schon längst kommen sehen habe.

»Ja, Dad?«

»Wie lief es?«, fragt er direkt. Er sieht mich herablassend an, als wüsste er die Antwort längst.

»Jane verkauft Cajou nicht. Sie hat sofort abgeblockt und nicht mit sich reden lassen.«

Mein Vater schnaubt laut und schüttelt mit dem Kopf. »Du Trottel hast es mal wieder verbockt, nicht wahr?«, blafft er und mir klappt bei seiner Wortwahl die Kinnlade runter. So hat er mich noch nie genannt!

»Wie bitte?!«

»Du hast mich schon verstanden! Ich habe dir eine einfache Aufgabe gegeben, aber nicht mal die kannst du ausführen!«

Meine Arme sacken schlaff nach unten und ich bin zu keiner Regung mehr fähig. Das kann nicht sein Ernst sein! »Einfache Aufgabe?«, wiederhole ich schockiert seine Worte und sein Gesicht nimmt dabei einen dunklen Rotton an.

»Es kann doch nicht so schwer sein, ihr dieses Pferd madig zu reden! Sie steht nach wie vor unter Schock und ist mit Sicherheit auch noch nicht über Sticks Tod hinweg! Das war unsere Chance, Junge!«

»Dad, ich habe höflich mit ihr geredet und versucht, ein Angebot zu machen. Sie wollte mir aber nicht einmal zuhören«, versuche ich, ihm zu erklären, doch er sieht mich mit jedem weiteren Wort finsterer an.

»Zu was bist du eigentlich gut?«, knurrt er und ich taumle einen Schritt zurück. »Du reitest zwar ganz passabel, aber mehr hast du nicht drauf! Ohne mich wärst du nicht mal da, wo du jetzt bist! Du hast vier Wochen Zeit, um mir dieses Pferd zu besorgen. Ansonsten suche ich mir jemand anderes, der meine Pferde trainiert und bei Turnieren vorstellt.«

Ich spüre, wie mir sämtliche Farbe aus dem Gesicht weicht. »Deine Pferde? Sie gehören …«

»Dir? Das soll wohl ein Scherz sein. Ich stehe als Besitzer in den Pferdepässen, also sind sie meine. Kümmere dich um diese Jane oder wir müssen uns mal ernsthaft über deine weitere Zukunft hier unterhalten«, droht er mir.

»Was ist denn nur los? Wieso bist du so schlecht drauf?«, frage ich ihn, da ich mir auf sein merkwürdiges Verhalten keinen Reim machen kann.

Mein Vater war schon immer distanziert, aber so wie jetzt war er nie. Irgendetwas muss passiert sein.

»Was los ist? Deine Unfähigkeit kotzt mich an! Ich will dieses Pferd, koste es, was es wolle. Also sieh zu!« Er schaut mich ein letztes Mal wütend an, bevor er sich auf dem Absatz umdreht und geht.

Ich starre ihm hinterher und kann nicht fassen, was eben passiert ist. Sofort beschließe ich, meine Mutter nachher zu fragen, ob sie weiß, welche Laus ihm über die Leber gelaufen ist.

Noch immer sprachlos hole ich Flowers Sattelzeug. Sie scharrt nervös mit ihrem linken Vorderhuf über den Boden, während ich sie fertig mache. Offenbar ist sie aufgebracht wegen des Streits zwischen meinem Vater und mir. Kein Wunder. Immerhin hat er so laut herumgebrüllt, dass auch die anderen Pferde unsicher aus ihren Boxen herausschauen, um zu prüfen, ob die Lage sich beruhigt hat.

Nachdem ich fertig mit Satteln bin, setze ich meinen Helm auf, stelle die Steigbügel ein und führe Flower in die Halle. Was bin ich froh, wenn bald Frühling ist und ich draußen auf dem Platz oder im Gelände reiten kann. Da sind die Pferde motivierter und haben weitaus mehr Lust, mitzuarbeiten. Jedoch ist gerade mal Januar und ein paar kalte und nasse Wochen stehen uns noch bevor.

Geübt steige ich auf und reite langsam im Schritt los. Für einen Moment habe ich die Reithalle für mich allein, doch es dauert nicht lange, bis Samantha, eine Reiterin, die ihr Pferd bei uns untergestellt hat, ebenfalls hineinkommt. Sie ruft laut: »Hallo!«, und lächelt dabei strahlend. Ich nicke ihr nur zu und hoffe, dass sie mich weitestgehend in Ruhe lässt, doch ich habe heute kein

Glück. Kaum sitzt sie auf ihrem Schimmel, kommt sie direkt auf mich zugeritten. Ich seufze innerlich und setze ein falsches Lächeln auf, als sie neben mir auftaucht.

»Hallo Sven. Das ist aber schön, dass wir zusammen reiten können«, sagt sie und zwinkert mir dabei zu. Ich wende schnell meinen Blick ab und konzentriere mich wieder auf Flower.

»Finde ich auch«, lüge ich, doch ihr scheint meine Reaktion gar nicht aufzufallen.

»Was machst du heute Abend eigentlich? Vielleicht hättest du ja Lust, mir noch ein paar Theorie-Tipps für das nächste Springtraining zu geben.«

Ich unterdrücke ein Seufzen bei ihrer offensichtlichen Anmache. Wie kann man so dreist sein? Klar, sie ist hübsch und normalerweise würde ich bei so einem Angebot nicht Nein sagen, aber es ist besser, wenn ich mit niemandem, der regelmäßig im Stall ist, etwas anfange. Das könnte unnötig kompliziert werden.

»Tut mir leid, aber das wird nichts«, antworte ich ihr und sehe aus dem Augenwinkel, wie sie die Unterlippe schmollend vorschiebt. Ihr Pferd kommt Flower immer näher, doch ich habe keine Chance, weiter auszuweichen, da ich direkt an der Bande reite. »Vorsicht«, zische ich, aber es ist zu spät. Flower mag es nicht, wenn andere Pferde ihr zu nahe kommen, sodass sie nun seitlich ausschlägt, um sich Platz zu machen, und dabei wild buckelt. Samantha schreit erschrocken auf, was Flower noch mehr anstachelt.

Ich fasse die Zügel fester und versuche, sie unter Kontrolle zu bekommen, doch es scheint, als wäre sie nicht mehr zu bremsen. Sie schlägt wild aus, steigt und springt umher. Wie auf einem Rodeopferd werde ich oben kräftig durchgeschüttelt, aber so schnell lasse ich mich nicht abwerfen. Ich presse meine Knie an den Sattel, um einen besseren Halt zu haben, und Flower beruhigt sich langsam wieder.

Als sie ruhig galoppiert, wende ich auf dem Zirkel ab, um sie leichter unter Kontrolle zu bringen, falls sie nochmal losschießen sollte.

Ein spitzer Schrei lässt mich mit einem Mal zusammenzucken und ich drehe meinen Kopf abrupt in die Richtung. Samanthas Pferd ist nur kurz zur Seite gesprungen, da es offenbar vor etwas gescheut hat, doch sie ist so erschrocken, dass sie dabei aufgeschrien hat. Plötzlich macht auch Flower einen Satz und da ich unkonzentriert und abgelenkt bin, kann ich diese unerwartete Bewegung nicht abfangen. Ich hänge schräg am Sattel und sie gibt ihr Bestes, um mich abzuschütteln. Ein paar Momente kann ich mich noch halten, doch dann mache ich eine unliebsame Begegnung mit dem harten Sandboden in der Reithalle.

Ich bleibe einen Augenblick liegen, bevor ich mich aufrapple und Flower dabei zusehe, wie sie ihre neu gewonnene Freiheit nutzt, um wild durch die Halle zu galoppieren. Im Hintergrund höre ich Samanthas aufgeregte Stimme, doch ich ignoriere sie.

Nachdem sich mein Pferd beruhigt hat, steige ich erneut auf und reite noch ein paar Runden, um wenigstens mit einem guten Abschluss das Training zu beenden.

Mein ganzer Rücken schmerzt, aber ich lasse mir nichts anmerken und beiße die Zähne zusammen. Die Worte meines Vaters tauchen wieder in meinem Bewusstsein auf.

Vielleicht bin ich ja doch ein Nichtsnutz, denke ich mir und steige anschließend ab.

7. Kapitel

Sven

Mein Rücken protestiert, während ich über den Hof in Richtung Haus laufe. Ich sehne mich nach einer heißen Dusche und Ruhe, aber das muss warten. Erst einmal muss ich herausfinden, weshalb mein Vater heute so mies drauf war. Klar, er ist schon immer recht streng gewesen und hat selten ein Lob für mich übrig gehabt, aber so ausfallend wie vorhin ist er noch nie geworden. Vielleicht kann mir meine Mutter ein paar Antworten liefern.

Kurz bevor ich an der Tür ankomme, rutsche ich auf dem eisigen Boden aus und fange mich im letzten Moment ab. Wäre ich jetzt erneut gestürzt, hätte mein Rücken mir das wohl richtig übel genommen. Ich raufe mir die Haare, da sich dennoch ein stechender Schmerz meldet, und drücke die Klinke nach unten.

Quietschend öffnet sich die Tür und ich streife meine dreckigen Reitschuhe auf dem Fußabtreter ab. Meine Mutter taucht im Flur auf und lächelt herzlich. *Sie ist wirklich das komplette Gegenteil von meinem Vater,* denke ich mir, während sie auf mich zukommt.

»Hey Sven. Ich habe heute gar nicht mit dir zum Abendbrot gerechnet«, sagt sie und geht zurück in Richtung Küche.

Ich ziehe meine dicke Jacke aus, hänge sie an die Garderobe und folge ihr. »Ich bin auch nicht hier, um mit zu Abendbrot zu essen«, erkläre ich, obwohl es eigentlich unnötig ist. Schon seit mehreren Monaten esse ich nicht mehr bei meinen Eltern mit. Ich habe neben ihrem Haus mein kleines eigenes und bin froh, wenn ich mal abschalten kann.

Sie rührt in ihren Töpfen herum und wirft mir einen kurzen Blick zu. Ob sie ahnt, weshalb ich hier bin?

»Ich wollte mit dir über Dad reden«, sage ich nach einem Augenblick und erkenne, wie sich prompt ihre Schultern straffen.

»Hm«, seufzt sie und rührt weiter in dem Essen. »Dein Vater hat mir schon von eurer Auseinandersetzung erzählt.«

»Auseinandersetzung?«, brumme ich. »Er hat mich angebrüllt wie ein Verrückter, nur weil ich Cajou nicht von Jane abkaufen konnte. Was erwartet er denn bitte? Soll ich Walker erpressen, damit sie ihn mir verkauft? Ich habe mein Bestes getan. Wenn sie ihn nicht hergeben will, dann können wir nichts daran ändern«, rede ich mich in Rage und vergesse sogar für einen Moment die pochenden Rückenschmerzen.

»Sven!«, zischt meine Mutter mit einem Mal und ich halte erschrocken inne. Noch nie hat sie mir gegenüber ihre Stimme erhoben und ich frage mich einmal mehr, was plötzlich mit meinen Eltern los ist.

Ich öffne den Mund, um etwas zu sagen, doch sie hebt ihre Hand, um mich zum Schweigen zu bringen, und dreht sich zu mir um. »Dein Vater hat seine Gründe, an diesem Pferd festzuhalten. Er will doch nur, dass du dir mehr Mühe gibst.«

»Wie bitte?! Ich habe schon mehrmals ein Angebot gemacht, aber Sticks hat da schon immer auf stur gestellt und Jane nun auch. Was soll ich noch machen?! Es ist egal, wie viel Geld ich ihnen biete, sie wollen es nicht!«

Eine steile Falte bildet sich zwischen den Augenbrauen meiner Mutter. Ich erkenne sie gar nicht wieder.

»Versuche es einfach nochmal. Wir brauchen dieses Pferd.«

»Wozu? In unserem Stall stehen genügend andere, die es mit Cajou aufnehmen könnten. Wieso seid ihr so besessen von diesem Pferd?«, frage ich hitzig und spüre, dass ich kurz davor bin, auszuflippen. Es fehlt nicht mehr viel und ich werfe die Vase mit den Blumen darin vom Tisch.

»Dein Vater hat seine Gründe«, wiederholt sie.

»Was denn für Gründe?«, frage ich und in meinem Kopf überschlagen sich unzählige Fragen. Wieso ist Cajou ihm so wichtig? Was erhofft er sich davon? Immerhin ist, selbst wenn wir ihn kaufen sollten, nicht garantiert, dass wir mit ihm erfolgreich sein werden.

Meine Mutter schüttelt bloß mit dem Kopf und dreht sich wieder zum Kochfeld. Was soll das denn jetzt? *Sie kann mir doch sagen, was los ist,* denke ich mir grimmig und atme genervt laut aus.

»Es ist besser, wenn du jetzt gehst. Dein Vater kommt bestimmt gleich nach Hause und ich möchte nicht, dass er sich heute noch weiter aufregt.«

Wie vor den Kopf gestoßen zucke ich zurück und verharre einen Moment hinter ihr, bevor ich mich umdrehe und das Haus ohne ein weiteres Wort verlasse. Ich knalle die Tür zu und gehe eilig zu mir hinüber. Ich frage mich, was die ganze Scheiße soll. Aber ich werde es schon noch herausfinden.

Jane

Ich atme tief ein und aus, bevor ich mich in den Sattel von Cajou schwinge. Das Hochgefühl von gestern, wo alles so gut mit ihm geklappt hat, ist längst verflogen. Heute reite ich ihn nicht nur, sondern versuche erste Sprünge mit ihm. Nervös sehe ich mich in der leeren Reithalle um und mein Blick bleibt an dem kleinen Kreuzsprung und dem etwas höheren Steilsprung daneben hängen.

Normalerweise sind solche Hindernisse ein Kinderspiel für mich, doch ich bin seit Wochen nicht mehr geritten, geschweige denn gesprungen.

Ich drücke meine Fersen an Cajous Bauch und er setzt sich in Bewegung. Für einen Moment überlege ich, ob ich meiner Angst nachgeben und mir mein Scheitern eingestehen soll, doch dann denke ich an die hämischen Worte von Sven zurück und der Gedanke ist so schnell verflogen, wie er gekommen ist. Diesem eingebildeten Schnösel werde ich es zeigen. So einfach lasse ich mich nicht kleinkriegen.

Nach ein paar Runden Schritt trabe ich mit Cajou an und er verhält sich genauso entspannt wie gestern. Locker trabe ich und wechsle hin und wieder die Richtung. Dabei reite ich enge Wendungen, um ihn geschmeidiger zu bekommen. Als er sich leicht biegen lässt und meine Hilfen wie selbstverständlich annimmt, wende ich auf dem Zirkel ab und galoppiere an. In einem gleichmäßigen Tempo läuft er durch die Bahn.

Nach zwei Runden reite ich auf den kleinen Kreuzsprung zu. Cajou zieht sofort das Tempo an und schießt förmlich auf das Hindernis zu. Viel zu hoch überspringt er es und ich kann mich nur mit Mühe oben halten, da ich mit diesem Satz absolut nicht gerechnet habe.

Nach dem Sprung buckelt er und ich nehme die Zügel mehr auf, um ihn unter Kontrolle zu bekommen. Fast augenblicklich reagiert er und bekommt sich wieder ein.

Ich galoppiere erneut eine Zirkelrunde mit ihm und als ich wieder das Gefühl habe, bereit zu sein, reite ich noch einmal auf das Kreuz zu, doch es passiert dasselbe wie vorher. Machtlos sitze ich im Sattel und stöhne frustriert auf. Nach einem kurzen Kampf habe ich ihn wieder im Trab und unter Kontrolle.

Verdammt. Ich wusste, es würde so ablaufen. Nicht einmal einen vierzig Zentimeter hohen Sprung schaffe ich. Wie lächerlich.

Ohne dass ich es gemerkt habe, laufen alberne Tränen über meine Wangen und ich wische sie wütend weg. Was habe ich auch gedacht? Dass sofort alles funktioniert? Wohl kaum.

»Fuck«, fluche ich und pariere Cajou durch, damit er im Schritt geht.

»Du willst doch nicht schon aufgeben, oder?«, ertönt eine mir allzu bekannte Stimme und ich drehe meinen Kopf nach links, um zum Hallentor sehen zu können. Sven lehnt mit verschränkten Armen daran und blickt mich ernst an.

Gerade er hat mir noch gefehlt.

»Was willst du?«, zische ich wütend und reite mit Cajou auf ihn zu. Ich streiche mir mit einer Hand über das Gesicht, was wahrscheinlich sowieso zwecklos ist. Auf meinen Wangen erkennt man mit Sicherheit die roten Flecken vom Weinen, die Sven verraten, wie frustriert ich wegen dieser ganzen Sache bin.

»Mit dir reden«, antwortet er und ich schüttle genervt mit dem Kopf.

»Ich wüsste nicht, über was. Jedes weitere Wort zwischen uns wäre reine Zeitverschwendung«, blaffe ich und starre ihn an. Der Blick aus scinen blauen Augen bohrt sich in meinen.

»Versuch am besten erst einmal, im Trab über das Hindernis zu springen. Sobald du ein Gefühl dafür hast, kannst du es im Galopp versuchen«, sagt er und ich bin für einen Moment verwirrt, bis ich begreife, was er meint.

»Ich brauche keine Ratschläge von dir«, fauche ich aufgebracht.

»Versuch es doch einfach mal. Das ist zumindest besser, als ihn wie einen Verrückten auf das Hindernis zupreschen zu lassen.« Ein hochnäsiges Grinsen bildet sich auf seinem Gesicht. Verdammt, er hat ja recht.

Ohne ein weiteres Wort treibe ich Cajou an, sodass er in einen leichten Trab verfällt. Ich reite erneut eine Runde auf dem Zirkel, bevor ich zu dem kleinen Kreuz abwende. Ich sitze die Trabschritte aus und reite locker auf das Hindernis zu. Cajou zieht zwar auch jetzt das Tempo an, jedoch nicht so wie im Galopp. Ruhig und dieses Mal, ohne extrem hoch über das Hindernis zu springen, landen wir auf der anderen Seite.

»Super!«, ruft Sven und ich zucke zusammen, da ich ihn fast schon vergessen hatte. Ich drehe mich zu ihm und sehe, wie er in die Mitte der Halle gelaufen kommt. Er bleibt neben den Sprüngen stehen und schaut abwartend zu mir. »Reite bitte noch einmal über das Kreuz und danach direkt den kleinen Steilsprung. Sollte er nach dem ersten Sprung in einen Galopp verfallen, parier ihn wieder in den Trab durch, okay?«

Kurz hadere ich mit mir, ob ich seine Ratschläge annehmen soll. Mein Stolz gibt sich allerdings nach kurzem Zögern geschlagen, da mir seine Tipps tatsächlich weiterhelfen, und ich nicke.

Ich trabe erneut auf das Kreuz zu und überwinde es sogar noch besser als vorher. Wie Sven gesagt hat, lenke ich Cajou anschließend auf den nächsten Sprung zu. Cajou zieht dieses Mal etwas stärker an, doch ich halte ihn zurück, sodass wir locker und leicht darüber springen. Nach dem zweiten Hindernis verfällt er in den Galopp und ich wende auf dem Zirkel ab.

»Geht doch. Jetzt spring beide im Galopp«, fordert mich Sven auf und ich spüre, wie mir die Farbe aus dem Gesicht weicht. Da ich mir jedoch keine Blöße vor ihm geben will, tue ich es einfach. Dieses Mal schießt Cajou nicht so extrem los wie bei meinem ersten Versuch und wir überspringen die zwei Hindernisse ohne Probleme.

Ein zufriedenes Lächeln bildet sich auf meinem Gesicht und ich klopfe Cajou auf den Hals, um ihn zu loben. Ich pariere ihn zum Trab durch und reite auf Sven zu, der nach wie vor zwischen den zwei Sprüngen steht. Er sieht mich triumphierend an und eine Gänsehaut breitet sich auf meinem Körper aus.

»Das war richtig gut. Du solltest es mit Cajou langsam angehen. Er ist recht aufbrausend und braucht eine feste Hand, die ihn, ohne zu zögern, lenkt«, sagt er und mein Lächeln friert ein.

»Und damit meinst du dich, nicht wahr?«

Ich will Cajou antreiben, um mehr Abstand zwischen ihn und mich zu bringen, doch Sven geht einen Schritt nach vorne und greift an die Zügel. »Das habe ich nicht gesagt, Jane.«

»Aber du hast es gedacht. Wieso hilfst du mir überhaupt?«, frage ich misstrauisch.

Er seufzt, lässt die Zügel los und fährt sich mit einer Hand durch die blonden, kurzen Haare. »Warum nicht? Ich weiß, dass du uns Cajou nicht verkaufen möchtest. Aber wenn ich einmal hier bin, kann ich dir doch ein paar Tipps geben, oder nicht?«

»Mir stellt sich eine andere Frage: Warum bist du überhaupt hier?«, erkundige ich mich und lasse ihn dabei nicht aus den Augen.

Er lacht kurz auf und offenbart strahlend weiße Zähne. »Touché. Eigentlich bin ich hier, weil mich mein Vater mal wieder schickt, um dir ein Angebot zu machen. Aber es ist sowieso sinnlos, dass ich es dir unterbreite, da du es ablehnen würdest, nicht wahr?«

»Stimmt.«

»Also kann ich dir auch ein paar Tipps geben und unsere Zeit sinnvoll nutzen«, erklärt er und lächelt mich dabei freundlich an.

»Ich traue dir trotzdem nicht«, sage ich und bin froh, dass ich auf dem Pferd sitze und ihm nicht gegenüberstehe. Sonst würden womöglich meine Beine nachgeben, während er mich mustert. So sehr ich ihn auch hasse, er bringt meine Hormone mächtig in Aufruhr.

»Vielleicht ändert sich das ja noch. Wie wäre es, wenn ich dir mit Cajou ein wenig helfe? Schaden kann es nicht und es muss ja niemand erfahren«, sagt er. Ich glaube, dass ich mich verhört habe. Das muss ein schlechter Scherz sein.

»Das halte ich für keine gute Idee«, antworte ich, bevor ich überhaupt darüber nachgedacht habe.

»War mir schon klar, dass du das sagen würdest. Falls du dich umentscheidest, weißt du ja, wo du mich findest«, sagt er grinsend. Er fährt Cajou mit der Hand über den Kopf, der dabei zufrieden schnaubt, und streichelt mir danach über das Knie. Ein Prickeln schießt durch meinen Körper, als er mich berührt, und ich halte den Atem an. »Bis bald, Jane.«

Unfähig zu antworten, sehe ich ihm bloß hinterher, wie er die Reithalle verlässt.

8. Kapitel

Sven

Die gute Laune, die ich bei Jane gehabt hatte, wandelt sich schlagartig in eine düstere, als ich sehe, dass mein Vater mit einem Mann vor dem Stall steht. Ich hatte gehofft, ihm zumindest eine Weile aus dem Weg gehen zu können. Ich parke mein Auto und atme tief durch, bevor ich aussteige und auf ihn zugehe.

Erst als ich näher komme, erkenne ich, dass er mit dem Mann, der mir nicht bekannt ist, hitzig diskutiert. Das Gesicht von meinem Vater ist rot vor Wut und er gestikuliert wild mit seinen Händen. Was ist denn hier los? Sein Gesprächspartner wirkt genauso aufgebracht wie er. Ich gehe einen Schritt schneller, um hören zu können, über was sie sich streiten.

»Du hast noch einen Monat! Dann will ich es haben!«, brüllt der Mann meinen Vater an.

»Einen Monat? Das ist zu wenig! Ich brauche mehr Zeit«, bittet er und ich spitze meine Ohren, da ich meinen Vater vorher nie um etwas betteln hören habe. In mir macht sich ein ungutes Gefühl breit.

Ich bin nur noch wenige Schritte von den beiden entfernt und nun scheinen sie mich zu bemerken.

»Hallo, gibt es hier ein Problem?«, frage ich, als ich vor den Beiden stehen bleibe. Ich stecke meine Hände unsicher in die Hosentaschen.

»Ganz und gar nicht«, antwortet der Mann und blickt meinen Vater noch einmal wütend an, bevor er sich ohne ein weiteres Wort umdreht und verschwindet.

»Was war das denn, Dad?«, frage ich, nachdem der Fremde weggefahren ist.

»Das geht dich nichts an«, zischt mein Vater.

»Was wollte dieser Typ? Und wer war das überhaupt?«

»Hörst du schlecht, Sven? Ich sagte, dass dich das nichts angeht«, blafft er und dreht sich von mir weg.

Zu gerne würde ich ihm hinterhergehen und fragen, was das soll, aber er würde mir ja doch keine Antwort geben. Wenn mein Vater einmal auf stur gestellt hat, bleibt es dabei. Ich seufze frustriert auf und beschließe, noch zwei Pferde zu reiten, bevor ich Feierabend mache.

Vielleicht hilft es mir, wenn ich mich heute Abend mal mit Freunden treffe und ein wenig abschalte. In letzter Zeit habe ich mich ziemlich rargemacht und mich nur auf die anliegenden Turniere konzentriert. Das nächste, zu dem wir fahren, findet jedoch erst übernächste Woche statt, sodass ich es mir leisten kann, mal einen Abend über die Stränge zu schlagen und meinen Frust in ein paar Flaschen Bier zu ertränken.

Ich klopfe mir für diesen Entschluss gedanklich selbst auf die Schulter und ziehe mein Handy aus der Hosentasche, um Damian, meinem besten Freund, zu schreiben.

Jane

Noch immer zutiefst verwirrt über das heutige Auftauchen von Sven, longiere ich Billy, eines von Landons Pferden. Eigentlich hatte ich vor, ihn zu reiten, doch ich fühle mich nach dem Ritt mit Cajou so ausgelaugt, dass ich es für keine gute Idee halte.

Billy läuft gehorsam mit der Longe, eine lange Leine, die an seiner Trense befestigt ist, im Kreis und trabt im gleichmäßigen Rhythmus. Da er so zahm ist und meine Aufmerksamkeit nicht allzu sehr fordert, lasse ich meine Gedanken ein wenig schweifen.

Eigentlich will ich darüber nachdenken, wie ich mit Cajou beim Training weiterkommen könnte, doch ständig drängelt sich Sven in mein Gedächtnis. Ich war mir all die Jahre sicher, dass dieser Mann einfach nur ein eingebildetes Arschloch ist, das sich um andere einen Dreck schert, aber damit lag ich wohl doch ein wenig falsch.

Immerhin hätte er mir ja sonst nicht geholfen, oder? Wie er mich angelächelt hat, als ich seine Ratschläge gut umgesetzt habe … Sofort schießt mir die Röte in die

Wangen und ich würde mir dafür am liebsten selbst eine scheuern.

Sven Sorrenson ist tabu. Diesem Typen ist nicht zu trauen. Egal, wie nett er heute war. Auch sein dämliches Angebot, mir mit Cajou zu helfen, kann er sich sonst wohin stecken. Das ist doch nur ein Hinterhalt, um mich davon zu überzeugen, dass ich ihm mein Pferd verkaufe. Nein, es ist besser, wenn ich Abstand zu ihm halte.

Ich schüttle mit dem Kopf, um Sven und sein hübsches Gesicht aus meinen Gedanken zu vertreiben. Stattdessen konzentriere ich mich auf das Pferd vor mir. Gehorsam lässt es sich zum Schritt durchparieren und ich lasse es noch ein paar Runden gehen.

»Hey Jane!«, ruft jemand und ich drehe mich um. Amelia steht mit ihrem Rappen am Hallentor und lächelt mich an. »Kann ich mit in die Halle kommen?«

»Ja, klar. Ich bin sowieso fast fertig«, antworte ich ihr und sie kommt herein. Amelia hat ihr Pferd im Stall untergestellt und ist mir die sympathischste von allen Reiterinnen. Mit den anderen werde ich nicht wirklich warm.

»Wie geht es dir? Ich habe gehört, du bist endlich wieder geritten, ja?«, fragt sie mich, während sie in der Mitte der Halle den Sattelgurt nachzieht und ihre Steigbügel einstellt.

Das hat sich schneller herumgesprochen, als ich dachte. »Es geht schon. So langsam finde ich in den Alltag zurück.« Ihre zweite Frage ignoriere ich. Sie weiß es ja bereits.

»Das mit Landons Tod braucht seine Zeit. Wir haben alle ziemlich daran zu knabbern gehabt, aber Landon hätte nicht gewollt, dass wir trauern.« Sie steigt auf ihr Pferd und reitet im Schritt los.

Nachdenklich sehe ich ihr zu und frage mich, woher sie so genau wissen will, dass Landon es gewollt hätte. Immerhin wussten wir alle nicht viel über ihn. Er hat niemandem von seinem Bruder erzählt und das wirft in mir die Frage auf, wie viel er uns wohl noch verheimlicht hat. Genauso beschäftigt mich die Frage, weshalb er ein paar Wochen vor seinem Tod sein Testament aufgesetzt hat. Hat er geahnt, dass er sterben würde? Wohl kaum. Schließlich war es ein Unfall. Irgendetwas anderes scheint dahinterzustecken. Ich muss bloß herausfinden, was. Vorher kann ich nicht damit abschließen.

»Jane? Hast du mich gehört?« Ich zucke zusammen und Billy erschrickt durch meine ruckartige Bewegung und macht einen Satz zur Seite. Ich beruhige ihn und gehe anschließend auf ihn zu.

»Sorry, ich war etwas abgelenkt«, sage ich und streichle Billy über den Hals.

»Ich habe dich gefragt, ob du heute Abend mit ins *Claire's* kommst. Ein paar andere Mädels aus dem Stall und ich wollen etwas trinken gehen. Hast du Lust?«, fragt Amelia und ich überlege kurz. »Wir würden uns wirklich freuen, wenn du mitkommst«, fügt sie hinzu und ich fühle mich ein wenig geehrt, dass sie mich einladen. Das haben sie noch nie gemacht und ich habe außer mit Amelia nicht mehr als zwei Worte mit den anderen gewechselt. Vielleicht tut es mir gut, wenn ich neue Freundschaften schließe.

Ohne mir noch länger darüber den Kopf zu zerbrechen, nicke ich.

Amelia fasst das sofort als ein Ja auf und grinst mich fröhlich an. »Super! Wir wollten so um acht dort sein. Da treffen wir uns am besten gleich in der Bar, oder?«, sagt sie aufgeregt. Offenbar hat sie nicht damit gerechnet, dass ich zusagen würde.

»Geht klar. Und es ist wirklich okay, wenn ich mitkomme?«, hake ich sicherheitshalber nach. Nicht, dass sie es nur der Höflichkeit halber gesagt hat.

»Natürlich. Ich freue mich echt darüber, dass du uns begleitest.«

Ich lächle halbherzig und versuche, das ungute Gefühl, das sich in meinem Magen ausbreitet, zu unterdrücken. »Dann bis später«, verabschiede ich mich und führe Billy nach draußen.

Ob es die richtige Entscheidung war, Ja zu sagen?, denke ich mir nervös und verwerfe diesen Gedanken gleich wieder. Es wird schon nett werden. Es muss einfach, beschließe ich.

9. Kapitel

Sven

Gelangweilt starre ich in mein Bierglas und höre mit halbem Ohr den Erzählungen von meinen Freunden zu. Wie konnte ich nur glauben, dass es eine gute Idee wäre, heute auszugehen?

Das Einzige, woran ich momentan denken kann, ist der Streit zwischen meinem Vater und diesem mysteriösen Mann. Fieberhaft überlege ich hin und her, um was es gehen könnte. Geld? Schulden? Cajou?

»Hey Mann! Hörst du überhaupt noch zu?« Damians Stimme reißt mich aus meinen Gedanken und ich sehe ihn ertappt an.

»Sorry«, murmle ich und setze ein entschuldigendes Lächeln auf.

Mein bester Freund rollt mit den Augen und Cayden und Nick grinsen vor sich hin. »Über was denkst du denn nach?«, fragt Damian mich direkt und ich zucke mit den Schultern.

»Nichts Wichtiges«, murmle ich ausweichend.

»Aber so wichtig, dass du dich aus unserem Gespräch ausklinkst und lieber teilnahmslos in dein Bier starrst«, stellt Damian fest. Ich weiche seinem Blick aus und nehme einen Schluck.

»Was ist los, Sven? So kennen wir dich gar nicht. Sonst bist du der Lauteste bei uns in der Runde«, mischt sich Cayden ein. Verdammt, er hat recht. Aber heute ist mir einfach nicht danach.

»Ich habe derzeit viel um die Ohren, Jungs. Ich dachte, ein Abend mit euch würde mich auf andere Gedanken bringen, aber das funktioniert leider nicht. Tut mir echt leid. Vielleicht ist es besser, wenn ich gehe.« Ich setze mein Bier an, um es auszutrinken, doch Nick klopft mir auf die Schulter.

»Vergiss es. Bevor du gehst, siehst du wenigstens noch dabei zu, wie sich Damian eine Abfuhr bei der hübschen Brünetten dort in der Sitzecke einhandelt.«

Verwirrt gucke ich in die Richtung, in die er zeigt. Das Gespräch muss echt an mir vorbeigegangen sein.

Meine Augen weiten sich, als ich erkenne, wen er meint. Was zum Teufel macht sie denn hier? Meine Hand verkrampft sich um das Bierglas und ich kann nichts anderes tun, als Jane anzustarren.

Jane

Mit den Mädels auszugehen, war eine verdammt gute Entscheidung. So viel Spaß hatte ich schon lange nicht mehr und meine Gedanken kreisen, wenigstens jetzt, nicht unentwegt um Cajou, Landon und Sven. Was vermutlich nicht nur an der Gesellschaft liegt, sondern auch an den drei Cocktails, die ich getrunken habe.

Amelia stupst mich mit dem Ellbogen an. »Du bist wohl blind, wie?«

Verdattert ziehe ich eine Augenbraue nach oben. »Was?«, frage ich und werfe einen kurzen Blick zu den anderen vier Mädels, die mich grinsend anschauen. Habe ich etwa was verpasst?

»Na, der Typ. Er starrt dich schon die ganze Zeit an.«

»Was für ein Typ denn?«, frage ich sie und sehe mich nun das erste Mal aufmerksam in der kleinen Bar um.

»Dort hinten in der Ecke. Der Blonde. Irgendwie kommt er mir bekannt vor, aber ich weiß gerade echt nicht, woher.«

Als mein Blick den von Sven kreuzt, fühlt es sich an, als würde die Welt für einen Moment aufhören, sich zu drehen.

»Jane? Hallo?« Amelia stößt mich erneut mit ihrem Ellenbogen an und der intensive Blickkontakt wird dadurch unterbrochen. Sven dreht sich von mir weg und rauft sich die Haare, während er sich plötzlich hitzig mit seinen Freunden unterhält.

»Kennst du ihn etwa?«, fragt mich Melody und ich nicke.

»Hm.«

»Woher?«, bohrt Amelia nach und ich seufze, bevor ich ihr antworte.

»Das ist Sven Sorrenson.« Mehr brauche ich nicht zu sagen, denn sie wissen auch so, wer er ist. Melody rückt sofort ihren Ausschnitt zurecht und streicht sich die langen, blonden Haare nach hinten, um ihre Brüste besser zu betonen. Eifersucht macht sich in mir breit und ich frage mich, warum ich so etwas fühle. Ich stehe doch gar nicht auf diesen eingebildeten Schnösel! Er ist nicht einmal mein Typ, rede ich mir ein und wende mich ganz von ihm ab.

»Daher kam er mir so bekannt vor. Wow, er ist ja wirklich ein Sahneschnittchen. Habt ihr was miteinander?«, fragt Amelia so direkt, dass ich mich an meinem Getränk verschlucke.

»Nie im Leben«, piepse ich und könnte mich selbst ohrfeigen, dass ich dabei so dämlich klinge.

»Ganz sicher?«, fragt Susan, die bisher noch gar nichts zu dem Thema gesagt hat. »Ich dachte, ich hätte ihn heute bei uns im Stall gesehen.«

»Er war da, ja. Jedoch nur, um mir ein erneutes Angebot für Cajou zu machen«, erkläre ich und lasse dabei unerwähnt, dass er mir danach beim Training geholfen hat.

»Interessant«, murmelt Amelia. Ich gehe nicht weiter darauf ein.

»Willst du was von ihm?«, fragt Melody und ich rolle mit den Augen.

»Nein«, zische ich und weiß selbst nicht, warum ich auf einmal so angepisst klinge.

»Na dann«, murmelt sie und drängt sich an Susan vorbei, um aufzustehen.

»Wo willst du denn hin?«, frage ich, doch sie ignoriert mich und geht direkt auf Sven und seine Freunde zu. Was zum …

Sie spricht ihn an und streckt ihren Rücken durch, um ihm ihre Titten unter die Nase reiben zu können. Sven lacht über etwas, was sie gesagt hat, und rutscht dann ein Stück beiseite, damit sie sich neben ihn setzen kann.

Ganz toll. Ich balle die Hand, die nicht krampfhaft das Glas umklammert, zu einer Faust.

»Melody lässt heute mal wieder nichts anbrennen«, stellt Amelia fest und kurz darauf wechselt sie das Thema. Die anderen unterhalten sich mit ihr, doch ich kann mich nicht eine Sekunde auf das Gespräch konzentrieren. Ich versuche, mich zusammenzureißen, aber ich starre immer wieder zu Sven und Melody hinüber.

Im Grunde weiß ich, dass ich mich gerade wie ein Teenager aufführe und nicht wie eine erwachsene Frau. Trotzdem kann ich nichts dagegen tun.

Sven unterhält sich angeregt mit Melody, doch plötzlich erhebt sich der Mann neben ihm. Schnurstracks kommt er auf unseren Tisch zu und ich schaue schnell weg.

»Guten Abend, die Damen«, begrüßt er uns und ich höre Amelia neben mir nach Luft schnappen. Kein Wunder, er sieht nicht schlecht aus.

»Hey«, sagen wir alle wie im Chor.

»Tut mir leid, dass ich euch störe. Ich bin Damian und würde gerne eure Freundin näher kennenlernen.« Er lächelt und wendet seine Aufmerksamkeit nun ganz mir zu. »Hättest du Lust auf einen Drink?«, fragt er und ich starre ihn erstaunt an, als mir bewusst wird, dass er mich meint. »Bevor du ablehnst, will ich dir sagen, dass ich schon den halben Abend mit mir ringe und überlege, wie ich dich ansprechen könnte. Mehr als dieser plumpe Spruch ist mir jedoch nicht eingefallen«, erklärt er und lächelt mich dabei charmant an.

Mein Blick schweift für eine Sekunde in Svens Richtung und ich erkenne, wie er wütend zu mir sieht. Aus welchem dämlichen Grund auch immer lächle ich Damian deshalb kokett an und nicke. »Sehr gerne.«

Ich stehe auf und Amelia hält mir den gereckten Daumen nach oben entgegen. Ohne Sven noch einmal eines Blickes zu würdigen, gehe ich mit Damian zur Bar und schwinge dabei mit voller Absicht mit meinen Hüften.

Warum ich mich so aufführe, weiß ich selbst nicht genau. Immerhin will ich nichts von Sven. Oder?

10. Kapitel

Sven

Genervt sehe ich dabei zu, wie sich Damian und Jane prächtig miteinander amüsieren.

Warum macht mir das etwas aus?

Dabei hat er mich vorhin noch gefragt, ob es in Ordnung für mich wäre, wenn er Jane anspricht. Ich hätte nur Nein sagen müssen. Ich presse meine Zähne aufeinander und beobachte die beiden weiter.

»Ist alles in Ordnung, Sven?«, fragt die junge Frau neben mir, deren Namen ich längst wieder vergessen habe.

»Hm«, brumme ich und winke der Kellnerin zu, dass ich ein neues Bier haben möchte.

Die Blondine scheint so langsam genervt von mir zu sein und widmet ihre Aufmerksamkeit stattdessen Nick. Der ist sichtlich erfreut darüber und gibt ihr direkt einen Drink aus.

Normalerweise würde ich mich mehr ins Zeug legen und ihr Honig um den Mund schmieren. Aber was mache ich stattdessen? Ich beobachte lieber wie ein dämlicher Idiot Jane und Damian. Wieso musste sie heute hier aufkreuzen? Und warum verflucht denke ich über sie nach?

Die Bedienung bringt mir mein Bier und reißt mich für einen Moment aus meinen dunklen Gedanken. Sie lächelt mich freundlich an und ihr musternder Blick gleitet über mich. Ich bringe jedoch nicht mal ein halbherziges Lächeln zustande und murmle bloß ein »Danke«.

Ich nehme einen Schluck und bevor ich es mir anders überlegen kann, stehe ich mit dem Bier in der Hand auf. Mandy oder so macht mir unaufgefordert Platz, damit ich an ihr vorbeikann. Ich spüre ihren fragenden Blick auf mir, gehe jedoch nicht darauf ein. Immerhin weiß ich selbst nicht genau, was ich vorhabe.

Damian beugt sich zu Jane und sagt etwas zu ihr. Sie lächelt daraufhin und ein Kloß bildet sich in meinem Hals, während ich das Schauspiel beobachte. Ohne zu zögern, gehe ich auf die Beiden zu und stelle mich zwischen sie.

Jane wirkt überrascht, doch ich widme meine Aufmerksamkeit erst einmal Damian. »Hey Kumpel. Gibt es ein Problem?«, fragt er mich und ich schaue ihn aus schmalen Augen an.

»Allerdings«, antworte ich und werfe ihm einen Blick zu, der keine Fragen offen lässt. Er runzelt die Stirn, scheint jedoch zu verstehen, was ich von ihm will, und steht auf.

Bevor er zurückgeht, lehnt er sich noch einmal zu mir. »Ich wusste, dass du auf sie stehst. Du schuldest mir etwas«, flüstert er und ich unterdrücke den Impuls, mit den Augen zu rollen. Stattdessen nicke ich unmerklich.

Ich setze mich auf den Hocker, auf dem bis eben Damian saß, und wende meine Aufmerksamkeit Jane zu. Sie schaut mich mit einer hochgezogenen Augenbraue an und ein Schmunzeln umspielt ihre Lippen.

»Ähm, hi«, murmle ich. *Was genau mache ich nochmal hier?*

»Hey«, antwortet sie und weicht meinem Blick nicht aus. Ich wünschte, dass sie mehr sagen würde, doch stattdessen sieht sie mich weiterhin belustigt an.

»Mit dir hatte ich hier gar nicht gerechnet.«

»Ich mit dir auch nicht.« Jane streicht sich eine Strähne hinter das Ohr und nippt an ihrem Cocktail. Ohne dass ich es will, schweift mein Blick über ihren Körper. Sie steckt in einem schwarzen Kleid, das ihr nur bis kurz über die Knie reicht, und trägt dazu schwarze High Heels, die ihre langen Beine betonen. Mir wird bewusst, dass ich sie das erste Mal in normaler Kleidung sehe. Bisher sind wir uns immer in Reitsachen begegnet. Ich muss schlucken, als ich mir eingestehe, dass sie verdammt heiß ist.

Noch nie hatte ich Probleme, mit einer Frau zu flirten, doch jetzt ist mein Gehirn wie leer gefegt und ich kann an nichts anderes denken als daran, wie attraktiv sie ist.

»Willst du nicht zurück zu Melody gehen?«, fragt mich Jane spitz. Ich gucke sie einen Augenblick verwirrt an, bis mir bewusst wird, dass die Frau von vorhin wohl doch nicht Mandy hieß.

»Ähm, nein. Sie ist nicht so mein Typ«, antworte ich und frage mich im gleichen Moment, warum ich ihr das überhaupt sage.

»Aha, und weil sie nicht dein Typ ist, musst du dich gleich bei mir einmischen?« Damit trifft Jane genau ins Schwarze. Was treibe ich hier? Sie ist eine Konkurrentin für mich! Ich will nur ihr Pferd kaufen, mehr nicht.

»Ich wollte Hallo sagen und dich noch einmal an mein Angebot erinnern. Kein Grund, gleich so zickig zu werden.« Überrascht sieht sie mich an und will etwas erwidern, doch ich komme ihr zuvor. »Schönen Abend noch, Jane.«

Ich proste ihr mit meinem Glas zu, lasse es anschließend auf dem Tresen stehen und gehe zu den anderen rüber, um ihnen zu sagen, dass ich verschwinde.

Nachdem ich das getan habe, schnappe ich mir meine Jacke und verlasse so schnell wie möglich die Bar. Die kühle Nachtluft draußen wird mein vernebeltes Hirn hoffentlich klären. Wie konnte ich so dumm sein und zu ihr gehen? Ich schüttle über mich selbst den Kopf und laufe nach Hause.

Jane

Ich beobachte Sven dabei, wie er die Bar verlässt, und frage mich, was gerade eigentlich passiert ist. Hätte ich nicht so zickig reagiert, dann … Ja, was dann?

Ein wenig Genugtuung hat es mir schon bereitet, als er zu mir gekommen ist und Damian förmlich vertrieben hat. Obwohl ich gegen seinen Freund nichts einzuwenden hatte, war es dennoch eine angenehme Überraschung, als Sven vor mir stand. Offenbar ist es ihm nicht egal, mit wem ich was mache.

Ich unterdrücke das angenehme warme Gefühl, das sich in meinem Körper ausbreitet. Allerdings sollte ich nicht vergessen, dass Sven für mich absolut tabu ist.

Er ist berechnend und stets auf seinen Vorteil bedacht. Auf gar keinen Fall darf ich das außer Acht lassen.

Ich trinke den letzten Schluck von dem Cocktail aus und gehe danach wieder zu den Mädels rüber. Melody sitzt nach wie vor bei Svens Freunden und unterhält sich angeregt mit ihnen. Wobei *angeregt* bedeutet, dass sie ihre Brüste noch weiter nach vorne streckt und sich lasziv über die Lippen leckt. Gott, billiger geht es nicht.

»Na, auch wieder da?«, begrüßt mich Amelia mit einem breiten Grinsen und ich erkenne die unverhohlene Neugier in ihren Augen.

Ich nicke bloß und setze mich neben sie.

»Jetzt spann uns nicht so auf die Folter! Wieso ist Sven vorhin zu euch gekommen und warum ist er so abrupt verschwunden?«

Ein Seufzen entringt sich meiner Kehle, da mir bewusst wird, dass ich nicht darumkomme, es ihr zu erzählen. Ich entscheide mich für die Kurzfassung und erkläre ihr in wenigen Worten, dass Sven nur Hallo sagen wollte und dass er Damian deshalb weggeschickt hat. Warum er gegangen ist, weiß ich schließlich selbst nicht so genau.

»Okay«, antwortet sie nach einigen Augenblicken und sieht mich dabei nachdenklich an.

»Das ist alles«, sage ich mit Nachdruck und hoffe, dass somit die Fragestunde beendet ist.

»Du stehst doch offensichtlich auf ihn. Wieso hast du ihn also einfach gehen lassen?«, fragt sie mich beinahe vorwurfsvoll und auch die anderen an unserem Tisch nicken.

»Wie kommst du denn darauf?«

»Oh bitte«, zischt Amelia, als wäre es ganz klar, dass ich auf Sven stehe.

Zu meinem Glück lässt sie das Thema fallen und ich kann beruhigt aufatmen. Das kurze Gespräch mit Sven hat mich mehr verwirrt, als ich mir anmerken lassen möchte. *Dabei wollte ich heute Abend einfach nur abschalten,* denke ich mir grimmig und versuche, mich wieder auf die anderen zu konzentrieren.

11. Kapitel

Sven

Drei Tage ist es mittlerweile her, seit ich Jane in der Bar getroffen habe. Ich hatte erwartet, dass sie spätestens zwei Tage danach hier aufkreuzt und mich um meine Hilfe mit Cajou anbettelt. Damit lag ich falsch.

Tatsächlich kränkt es mich sogar, dass sie sich nicht gemeldet hat. *Doch warum sollte sie auch?*, frage ich mich einen Moment später.

Ich ziehe mir eine dicke Jacke über und mache mich auf den Weg in den Stall. Heute hat es erneut geschneit, sodass ich höllisch aufpassen muss, damit ich nicht ausrutsche. Gott, es wird echt Zeit, dass Frühling ist.

Als ich den Stallgang betrete, werde ich mit lautem Wiehern begrüßt. »Es gibt ja gleich Futter!«, rufe ich, was mir zusätzlich aufgeregtes Hufscharren einbringt.

Ich schnappe mir eine Heugabel und öffne den Heuballen, den ich gestern Abend in den Stall gefahren habe. Routiniert verteile ich an alle Pferde die gleiche Menge und wische mir anschließend den Schweiß von der Stirn. Normalerweise haben wir zwei Stallburschen, die uns beim Misten und Füttern helfen, doch mein Vater hat ihnen für diese und nächste Woche freigegeben. Einen Grund wollte er mir nicht nennen, und ich frage mich, was das soll. Warum muss er beiden gleichzeitig freigeben? So bleibt die ganze Arbeit an mir hängen.

Ich kehre die Reste des Heus zusammen und als ich damit fertig bin, geht die Stalltür auf und mein Vater kommt herein.

Nur mit Mühe kann ich den bissigen Kommentar, der mir auf den Lippen liegt, zurückhalten. An seiner Körperhaltung erkenne ich, dass er nicht in Frieden gekommen ist.

»Morgen«, bringe ich mühsam hervor, er erwidert es nicht einmal.

»Was hast du für heute geplant?«, blafft er und ich schüttle über seine Tonlage gedanklich mit dem Kopf. Zu gerne würde ich wissen, was ihn belastet, dass er so mit mir umspringt.

»Ich wollte Flower, Candy und Kalendu reiten. Danach habe ich zwei Springstunden zu geben und da du ja den Stallburschen freigegeben hast, darf ich zwischendurch noch alle Boxen misten und abends nochmals die Pferde füttern«, erkläre ich vorwurfsvoll und stütze mich auf dem Stiel des Besens ab.

»Nicht in dem Ton, Sven, sonst …«

»Sonst was?«, fordere ich ihn heraus und weiche seinem wütenden Blick nicht aus.

»Sonst kannst du deine Koffer packen und von hier verschwinden. Deine Leistungen lassen in letzter Zeit zu wünschen übrig.«

»Ach ja? Wer hat denn vor acht Wochen den großen Preis in Edinburgh gewonnen? Und wer hat zwei Pferde zu je hunderttausend Pfund verkauft? Ich kann mich nicht erinnern, dass du das warst«, gebe ich zurück und spüre, wie die Wut durch meine Adern schießt.

»Pass lieber auf, was du hier sagst, Sven. Sieh zu, dass du Cajou bekommst, ansonsten kriegen wir zwei ein echtes Problem miteinander.«

»Das haben wir doch schon«, antworte ich spitz und er öffnet seinen Mund, um etwas darauf zu erwidern. In diesem Moment geht allerdings die Stalltür auf und Mira, eine junge Frau, die ihr Pferd bei uns untergestellt hat, kommt herein. Mein Vater nickt ihr freundlich zu, bevor er sich noch einmal zu mir wendet.

»Besorg mir dieses Pferd«, flüstert er und verlässt anschließend den Stall.

Wütend schaue ich ihm hinterher und balle meine Hände so fest um den Besen, dass ich mich wundere, dass er noch nicht auseinandergebrochen ist.

»Was war denn los?«, fragt mich Mira, die offenbar mehr von der Diskussion mitbekommen hat, als ich dachte.

»Nichts Wichtiges«, antworte ich und gehe zur Sattelkammer, um auf andere Gedanken zu kommen.

Jane

Was zum Teufel tue ich eigentlich hier? Ich sollte umdrehen, wieder in mein Auto steigen und so schnell wie möglich das Weite suchen. Was mache ich stattdessen? Ich gehe direkt auf die Stalltür zu. Kalter Wind pfeift mir um dic Ohren und ich ziehe die Mütze ein Stück tiefer.

Seit drei Tagen hadere ich schon mit mir, ob ich Sven um Hilfe bitten soll. Doch der gestrige Sturz von Cajou hat mir gezeigt, dass ich es nicht allein schaffen kann. Wenn Landon noch da wäre, würde er mir mit Sicherheit helfen. Er wusste so gut wie kein anderer, wie Cajou tickt. *Und dennoch hat es ihm am Ende nichts genützt,* denke ich bitter und unterdrücke die Tränen, die sich einen Weg nach oben kämpfen wollen, wann immer ich mich an meinen verstorbenen Trainer erinnere.

Bevor ich es mir anders überlege, öffne ich die Stalltür und gehe hinein. Ein paar Pferde sehen aus ihren Boxen heraus und beobachten mich interessiert. Der vertraute Geruch von Heu, Stroh und Leder liegt in der Luft und ein Lächeln bildet sich auf meinen Lippen. Ich schaue mich ein wenig um und kann kaum das Staunen unterdrücken, das mich erfasst, während ich den Stall betrachte.

Es ist alles sehr gepflegt und sauber. Die Boxen sind recht neu und wirken teuer. Aber so schön es hier auch aussieht, es strahlt eine gewisse Kälte aus. In Landons

Stall wirkt es viel herzlicher. Ich kann gar nicht beschreiben, woran es liegt, aber hier fühle ich mich nicht direkt wohl.

Ich gehe durch die Stallgasse, streichle ein paar Pferde, die mir ihre Köpfe entgegenstrecken, und halte Ausschau nach Sven, doch nirgendwo ist etwas von ihm zu sehen.

Womöglich ist er in der Reithalle, überlege ich mir und gehe auf das riesige Tor zu, das sich neben der Sattelkammer befindet. Ich öffne es und behalte mit meiner Vermutung recht.

Sven galoppiert mit einem imposanten Rappen auf dem Zirkel. Ich sehe ihm zu und muss zugeben, dass er ein Profi ist. Das Reiten sieht bei ihm ganz leicht aus, er gibt dem Pferd nur minimale Hilfen und Anweisungen.

Nach ein paar Minuten pariert er das Pferd in den Trab durch und kommt auf mich zugeritten. Vor mir bleibt er stehen und sein Pferd schnaubt laut. »Hey. Ich hoffe, ich störe nicht«, begrüße ich ihn.

»Weshalb bist du hier?«, fragt er mich barsch und ich stutze wegen seines wütenden Untertons.

»Ähm … Ich … Also …« Super, offenbar habe ich auch noch vergessen, wie man spricht.

»Ich reite noch ein paar Runden Schritt, dann können wir in Ruhe reden, okay?«, schlägt Sven vor und klingt dabei nicht mehr so ungehalten wie vorher.

Ich nicke lediglich, da meine Fähigkeit, zu sprechen, immer noch nicht zurückgekehrt ist. Er treibt sein Pferd an und reitet abermals los. Ich beschließe, mich ein wenig im Stall umzusehen.

Während ich zwischen den Boxen entlanglaufe, geht die Stalltür auf und ich drehe mich um. Mein Magen zieht sich zusammen, als ich bemerke, dass es Svens Vater ist, der hereingekommen ist. Er blickt in meine Richtung und kommt direkt auf mich zu. Offenbar hat er gleich erkannt, wer ich bin.

»Welch Überraschung, Sie hier zu sehen, Ms Walker«, begrüßt er mich überschwänglich und ich muss bei seinen falschen Worten ein Augenrollen unterdrücken.

»Hallo Mr Sorrenson«, erwidere ich und schüttle seine mir dargebotene Hand freundlich.

»Was verschafft uns denn die Ehre?«, fragt er und ein boshaftes Lächeln bildet sich auf seinem Gesicht.

»Ich bin nur hier, um mit Sven über etwas zu reden. Cajou werde ich nicht verkaufen, falls das Ihre nächste Frage sein sollte«, stelle ich klar und er lacht gekünstelt auf.

»Das wäre tatsächlich meine nächste Frage gewesen.«

Hufklappern ertönt im Stallgang und ich atme erleichtert aus, als ich erkenne, dass Sven aus der Halle kommt. Er sieht aus zusammengekniffenen Augen zwischen seinem Vater und mir hin und her. Zu gerne wüsste ich, was er in diesem Moment denkt.

»Dann will ich mal nicht weiter stören«, sagt sein Vater und lächelt noch einmal. »Bis bald, Ms Walker.«

»Auf Wiedersehen«, murmle ich und die Anspannung weicht aus meinem Körper, während er in Richtung Sattelkammer verschwindet.

»Alles okay?«, fragt Sven und ich nicke. »Ich sattle Candy bloß noch ab, dann bin ich ganz für dich da.«

Er führt das Pferd in die Box und hängt anschließend das Sattelzeug vor die Tür. Eine Abschwitzdecke, die schon in der Box bereitlag, legt er über den Rücken der Stute und streichelt lobend ihren Hals. Ich weiß nicht, was ich erwartet hatte, aber dass er so liebevoll mit seinen Pferden umgeht, definitiv nicht. Sein Vater ist bekannt dafür, dass er auf die Gerte statt auf Liebe setzt.

»Wollen wir?«, fragt Sven und reißt mich so aus meinen Gedanken. Ich nicke und folge ihm. Er öffnet die Stalltür, hält sie mir auf, bis ich ebenfalls hinausgetreten bin, und schließt sie wieder. Schweigsam laufen wir nebeneinander her. An einem Haus bleibt er stehen.

»Ist das deins?«, frage ich und denke prompt an meine kleine Wohnung über den Stallungen.

»Hm. Meine Eltern wohnen in dem anderen Haus«, erklärt er knapp.

Er schließt die Tür auf und lässt mir den Vortritt. Ich gehe rein und bin überrascht über die geschmackvolle Einrichtung. Zudem kann man vom Flur aus direkt in die Küche sehen und rechts von mir führt eine Wendeltreppe nach oben. Alles ist schlicht gehalten, lediglich ein paar Fotos von Sven beim Springen zieren die Wände.

Ich streife meine Schuhe ab und warte auf Sven, damit er vorgeht. »Magst du einen Kaffee?«, fragt er mich und läuft in Richtung Küche.

»Gerne.« Schweigsam schaltet er die Maschine ein und füllt sie mit Wasser und Pulver. Während der Kaffee durchläuft, dreht er sich zu mir.

»Also, weshalb bist du hier?«

Nervös knete ich meine Hände und atme zweimal tief durch, bevor ich ihm mein Scheitern eingestehe. »Ich brauche deine Hilfe mit Cajou.«

Ein hochnäsiger Ausdruck zeigt sich auf seinem Gesicht und sofort bereue ich, dass ich überhaupt hierhergekommen bin. »Ach. Wieso das denn auf einmal?«, fragt er und ich starre ihn wütend an.

Warum muss er so herablassend reden? Er weiß genau, wie schwer es mir fällt, ihn um Hilfe zu bitten! Eigentlich hatte ich vorgehabt, meinen Stolz herunterzuschlucken, da ich gedacht hatte, dass sich bei unserem letzten Treffen etwas zwischen uns geändert hätte, aber da lag ich wohl falsch.

»Offenbar war es ein Fehler, hierherzukommen. Tut mir leid für die Störung«, zische ich und drehe mich abrupt um, um zu gehen. Jedoch übersehe ich den großen Blumenkübel, der hinter mir steht, sodass ich darüber stolpere. Bevor ich Bekanntschaft mit dem harten Boden mache, halten mich jedoch zwei starke Hände fest.

Sven zieht mich an sich und ich hebe erschrocken meinen Blick. Mein Puls beginnt zu rasen, als ich bemerke, was für ein zärtlicher Ausdruck in seinen Augen liegt. Ich spüre, wie mir die Röte in die Wangen schießt, während ich daran denke, wie es wäre ihn jetzt zu küssen. Ich müsste den Kopf nur ein wenig nach vorne neigen.

Einen Augenblick später erinnere ich mich daran, wer vor mir steht. Sofort mache ich mich von ihm los und gehe einen Schritt zurück, dieses Mal darauf bedacht, nicht erneut fast zu stürzen.

»Alles okay?«, fragt Sven und seine Stimme klingt rauer als vorher. Oder bilde ich mir das bloß ein?

Reichlich verwirrt von dieser ganzen Situation nicke ich.

»Wobei brauchst du Hilfe mit Cajou?«

Ich winke ab und setze ein halbherziges Lächeln auf. »Vergiss es. Ich bekomme es auch alleine hin.«

»Warum bist du dann hier, wenn du es doch alleine hinbekommst?«

»Ich dachte, es wäre eine gute Idee«, antworte ich.

»Und wieso denkst du das jetzt nicht mehr?«

»Weil du dich mal wieder wie ein arroganter Mistkerl aufgeführt hast«, rutscht es mir heraus und ich bin über meine eigenen Worte genauso erstaunt wie Sven.

»Was?« Perplex sieht er mich an.

»Nichts«, piepse ich und der Mut von vorhin ist verflogen.

Sven seufzt und fährt sich mit einer Hand durch seine blonden Haare. Wahrscheinlich fragt er sich, was er mit mir anfangen soll. Dabei weiß ich das selbst nicht mal. »Soll ich dir helfen oder nicht? Ich habe es dir nicht im Scherz angeboten.«

»Warum willst du mir überhaupt helfen?« Mit Sicherheit stelle ich ihm diese Frage bereits das dritte Mal.

»Warum nicht?«, stellt er mir als Gegenfrage und ein schiefes Grinsen, das mein Herz einen Takt schneller schlagen lässt, bildet sich auf seinem Gesicht.

»Weil du all die Jahre nur auf deinen Vorteil bedacht warst.«

Er lacht kurz auf und nickt. »Vielleicht habe ich mich ja geändert.«

Glaubt er das etwa selbst?

»Genau und die Hölle ist auch zugefroren«, antworte ich spitz und verschränke meine Arme vor der Brust.

Sven kommt einen Schritt auf mich zu und ich weiche ihm nicht aus. »Warum bist du sonst hier, wenn du meine Hilfe doch nicht willst?«

Sofort denke ich an den gestrigen Sturz von Cajou zurück. Verdammt. Ich brauche seine Hilfe. Egal, aus welchem Grund er es tut, ich muss dieses Angebot annehmen.

Ich schlucke zum zweiten Mal an diesem Tag meinen Stolz herunter. »Okay, ja, ich brauche deine Hilfe. Aber nur wenn du dich nicht wie ein hochnäsiger Angeber benimmst.«

»Geht in Ordnung. Allerdings helfe ich dir bloß, wenn du in einen Deal einwilligst.«

»Einen Deal?«, hake ich misstrauisch nach und ziehe eine Augenbraue nach oben. Davon war das letzte Mal keine Rede! Da wollte er mir aus Nettigkeit helfen oder habe ich mal wieder etwas missverstanden?

»Ich helfe dir, so gut es geht, mit Cajou und zeige dir alle Tipps und Tricks, die ich draufhabe. Solltest du sie allerdings innerhalb von vier Wochen nicht erfolgreich umgesetzt haben und beim internationalen Turnier von London nicht unter die Top zwanzig kommen, verkaufst du mir das Pferd«, schlägt er vor und hält mir seine ausgestreckte Hand hin.

Ist er irre?! Wie soll ich innerhalb von vier Wochen mit Cajou so weit kommen, wie es Landon in zwei Jahren nicht geschafft hat? Das ist doch Wahnsinn! Und wer sagt mir, dass mir Sven richtige Tipps gibt und nicht vielmehr schadet als hilft? Das würde ihm bei diesem Geschäft schließlich einen Vorteil verschaffen.

»Das ist ein ziemlich schlechter Deal«, stelle ich fest und ignoriere die dargebotene Hand.

Ein breites Grinsen bildet sich auf seinem Gesicht und er lässt mich nicht aus den Augen. »Findest du? Ich denke, es ist ein ziemlich guter Deal. Immerhin weißt du genau, wie erfolgreich ich bin. Ich verspreche dir, dass ich mein Bestes gebe, um Cajou und dich in Form zu bringen. Aber wenn es nicht klappt, dann gehört er mir. Falls du es hingegen hinbekommst, werden mein Vater und ich dich nie wieder belästigen und Angebote für das Pferd machen. Also, willigst du ein?«, fragt er mich mit hochgezogener Augenbraue und mein Blick schweift zu seiner Hand. »Oder bist du zu feige und glaubst womöglich selbst gar nicht an dich?«, fordert er mich heraus und weckt somit meinen Ehrgeiz. Ich war schon immer ein schlechter Verlierer und habe stets jede Herausforderung angenommen.

Bevor ich mich entscheide, denke ich an Landon. Immerhin ist es sein Pferd gewesen und er hat es mir vererbt, damit ich mich um Cajou kümmere. Was er wohl von so einem Deal gehalten hätte?

»Kneifst du etwa?«, sagt Sven und ich höre den belustigten Unterton aus seiner Stimme heraus. Eine Erinnerung geht mir durch den Kopf, daran, dass Landon mal mit einem Konkurrenten gewettet hat, dass er bei Olympia Gold holt. Damals ging es um zwei Pferde und er hat tatsächlich das Unmögliche wahr gemacht und gewonnen. Warum sollte mir das nicht auch gelingen? Landon wäre mit Sicherheit mit meinem Entschluss einverstanden und hätte ihn gebilligt.

»Nur wenn wir sechs Wochen ausmachen«, sage ich aus einem Impuls heraus.

»Nein, dann ist ja schon das Turnier vorbei. Vier Wochen. Mehr nicht.«

Ich seufze und sehe ihn prüfend an. Verhandeln war noch nie meine Stärke. »Okay, Deal«, antworte ich, bevor ich es mir anders überlegen kann.

»Die vier Wochen beginnen morgen. Wir trainieren immer vormittags. Falls es gut läuft, kannst du übernächstes Wochenende schon bei einem Turnier starten. Sagen wir mal, als kleiner Vorgeschmack.« Er grinst mich an und ich erwidere das falsche Lächeln.

»Das hatte ich sowieso vor«, antworte ich schlagfertig, obwohl das ganz und gar nicht meine Absicht war.

»Ich bin morgen gegen neun bei dir«, erklärt er und ich nicke. Erst jetzt fällt mir auf, dass er nach wie vor meine Hand hält. Schnell lasse ich seine los und wende mich zum Gehen.

»Dann also bis morgen. Ich finde selbst raus«, sage ich, als er sich ebenfalls in Bewegung setzen will.

Eilig verlasse ich sein Haus und atme vor der Tür tief durch. *Shit, worauf habe ich mich da nur wieder eingelassen?!,* denke ich mir und gehe zu meinem Auto.

Trotzdem fühle ich Euphorie in mir aufsteigen, dass Sven morgen zu mir kommt. Ich muss wirklich verrückt sein!

12. Kapitel

Sven

Ich sehe Jane hinterher, wie sie mein Haus verlässt. Wie zum Teufel bin ich nur auf diese dämliche Wette gekommen? Eigentlich hatte ich mich bereits mit dem Gedanken abgefunden, dass Cajou niemals in meinen Besitz kommen wird. Doch dann habe ich daran gedacht, wie mein Vater derzeit drauf ist und dass es womöglich etwas mit Cajou zu tun hat. Vielleicht hat er Schulden?

Dennoch tut es mir leid, was ich Jane vorgeschlagen habe. Immerhin ist es unmöglich, dieses Pferd innerhalb von vier Wochen so weit zu bekommen, dass man mit ihm gewinnen kann. Ich frage mich, was in Jane gefahren ist, dass sie diesen riskanten Deal eingegangen ist.

Womöglich ist ihr Ehrgeiz größer, als ich bisher angenommen hatte, denke ich mir schmunzelnd.

Ein lautes Klopfen an der Tür reißt mich aus meinen Gedanken und ich gehe hin, um sie aufzumachen. Für einen kurzen Moment hoffe ich, dass es Jane ist, die zurückgekommen ist. Jedoch sinkt meine Laune, als ich die Tür öffne und mein Vater vor mir steht. Ich trete ohne ein weiteres Wort zur Seite und lasse ihn rein.

Er lässt sich nicht bitten und bleibt im Flur stehen, nachdem er sich zu mir umgedreht hat. »Was wollte sie hier?«, fragt er mich und ich höre den drohenden Unterton aus seiner Stimme heraus.

»Jane will, dass ich ihr mit Cajou helfe«, erkläre ich und mein Vater zieht erstaunt die Augenbrauen nach oben. Ich muss ein Grinsen unterdrücken, da ich ihn selten sprachlos erlebe.

»Sie will was?!«

»Dass ich ihr helfe.«

»Ist das ein Scherz?«, fragt er und reibt sich über sein unrasiertes Kinn.

»Keineswegs.«

»Wie kommt sie denn auf so eine Scheiße?«

»Ich habe es ihr angeboten«, erkläre ich lapidar und das Gesicht meines Vaters färbt sich rot.

»Du hast was?! Bist du komplett irre?! Ich will dieses Pferd und anstatt dass du sie endlich so weit bekommst, dass wir es ihr abkaufen können, willst du ihr auch noch helfen. Ich fasse es nicht!«

»Du weißt doch gar nicht, was ich ausgehandelt habe«, sage ich schnell, damit er sich beruhigt. Er schnaubt laut und schaut mich abwartend an, während ich ihm von dem Deal erzähle.

»Hat sie tatsächlich eingewilligt?« Ich nicke als Antwort und ein breites Lächeln bildet sich auf dem

Gesicht meines Vaters. »Sehr gut. Dann sieh zu, dass sie nicht erfolgreich sein wird.«

»Ich gebe mein Bestes«, antworte ich, verschweige jedoch lieber die Tatsache, dass ich ihr, so gut es geht, helfen werde. Immerhin habe ich ihr das versprochen und ich halte meine Versprechen.

»Das will ich dir raten, mein Junge. Ansonsten müssen wir nochmal ein ernstes Wort miteinander reden.«

Bevor ich etwas darauf erwidern kann, dreht sich mein Vater um und verschwindet wieder. Statt sich zu freuen, dass ich so einen Deal ausgehandelt habe, benimmt er sich nach wie vor wie das letzte Arschloch. Wenn ich nur wüsste, was ihn so sehr beschäftigt. Irgendetwas stimmt hier nicht und ich ahne, dass ich über kurz oder lang herausfinden muss, worum es geht. *Hoffentlich lässt sich der womöglich entstandene Schaden am Hof dann noch reduzieren,* denke ich mir bitter.

Jane

Mit einem unguten Gefühl im Magen komme ich im Stall an. Während der kurzen Fahrt habe ich mich mehrmals gefragt, was in mich gefahren ist. Wie bin ich auf die dämliche Idee gekommen, diesen Deal anzunehmen?! Ich weiß doch, dass ich dabei nur verlieren kann.

Manchmal frage ich mich, was in meinem Kopf nicht richtig ist. Vielleicht bin ich als Baby einmal zu oft vom Wickeltisch gefallen. Ich seufze und fahre mir mit der flachen Hand über das Gesicht, um diese negativen Gedanken zu vertreiben. Ich steige aus meinem Wagen und gleichzeitig kommt Flynn aus dem Stall. Er winkt mir zu, als er mich erkennt.

Das schlechte Gewissen wegen der Tatsache, dass ich um Cajou wette, macht sich in mir breit und ich beschließe, Flynn so bald wie möglich von dem Deal zwischen Sven und mir zu erzählen.

»Hey Jane«, begrüßt er mich und ich lächle kurz. »Ich habe mich schon gewundert, wo du bist. Ist alles okay? Du siehst blass aus.«

»Weswegen hast du mich gesucht?«, frage ich ihn, ohne auf den Rest einzugehen, und der nette Ausdruck verschwindet aus seinem Gesicht und macht einem besorgten Platz.

»Wir müssen etwas besprechen.« Ich nicke und er läuft voraus in Richtung Wohnhaus, ohne ein weiteres Wort zu sagen. Worum es wohl geht? Ich beschließe, mir gar nicht erst hunderte von Horrorszenarien auszumalen, sondern stattdessen abzuwarten.

Flynn steuert direkt Landons altes Büro an und ein Kloß bildet sich in meinem Hals, als ich die ganzen Bilder von ihm an der Wand hängen sehe. Verdammt, ich vermisse ihn so sehr. Wenn ich ihn doch nur um Rat fragen könnte.

»Setz dich bitte, Jane.«

Ich nicke und nehme auf dem Stuhl ihm gegenüber Platz.

»Kannst du dir vielleicht denken, um was es geht?«, fragt er mich und ich schüttle mit dem Kopf. Er seufzt und trommelt unruhig mit den Fingern auf der Tischplatte herum. »Heute hat jemand angerufen, wegen Cajou.«

Ich starre ihn entgeistert an. »Wegen Cajou?«, frage ich dümmlich nach. »Wieso das denn?«

»Sie wollen ihn kaufen und haben eine beachtliche Summe angeboten. Ich weiß, dass Landon ihn dir vererbt hat und er dein Pferd ist. Aber ich möchte, dass du wenigstens darüber nachdenkst, bevor du eine Antwort gibst.« Flynns Blick bohrt sich in meinen und ich schlucke den Kloß in meinem Hals herunter.

Er will, dass ich Cajou verkaufe? Aber damit setzt er sich über den letzten Willen seines Bruders hinweg. Immerhin wollte Landon, dass ich mit Cajou mein Bestes gebe und erfolgreich werde. Sofort kommt mir der Deal mit Sven in den Kopf und ich weiß, welche Antwort ich Flynn geben muss, auch wenn er damit nicht glücklich sein wird.

»Es tut mir leid, aber ich kann Cajou nicht verkaufen.«

Flynn schaut ernst drein und ich fühle mich mit einem Mal ganz klein unter seinem eindringlichen Blick. »Ich will nur nicht, dass dir etwas passiert. Dieses Pferd macht auf mich einen sehr aggressiven Eindruck.«

»Ich weiß. Aber ich werde es schaffen und mit Cajou dem Ruf des Hofes wieder auf die Sprünge helfen. Gib mir nur ein paar Wochen und dann sehen wir weiter, okay?« Sofort meldet sich die kleine Stimme in meinem Kopf und erinnert mich daran, dass mir Cajou in vier Wochen womöglich gar nicht mehr gehört, doch ich ignoriere sie konsequent. Bis dahin werde ich eine Lösung finden. Hoffentlich.

»Wie du meinst«, willigt Flynn nach kurzem Zögern ein und ich lächle ihn dankbar an. Er nickt mir zu, was wohl das Zeichen ist, dass ich das Büro verlassen kann. Dabei fällt mir auf, dass sich tiefe Sorgenfalten in sein Gesicht gegraben haben.

»Ist bei dir alles okay, Flynn? Du siehst müde aus«, sage ich vorsichtig und hoffe, dass ich ihm damit nicht zu nahe trete.

»Passt schon«, antwortet er einsilbig.

»Ist etwas mit dem Hof?«, bohre ich nach, da ich mich nicht so leicht abschütteln lassen möchte. Er würde mir doch sagen, wenn es Schwierigkeiten gebe, oder?

Er schüttelt mit dem Kopf. »Mit dem Hof ist alles in Ordnung. Bis dann, Jane«, sagt er bestimmend und ich verlasse das Büro, ohne weitere Fragen zu stellen. Offenbar will er nicht darüber reden. Was wohl bedeutet, dass seine Sorgen private Gründe haben, wenn mit dem Hof alles okay ist. Nur welche?

13. Kapitel

Sven

Pünktlich um ncun Uhr am Morgen biege ich auf den Hof von Sticks ein. Es ist nach wie vor ein seltsames Gefühl, dass ich Landon hier nie mehr antreffen werde.

Ich atme tief durch, wische diesen Gedanken beiseite und steige aus meinem Wagen aus, nachdem ich ihn geparkt habe.

Kalter Wind umfängt mich und ich schließe die Jacke. Der Himmel ist grau und lässt vermuten, dass es bald erneut anfängt zu schneien. Ganz prima. Genau das, was ich brauche, wenn ich heute Nachmittag den Weidezaun nachbessern muss.

Ich gehe mit langen Schritten auf die Stalltür zu und öffne sie. Der Geruch nach Heu und Pferd umfängt mich.

Bevor ich mich umsehen kann, kommt Jane aus einer Box heraus und ein erstaunter Ausdruck huscht über ihre Miene. Offenbar hat sie nicht damit gerechnet, dass ich tatsächlich komme.

»Guten Morgen«, begrüße ich sie und gehe ein paar Schritte auf sie zu. Ich muss schlucken, während ich sie mustere. Sie steckt in einer eng anliegenden Reithose und ein weiter Pullover umschmeichelt ihren Oberkörper. Ihre langen, braunen Haare hat sie zu einem unordentlichen Zopf zusammengebunden, sodass mich nichts von ihrem hübschen Gesicht ablenkt. Verdammt, wieso finde ich sie auf einmal so scharf?

Früher, als sie noch aktiv Turniere geritten ist, haben wir uns fast jedes Wochenende gesehen, aber da hat sie mich nicht interessiert und ich habe sie nie eines zweiten Blickes gewürdigt. *Was ist also auf einmal anders?*, frage ich mich selbst, obwohl ich die Antwort darauf kenne. Sie ist anders als all die Frauen, die ich vorher kannte. Die anderen haben sich stets für meinen Ruf und mein Geld interessiert. Jedoch nicht dafür, wer ich eigentlich bin.

»Morgen«, murmelt sie und wendet ihren Blick schnell ab, nachdem sie mich genauso angestarrt hat wie ich sie.

»Wollen wir starten?«

»Ich sattle Cajou noch und dann kann es losgehen.« Sie sieht mich nicht an, während sie diese Worte ausspricht, sondern verschwindet eilig in der Box, nachdem sie den Sattel vom Haken genommen hat.

Ich trete näher, um sie dabei zu beobachten, wie sie Cajou fertig macht. Der Platz in meiner Hose wird enger, als sie sich nach vorn beugt, um den Sattelgurt zu schließen.

Was ist heute nur mit mir los?

»Ist etwas?«, fragt mich Jane und ich merke, dass sie offenbar seit einigen Augenblicken fertig ist und mitbekommen hat, wie ich sie anstarre.

Wahrscheinlich brauche ich nur wieder Sex, damit Jane nicht länger diese Wirkung auf mich hat, beschließe ich. Das letzte Mal ist schon einige Monate her. Die Turniere und der Stall haben mich in letzter Zeit zu stark eingenommen, als dass ich auch nur ansatzweise an eine Beziehung denken konnte.

Jane räuspert sich und mir wird bewusst, dass ich ihr nach wie vor nicht geantwortet habe. Sie zieht ihre Augenbrauen zusammen und ich fürchte, dass sie mich in diesem Moment für einen absoluten Idioten hält.

»Alles gut. Ich war nur in Gedanken. Ist in der Halle noch jemand?«, frage ich und rücke, als sie mir den Rücken zuwendet, unauffällig mein bestes Stück in der Hose zurecht. Ich bin froh, dass ich heute eine Jeans trage und keine Reitsachen. Sonst hätte sie nur allzu gut gesehen, was sie unfreiwillig mit mir anstellt.

»Wir haben sie ganz für uns«, antwortet sie und ich nicke zufrieden.

»Während du Cajou warmreitest, baue ich ein paar Hindernisse auf.«

Ich warte gar nicht erst auf ihre Antwort, sondern gehe direkt in die Reithalle. Mein Vater will zwar, dass ich bloß so tue, als würde ich sie trainieren, aber ich habe nicht vor, sie zu veralbern. Ich werde mein Bestes geben, obwohl es mich Cajou kosten könnte.

Sofort denke ich an das Gespräch zwischen meinem Vater und diesem seltsamen Typen zurück. Ein ungutes Gefühl macht sich in meinem Magen breit, doch ich verdränge es schnell. In vier Wochen kann so viel passieren. Bis dahin wird schon alles gut werden.

»Jane! Konzentriere dich doch bitte! Du lässt die Zügel viel zu locker!«, rufe ich aufgebracht quer durch die Halle. Ich frage mich mittlerweile, ob ich gegen eine Wand rede. Sie setzt partout nichts von dem um, was ich ihr sage.

»Ich versuche es!«, keift Jane zurück. Ihr Kopf ist puterrot, während sie an mir vorbeigaloppiert.

»Davon sehe ich absolut nichts.« Meine Geduld ist fast am Ende und ich frage mich, ob ich hier nicht doch meine Zeit verschwende. Offenbar will sie keinen meiner Ratschläge annehmen und nicht einmal versuchen, sie umzusetzen.

»Weißt du was?«, brüllt sie und kommt mit Cajou auf mich zugeritten. »Dann mach es doch besser. Er hat heute keine Lust und sträubt sich gegen jede Hilfe, die ich gebe.«

Ihre vollen Lippen hat sie zu einem schmalen Strich zusammengepresst und ihre Augen funkeln mich erzürnt an.

»Dann steig ab und ich zeige dir, wie es geht«, gehe ich auf ihre Worte ein und für einen Moment huscht Überraschung über ihr Gesicht. Hat sie etwa gedacht, dass ich so eine Herausforderung ausschlage?

»Gut«, zischt sie und steigt ab. Wütend hält sie mir die Zügel hin und ich nehme sie ihr aus der Hand. Cajou sieht mich gelangweilt an, als wüsste er nicht, was das ganze Theater soll. Jane reicht mir widerwillig ihren Helm und ich setze ihn auf. Anschließend stelle ich die Steigbügel länger, streichle über Cajous Hals und steige auf. Konsequent ignoriere ich Jane, die mich versucht mit ihren Blicken zu töten. Die Jeans reibt unangenehm an meinen Beinen, da sie zum Reiten nicht geeignet ist, doch ich mache das Beste draus.

Ich trabe nach ein paar Schritten an und Cajou fügt sich meinen Anweisungen prompt. Mir wird bewusst, dass ich das erste Mal auf dem Pferd sitze, von dem so viel abhängt. Mein Vater würde wahrscheinlich wollen, dass ich einfach nach draußen galoppiere und Cajou in unseren Stall bringe. Ein Grinsen will sich bei diesem Gedanken auf meinem Gesicht ausbreiten, doch ich unterdrücke es schnell.

Nachdem ich zwei Runden getrabt bin, während Jane weiterhin mit verschränkten Armen in der

Reithalle steht und mich aus Argusaugen beobachtet, galoppiere ich an.

Cajou springt sofort an und ich wende auf dem Zirkel ab. Er lässt sich locker lenken und ich beschließe, ein paar Hindernisse mit ihm zu springen. Jane hat sich damit heute sichtlich schwergetan.

Ohne Probleme überwinde ich das kleine Kreuz und reite direkt auf den Steilsprung zu. Beides überspringt Cajou, ohne zu murren und ohne Widerwillen.

»Geht doch!«, rufe ich Jane zu und kann selbst aus dieser Entfernung erahnen, wie sie mit den Augen rollt. »Ich weiß wirklich nicht, wo dein Problem liegt. Vielleicht ist es besser, wenn du ihn mir gleich übergibst«, stachle ich ihre Wut weiter an.

Ich schaue erneut zu ihr, da bleibt Cajou plötzlich ohne Vorwarnung stehen. Routiniert erlange ich mein Gleichgewicht zurück und drücke ihm meine Fersen an seinen Bauch, damit er vorwärtsgeht. Doch er schnaubt bloß laut, sodass ich den Druck verstärke.

Cajou senkt seinen Kopf nach unten und fängt plötzlich an, zu buckeln. Ich nehme die Zügel straffer, aber er lässt sich nicht beruhigen. Bevor ich weiß, wie mir geschieht, wirft er seinen Kopf mit voller Wucht nach oben und steigt, sodass er nur noch auf den Hinterbeinen steht. Ich verlagere mein Gewicht nach vorne, damit wir nicht umkippen, und klammere mich an seinem Hals fest. Bevor er mit den Vorderbeinen auf dem Boden landet, wirft er seinen Kopf erneut zurück, sodass er damit gegen meinen schlägt. Sterne und schwarze Punkte tanzen mit einem Mal vor meinen Augen und ich kann mich nur mit Mühe halten.

Cajou steht nach einem Augenblick mit allen vier Hufen auf dem Boden, ich hingegen liege immer noch mit meinem Oberkörper auf seinem Hals und klammere mich fest. Es kommt mir so vor, als würde sich alles um mich herum drehen.

»Sven! Sven!«, ruft jemand meinen Namen und ich will meinen Kopf in die Richtung wenden, lasse es jedoch lieber, als mir schlecht wird. »Ist alles okay?« Endlich erkenne ich die Stimme. Bevor ich antworten kann, taucht Janes besorgtes Gesicht vor mir auf. Sie nimmt Cajous Zügel in die Hand und ich richte mich auf, damit ich nicht so lächerlich wirke.

»Alles gut«, brumme ich und nehme meine Füße aus den Steigbügeln, um abzusteigen. Zwar würde ich zu gerne noch weiterreiten, um Jane zu zeigen, dass ich mit Cajou umgehen kann, doch ich glaube, nach zwei Schritten würde ich einfach wie ein nasser Sandsack herunterfallen.

»Nichts ist gut. Er hat seinen Kopf an deinen geschlagen. Womöglich hast du eine Gehirnerschütterung«, sagt sie. Als wüsste ich das nicht selbst.

»Quatsch«, murmle ich trotzdem und steige von Cajou ab. Ich lande mit beiden Füßen auf dem Boden und ein Schmerz schießt durch meinen Kopf, sodass ich mich am Sattel festhalten muss, damit ich nicht umkippe. Vielleicht geht es mir doch mieser, als ich bisher angenommen habe.

»Halt dich fest, ich rufe dir einen Krankenwagen.« Jane fummelt bereits an ihrer Jackentasche herum, aber ich halte sie zurück.

»Ich brauche keinen Arzt. Ich muss mich nur kurz setzen«, erkläre ich und sehe aus dem Augenwinkel, wie sie eine Augenbraue nach oben zieht. »Wirklich«, bekräftige ich meine Worte und sie atmet laut aus.

»Wenn du meinst. Ich bringe dich am besten in meine Wohnung.«

Ich nicke, was jedoch erneut mit einem stechenden Kopfschmerz bestraft wird. Fuck, so etwas ist mir schon lange nicht mehr passiert, aber ich hatte so etwas null erwartet. Wahrscheinlich, weil ich mit meinen Gedanken woanders war.

Jane greift nach meiner Hand und verschränkt ihre Finger mit meinen. Ein Prickeln schießt durch meinen Körper und für einen Moment fühle ich nicht mehr diesen unsäglichen Schmerz in meinem Kopf.

Gemeinsam gehen wir aus der Halle und Cajou trottet am langen Zügel hinter uns her, als wäre nichts gewesen. »Warte kurz hier. Ich bringe ihn nur weg«, sagt Jane und deutet auf die kleine Sitzbank beim Stallgang. Kaum dass sie meine Hand loslässt, fühlt es sich an, als würde ein Teil von mir fehlen.

Ich setze mich und ein paar Augenblicke später steht sie wieder vor mir und hält mir ihre ausgestreckte Hand hin. Ohne zu zögern, ergreife ich sie und ich sehe das Lächeln auf ihrem Gesicht, obwohl sie ihren Kopf schnell zur Seite dreht.

»Ich wohne gleich über dem Stall«, erklärt sie. Ich antworte nicht, sondern konzentriere mich auf meine Schritte. In meinem Kopf fühlt sich alles total schwammig an und es kommt mir so vor, als hätte ich gar keine Kontrolle mehr über meine Sinne, da ich mich fühle wie auf einem wankenden Schiff.

Ein paar Minuten später treten wir in ihre Wohnung und ich kann mich nicht daran erinnern, wie wir überhaupt hierhergekommen sind. Das Einzige, woran ich denken kann, ist ihre Hand in meiner. Zum Glück kann sie meine Gedanken nicht hören.

»Hier, setz dich auf das Sofa. Ich hole dir etwas zu trinken.«

»Okay«, antworte ich. Zeitgleich nimmt sie mir auch den Reithelm ab, an den ich gar nicht mehr gedacht habe.

Zu gerne würde ich mich in ihrer Wohnung umschauen, doch mein Kopf würde wahrscheinlich protestieren, wenn ich ihn bewege.

Einen Moment später steht sie mit einem Glas Wasser vor mir und ich trinke es in einem Schluck aus. »Ist wirklich alles okay?«, fragt sie besorgt und ich nicke.

»Es geht gleich wieder. Ich muss mich lediglich einen Moment ausruhen.«

»Wie du meinst. Ich kümmere mich bloß schnell um Cajou und dann bin ich gleich wieder bei dir.«

»Hm«, brumme ich und als die Tür leise ins Schloss fällt, beschließe ich, für einen Moment die Augen zu schließen. *Ganz kurz bloß,* denke ich mir und strecke mich auf dem kleinen Sofa aus.

14. Kapitel

Jane

Leise verlasse ich meine Wohnung und atme vor der Tür tief durch. Noch immer kann ich es nicht fassen, dass Sven jetzt auf meinem Sofa sitzt.

Ich hoffe, er hat sich nicht ernsthaft etwas getan. Der Schlag mit dem Kopf, den Cajou ihm verpasst hat, war ziemlich heftig und sah schmerzhaft aus. Mich wundert es, dass er sich danach überhaupt noch auf dem Pferd halten konnte. Ich wäre vermutlich einfach zur Seite heruntergefallen.

Als ich wieder in die Kälte trete, ziehe ich den Reißverschluss von meiner Jacke hoch. Ich beschließe, Cajou noch ein paar Runden Schritt zu führen, da er stark geschwitzt hat und langsam runterkühlen sollte. Anschließend werde ich nach Sven sehen. Ein warmes Gefühl breitet sich in mir aus, wenn ich daran denke, dass jemand in meiner Wohnung auf mich wartet.

So schnell, wie dieser Gedanke gekommen ist, verdränge ich ihn wieder. Immerhin ist es der eingebildetste Mann, den ich kenne. Aber er ist dennoch hier, um mir zu helfen. Auch wenn das heute gründlich daneben gegangen ist.

Doch auf gar keinen Fall darf ich mehr in diese Sache hineininterpretieren, als da wirklich ist.

Trotzdem hat es sich verdammt gut angefühlt, als er meine Hand in seiner gehalten hat. Ich verdränge den Gedanken und öffne die Stalltür.

Alles ist ruhig und ich bin froh, dass niemand etwas von Sven und dem Training mit Cajou bemerkt hat. Womöglich würden sie mich sonst für einen absoluten Anfänger halten, so schlecht, wie ich heute geritten bin.

Dabei erfüllt es mich zumindest mit ein wenig Schadenfreude, dass auch Sven mitbekommen hat, zu was Cajou fähig ist.

Er benimmt sich nicht nur bei Landon oder mir wie ein kompletter Arsch, sondern bei jedem. Irgendetwas passt Cajou manchmal nicht. Jetzt gilt es, herauszufinden, was.

Während ich darüber nachdenke, gehe ich zu Cajous Box und hole ihn raus. Er schaut mich unschuldig an, als könnte er kein Wässerchen trüben.

Ich führe ihn in die Halle und laufe ein paar Runden mit ihm. Er trottet neben mir her und schnaubt ab und zu. *Wenn er nur immer so friedlich wäre,* denke ich mir.

»Hey Jane!«, ruft mich jemand und ich sehe zum Hallentor. Flynn steht dort und winkt mir zu. Ich drehe mit Cajou um und laufe auf ihn zu.

»Hey. Ich habe dich gar nicht kommen gehört.«

»Das habe ich gemerkt. Alles klar bei dir?«, fragt er.

»Ja und bei dir?«, stelle ich die Gegenfrage, da mir erneut die dunklen Schatten unter seinen Augen auffallen. Was ist nur mit ihm los? Sah er schon so aus, als ich ihn das erste Mal getroffen habe? Ich versuche, mich daran zu erinnern, doch mir fällt es partout nicht ein.

»Geht schon«, antwortet cr ausweichend. »Habe ich etwas verpasst?«

Ich ziehe die Augenbrauen zusammen und mustere ihn fragend. »Verpasst? Was meinst du?«

Ein Grinsen bildet sich auf seinem Gesicht und der düstere Ausdruck verschwindet ein wenig aus seiner Miene. »Du und Sorrenson. Ich habe euch vorhin über den Hof laufen sehen.«

Ich spüre, wie mir sämtliche Farbe aus dem Gesicht weicht. Shit. Ausgerechnet Flynn hat uns gesehen. »Es ist nicht so, wie du denkst«, antworte ich, obwohl ich genau weiß, wie dämlich diese Aussage klingt.

»Und wie ist es dann?«, fragt er weiter nach und ich beschließe, ihm die Wahrheit zu sagen, warum Sven hier ist.

»Er hilft mir mit Cajou und gibt mir ein paar Tipps.«

»Er hilft dir?« Das Grinsen ist aus Flynns Gesicht verschwunden und Erstaunen macht sich stattdessen darauf breit.

»Hmm. Er kommt in den nächsten Wochen öfter vorbei.«

»Aber er und sein Vater wollten ihn doch unbedingt kaufen, oder nicht?«, fragt er und ich nicke.

»Jetzt aber nicht mehr. Sie haben sich umentschieden.« *Flynn muss ja nicht gleich die komplette Wahrheit erfahren,* denke ich mir. Ich will nicht, dass er sich Sorgen macht.

»Soso«, murmelt er. Ob er ahnt, dass mehr dahintersteckt? »Dann will ich mal nicht weiter stören. Pass aber auf mit Cajou. Ohne dich kann ich den Laden hier nicht schmeißen.«

»Keine Sorge, Flynn. Ich habe alles im Griff«, antworte ich, obwohl sich das momentan ganz und gar nicht so anfühlt. Immerhin haben sich aus irgendeinem dummen Grund Schmetterlinge in meinem Bauch eingenistet. Aber vielleicht habe ich auch nur Hunger. Gott, bitte lass es das sein. Ich darf mich unter gar keinen Umständen in Sven verlieben. In jeden, aber nicht in ihn.

Ich sehe Flynn hinterher, wie er im Stall verschwindet, und bringe Cajou anschließend in die Box. Nachdem ich ihm eine Schippe Hafer gegeben und eine Decke aufgelegt habe, mache ich mich auf den Weg zurück in meine Wohnung zu Sven.

Das prickelnde Gefühl, das sich in meinem Körper ausbreitet, unterdrücke ich schnell.

Leise öffne ich die Tür und finde Sven genau so vor, wie ich es mir gedacht hatte: Er schläft. Ich gehe auf ihn zu und nehme eine Decke von dem Stuhl neben dem Sofa. Vorsichtig lege ich sie über seinen Körper und unterdrücke ein Seufzen, während ich sein entspanntes Gesicht mustere. Jetzt sieht er ganz friedlich aus und seine blonden Haare stehen verwuschelt von ihm ab.

Plötzlich regt er sich und mir wird bewusst, dass ich ihn gerade wie eine verrückte Stalkerin anstarre. Leise verlasse ich das Wohnzimmer und gehe stattdessen in die Küche. Ich fülle erneut ein Glas mit Wasser und suche in meinen Schränken nach einer Aspirin. Mit Sicherheit wird Sven ziemliche Kopfschmerzen haben, wenn er aufwacht.

Tatsächlich habe ich sogar Glück und finde eine Packung. Ich nehme eine Tablette heraus und lege sie neben das Glas. Ein Räuspern hinter mir lässt mich zusammenzucken, sodass ich fast das Wasser umwerfe.

Ich drehe mich um und mustere Sven, der am Türrahmen lehnt und mich beobachtet. »Hey. Geht es dir besser?«, frage ich, nachdem ich damit fertig bin, ihn zu mustern. Was ist heute bloß los mit mir?!

»Hm. Mein Kopf brummt, aber zumindest dreht sich nicht mehr alles um mich herum und mir ist auch nicht mehr schlecht«, antwortet er und kommt langsam auf mich zu.

»Das … das freut mich«, stottere ich, als er plötzlich nah vor mir steht und seine Hand ausstreckt. Ich halte den Atem an und warte auf die Berührung. Jedoch steigt mir prompt die Röte in die Wangen, als er anstatt nach mir lediglich nach dem Glas Wasser greift. *Ich bin echt so ein Vollidiot,* denke ich mir.

»Ist die Tablette für mich?«

Ich antworte nicht, sondern drehe mich zur Seite und greife danach, um sie ihm zu geben. Als sich unsere Finger dabei berühren, fühlt es sich so an, als würde es zwischen uns knistern. Aber womöglich bilde ich mir das nur ein. Wie immer.

Er lächelt mich zärtlich an und nimmt die Tablette. Herrje, ich muss Abstand zwischen uns bringen, bevor ich noch etwas Dummes tue. Um beschäftigt auszusehen, gehe ich zur Kaffeemaschine, die ein paar Schritte weiter steht, und schalte sie ein.

»Tut mir leid, dass ich heute beim Training so rumgemault habe«, entschuldigt sich Sven nach einem Augenblick des Schweigens und ich drehe mich erstaunt zu ihm um.

»Habe ich gerade richtig gehört?«, frage ich sicherheitshalber nach.

Er runzelt die Stirn und stellt das Glas ab. »Was meinst du?«

»Na, hast du dich gerade tatsächlich entschuldigt?« Ein Grinsen bildet sich auf seinem Gesicht und er rollt mit den Augen, während ich das Lachen nicht mehr zurückhalten kann. »Dass ich das noch erleben darf.

Der große Sven Sorrenson entschuldigt sich und gesteht ein, dass er sich wie ein Arsch benommen hat.«

»Hey! So habe ich das nicht gesagt«, unterbricht er mich schnell, aber auch er muss ein Lachen zurückhalten.

»Schade eigentlich. Aber vielleicht schaffst du es das nächste Mal«, provoziere ich ihn und entlocke ihm so doch noch ein kurzes Lachen. Es ist, glaube ich, das erste Mal, dass ich Sven lachen höre, und ich schwöre, dass sich noch nie etwas so schön angehört hat.

Sein Lachen verklingt und er schaut mich ernst an. Ich erwarte, dass er irgendetwas sagt, doch stattdessen starrt er mich nur an. Ob ich etwas im Gesicht kleben habe?

Das Schweigen zwischen uns wird unerträglich, sodass ich fieberhaft über einen Gesprächsanfang nachdenke. »Ähm … Offenbar hattest du doch keine Gehirnerschütterung, nicht wahr?«, sage ich zu ihm.

Sven nickt, bevor er meinem Blick ausweicht. Zu gerne wüsste ich, was ihm gerade durch den Kopf gegangen ist. »Scheint so. Ich werde jetzt aufbrechen. Danke für die Tablette«, murmelt er und weicht meinem Blick aus.

»Dann also bis morgen?«, frage ich mehr, als dass ich es sage, und er nickt erneut.

»Bis morgen.« Er schaut mich noch einmal kurz an und verlässt anschließend die Wohnung. Unschlüssig starre ich ihm hinterher und frage mich, was auf einmal los ist.

15. Kapitel

Sven

Mit einem Brummschädel, der sich anfühlt wie ein Kater, komme ich wieder an unserem Stall an. Kaum bin ich zwei Schritte vom Auto entfernt, erscheint mein Vater auf der Bildfläche. Ich setze mein bestes Lächeln auf und gehe auf ihn zu. Auf gar keinen Fall darf er herausfinden, dass mich Cajou halb k. o. geschlagen hat. Ich habe keine Lust, mir erneut anzuhören, dass ich ein Versager bin.

»Hey Dad!«, rufe ich und ein stechender Schmerz schießt durch meinen Kopf, während ich so laut rede. Wann wirkt nur diese verdammte Tablette?!

»Sven«, sagt er und nickt mir zu. »Warst du bei der Walker? Wie lief es?«, fragt er und ich ignoriere den abfälligen Unterton, der in seiner Stimme mitschwingt.

»Ganz gut.«

»Ganz gut? Für uns oder für sie?«, blafft er und ich unterdrücke den Drang, mir an den Kopf zu greifen, weil der Schmerz hinter meiner Schläfe dumpf pulsiert.

»Für uns«, antworte ich und spüre, wie widerwillig diese Worte über meine Lippen kommen. Wieso freue ich mich nicht darüber, dass es bei Jane und Cajou schlecht läuft? Immerhin steigen die Chancen dadurch, dass Cajou in unseren Besitz übergeht.

»Junge, hörst du mir überhaupt zu?«, unterbricht mein Vater meine Gedankengänge und ich kehre in die Wirklichkeit zurück.

»Entschuldigung. Was hast du gesagt?«

»Dass du so weitermachen sollst«, brummt er und ich nicke teilnahmslos. Er klopft mir auf die Schulter, bevor er in Richtung Büro verschwindet, und ich versuche, das Gesicht nicht schmerzhaft zu verziehen.

Ich beschließe, im Stall nach dem Rechten zu schauen und die Pferde auf den Paddock, welches ein kleiner befestigter Auslauf ist, zu bringen. Ans Reiten wird heute nicht mehr zu denken sein.

Zweifel steigen in mir auf, ob dieser Deal mit Jane eine gute Idee war. Irgendwie wehrt sich alles in mir dagegen, sobald ich daran denke, ihr Cajou wegzunehmen. Aber ich muss es tun, sonst steht der mehr als wacklige Frieden zwischen meinem Vater und mir auf dem Spiel. Ich nehme mir vor, ihn darauf anzusprechen und herauszufinden, ob er finanzielle Probleme hat. Mein Zuhause und die Familie sind in jedem Fall wichtiger als Jane. Ich darf keinen Fehler begehen, indem ich meinen Gefühlen das Denken und Entscheiden überlasse. Jane ist nur eine Frau wie alle anderen. Wenn ich wollen würde, könnte ich mir eine andere aussuchen und Jane so aus meinen Gedanken vertreiben.

Wenn ich mir das oft genug selbst vorsage, dann wird es bestimmt auch wahr werden, denke ich mir grimmig und mache mich an die Arbeit.

Verwirrt zucke ich hoch, als neben mir etwas klingelt. Erst nach einem Augenblick realisiere ich, dass es mein Handy ist. Ich nehme es vom Couchtisch und sehe darauf. Damians Name blinkt auf und ich fahre mir mit der flachen Hand über das Gesicht, um etwas wacher zu werden, bevor ich drangehe.

»Ja?« Selbst in meinen Ohren klingt meine Stimme verschlafen und ich frage mich, wie spät es wohl ist. Offenbar bin ich beim Fernsehen eingeschlafen.

»Oh Mann, du klingst ja fertig, Sven«, begrüßt mich mein bester Freund und lacht dabei.

»War ein langer Tag«, brumme ich und bete darum, dass er nicht genauer nach dem Warum fragt. Janes Gesicht erscheint vor meinem geistigen Auge und ich unterdrücke ein Seufzen.

»Oh je. Ich wollte eigentlich nur hören, wie es dir geht. Seit unserem Treffen hast du dich nicht mehr gemeldet«, sagt er und klingt tadelnd. Kein Wunder, ich bin auch ein verdammt schlechter Freund. Meistens melde ich mich wochenlang nicht, da ich so im Turnierstress versunken bin und alle sozialen Kontakte vergesse.

»Ja, sorry«, antworte ich wortkarg und setze mich auf. »In den letzten Tagen ging alles ein wenig drunter und drüber. Ich wollte mich sowieso bei dir melden.«

Damians Lachen dringt durch den Hörer, da er meine Lüge sofort durchschaut hat. »Schon klar, Kumpel. Aber wir kennen dich ja. Wir sind Samstagabend bei Nick. Hast du Bock, vorbeizukommen?«

Ich presse die Lippen zusammen und denke nach, bevor ich gleich wieder Nein sage. Ich kann froh sein, dass ich überhaupt noch Freunde habe, so selten, wie ich mich blicken lasse. »Klar, gerne. Soll ich was mitbringen?«

»Deine kleine Freundin kannst du mitbringen.«

Ich rolle mit den Augen und unterdrücke eine bissige Bemerkung. Auch ohne nachzufragen, weiß ich, dass er Jane meint. Damian hat mich ja schon das letzte Mal in der Bar ordentlich vorgeführt, als ich sagte, ich wolle nichts von ihr, und anschließend doch vor Eifersucht zergangen bin, während er mit ihr geredet hat.

»Sie ist nicht meine kleine Freundin«, bringe ich zähneknirschend hervor und betone jedes einzelne Wort überdeutlich.

»Noch nicht. Aber so wie ihr zwei umeinander herumschleicht, wird das wohl nicht mehr lange dauern«, schlussfolgert er.

»Was redest du denn da? Ich will nichts von ihr.«

»Ja, noch.«

»Nicht noch. Das wird für immer so bleiben. Außerdem helfe ich ihr derzeit nur beim Training. Mehr nicht.«

»Soso. Das ist neu«, unterbricht er mich und mir wird bewusst, dass ich mich selbst verraten habe. Bisher hatte ich außer meinem Vater niemandem erzählt, dass ich Jane unterstütze. Verdammt. Damian wird das natürlich nicht unter den Tisch fallen lassen, sondern darüber reden wollen.

»Äh, ja. Aber das ändert nichts daran, dass sie eine Konkurrentin für mich ist.«

»Wenn du das sagst, muss es wohl so sein.« Ich beiße mir auf die Zunge, da ich etwas darauf erwidern will. Dabei kann ich mich ab diesem Punkt nur noch tiefer in die Scheiße reiten.

»Also Samstag dann«, sage ich, um das Gespräch in ungefährlichere Gefilde zu bringen.

»Bring gute Laune mit und nicht so eine Miesepeterstimmung wie letztes Mal. Bis dahin, Kumpel, und viele Grüße an deine Konkurrentin.«

»Bis dann«, antworte ich und gehe auf den Rest gar nicht ein. Ich lege das Handy auf den Couchtisch und stütze meinen Kopf in den Händen ab.

Erneut frage ich mich, ob diese Trainingssache mit Jane eine gute Idee war oder ob ich mich immer mehr in etwas hineinmanövriere, aus dem ich womöglich nicht unbeschadet herauskomme.

Wir werden sehen, denke ich mir und stehe auf, um ins Bett zu gehen.

16. Kapitel

Jane

Der Tag beginnt genau so, wie er gestern geendet hat: beschissen.

Die Temperaturen sind etwas gestiegen, sodass es nun nicht mehr schneit, sondern in Strömen regnet. Als wäre das nicht nervig genug, geht eines der Pferde von Landon, das sich heute Interessenten anschauen wollten, lahm. Vermutlich hat es sich den Huf umgeknickt, weshalb das Gelenk nun geschwollen ist. Ganz super. So etwas brauche ich unbedingt.

Ich beschließe, die potenziellen Käufer gleich anzurufen und einen anderen Termin auszumachen. Flynn wird nicht begeistert sein, dass das Pferd ein paar Tage länger bei uns bleibt, aber es nützt nichts. Mittlerweile sind es nur noch drei Pferde, die verkauft werden müssen.

Immer wieder frage ich mich, was wohl Landon davon halten würde. Auf der einen Seite denke ich, dass er es sogar gutheißen könnte, aber auf der anderen hat er diese Pferde geliebt. Sie waren sein Ein und Alles. Doch solange ich Cajou nicht verkaufe, kann ich mein Gewissen zumindest ein wenig beruhigen.

Die Sache mit dem Deal zwischen Sven und mir verdränge ich geflissentlich. Ich werde es schon schaffen. Das gestern war nur ein kleiner Rückschlag. Schließlich kann ja nicht alles glatt laufen.

Ich erinnere mich unnötigerweise selbst daran, dass mit Cajou noch nie etwas glatt lief. Außer am ersten Tag nach meiner langen Reitpause. Es kommt mir vor, als wäre das schon Monate her.

In den letzten Wochen habe ich nicht mal mehr an Soraya, mein verstorbenes Pferd, gedacht. Ob das gut oder schlecht ist, weiß ich selbst nicht. Sie wird immer in meinem Herzen bleiben, dennoch muss ich nach vorne sehen. Wenn ich weiter trauere, um sie und Landon, bringt das nichts. Besonders nicht dem Stall.

Ich habe mir vorgenommen, alles zu geben, damit er nicht verkauft werden muss. Zwar beteuert Flynn, dass es finanziell stabil steht, aber das kann sich schnell ändern. Vor allem, wenn ich bei den Turnieren in nächster Zukunft nicht erfolgreich abschneide und keine Werbung für uns mache.

Ein Kloß bildet sich in meinem Hals und die Last, die ich auf meinen Schultern trage, wird prompt schwerer.

Es wird schon alles gut gehen, mache ich mir selbst Mut und wähle die Nummer der Interessenten.

Nach dem Gespräch bleibt nicht mehr viel Zeit, bis Sven kommt. Wenn er überhaupt erscheint. Ein Teil von mir hofft es und der andere betet darum, dass er nie wieder hier aufkreuzt und meine Gefühlswelt durcheinanderbringt. Ich beschließe, in den Stall zurückzugehen und Cajou fertig zu machen. Selbst wenn Sven nicht erscheint, muss ich Cajou reiten. Schließlich will er bewegt werden.

Ich ziehe mir meine dicke Jacke über und gehe nach draußen. Der Hof liegt wie verlassen vor mir, da die Leute, die ihre Pferde bei uns untergestellt haben, meistens erst nachmittags oder gegen Abend vorbeikommen. Für mich ist daher vormittags die schönste Zeit, weil ich da Ruhe vor irgendwelchem Small Talk habe. Ich habe nichts gegen die Leute im Stall, aber mit manchen muss man nicht mehr Zeit als unbedingt nötig verbringen.

Mit schnellen Schritten laufe ich in den Stall und bleibe abrupt stehen, als ich bemerke, dass Sven bereits da ist. Er steht vor Cajous Box und streichelt mit einem nachdenklichen Ausdruck im Gesicht dessen Kopf. Offenbar hat er mich nicht bemerkt. Ich nutze die Gelegenheit und mustere ihn. Heute trägt er schwarze Reithosen und eine dunkle Jacke, die seine fitte Statur betont. Die blonden Haare stehen strubbelig ab und ich stelle mir vor, wie ich mit meinen Händen durch diese fahre, während er mich küsst.

»Hey Jane«, begrüßt mich Sven und reißt mich so aus meinen höchst seltsamen Gedanken.

»Hi«, murmle ich und schiebe mich an ihm vorbei in Cajous Box. »Ich wollte eigentlich schon fertig sein, bevor du kommst, aber es ist etwas dazwischengekommen. Eines der Pferde geht lahm und ich musste mich erst einmal darum kümmern.« Ich drehe ihm meinen Rücken zu und ziehe Cajou das Halfter über, während ich mit Sven rede.

»Oh. Welches Pferd ist es? Wenn du magst, sehe ich es mir mal an.«

»Schon gut. Ich wollte nachher den Tierarzt rufen«, antworte ich schnell und hoffe, dass es nicht unhöflich klingt.

»Sicher, dass ich es mir nicht anschauen soll? Vielleicht ist es nur eine leichte Verletzung und der Tierarzt kommt womöglich unnötig.«

»Keine Sorge, Sven, ich erkenne so etwas schon. Schließlich bin ich fast so lange im Geschäft wie du«, zische ich und er zuckt zurück.

»Es war nur nett gemeint.« Er atmet laut aus und weicht meinem Blick aus.

Verdammt, ich habe ihn gekränkt. Dabei war das sinnlos von mir. Er wollte nur nett sein. Wieso kann ich Hilfe nicht annehmen?! Ich schlucke meinen Stolz hinunter und trete aus der Box heraus. »Komm, ich zeige es dir.«

Über Svens Gesicht huscht ein überraschter Ausdruck, doch er sagt nichts, sondern nickt nur. Ich führe ihn vier Boxen weiter zu dem Wallach, der lahm geht. »Hier, das ist er. Ich vermute, dass er mit dem rechten Vorderbein auf dem Paddock weggerutscht ist«, erkläre ich ihm und öffne die Boxentür.

Ich hole zischend Luft, als ich sehe, wie stark das Bein mittlerweile geschwollen ist. Das war vor einer Stunde noch nicht so! Der Wallach steht wachsam im hinteren Teil der Box und schont das Bein, indem er es anwinkelt, sodass es nur minimal mit dem Huf den Boden berührt.

»Oh nein«, murmle ich und gehe langsam auf ihn zu.

Sven folgt mir und schließt die Boxentür. »Ach du meine Güte«, sagt er leise und hockt sich vorsichtig neben den verletzten Huf. Zärtlich und behutsam streichelt er über das Bein, bevor er sich der Schwellung nähert. Der Wallach zuckt zusammen, als er sie berührt, bleibt aber ruhig. »Hm«, brummt Sven und ich hocke mich neben ihn.

»Das sieht ganz und gar nicht aus wie eine einfache Verstauchung«, sage ich und er nickt.

»Fass mal hier drüber.« Er greift nach meiner Hand, bevor ich reagieren kann, und legt seine darüber, während wir gemeinsam über die Schwellung streichen. Ein Prickeln bildet sich in meinem Körper und lässt mich für einen Moment das Pferd vor uns vergessen. Doch mein Verantwortungsbewusstsein meldet sich zurück und ich konzentriere mich wieder auf die Verletzung.

Ich seufze frustriert auf. »Scheiße. Das könnte alles sein«, sage ich mehr zu mir selbst, doch Sven antwortet trotzdem.

»Ich will dir keine Angst machen, aber im schlimmsten Fall ist das Gelenk gebrochen. Ruf sofort den Tierarzt.«

Ich nicke und ziehe mein Handy hervor. Meine Finger zittern und meine Sicht verschwimmt plötzlich. Ich merke erst, dass ich weine, als eine Träne auf den Bildschirm meines Smartphones tropft.

»Sch, ganz ruhig«, murmelt Sven und hilft mir auf. Bevor ich auch nur weiter über die Verletzung nachdenken kann, zieht er mich zwischen seine starken Arme und drückt mich. Sanft streichelt er über meinen Rücken und lässt mich erst los, als sich meine Schluchzer beruhigt haben.

Dennoch quillen nach wie vor Tränen aus meinen Augen hervor und so nimmt er mir kurzerhand das Handy aus der Hand. Er tippt darauf herum und wenig später unterhält er sich mit dem Tierarzt. Ich bin froh, dass er es für mich übernimmt, denn der Gedanke, dass der Wallach womöglich eingeschläfert werden muss, bricht mir das Herz.

Er ist gerade mal sechs Jahre alt und hat Landon viel bedeutet. Wenn er stirbt, fühlt es sich an, als würde erneut ein Teil von Landon verschwinden. Ich bin froh, dass Sven meine bescheuerten Gedanken nicht hört. Womöglich hält er mich ohnehin für irre, weil ich um ein Pferd heule, dessen Schicksal noch nicht einmal feststeht.

Sven gibt mir nach ein paar Minuten das Handy zurück und sieht mich fürsorglich an. »Der Tierarzt ist in einer halben Stunde da. Ich habe gesagt, dass er das Röntgengerät mitbringen soll.«

Ich nicke bloß.

»Ganz ruhig, Jane. Es wird alles gut. Vielleicht ist es doch nur eine Verstauchung«, sagt er, obwohl wir beide ahnen, dass dem nicht so ist.

Er legt den Arm um mich und ich lehne meinen Kopf an seine Schulter. Ohne seinen Halt wäre ich vermutlich längst umgekippt. Traurig starre ich den hübschen, weißen Wallach an, der uns interessiert mustert. Ob er weiß, was ihm bevorsteht?

Flynn legt einen Arm um mich und führt mich sanft, aber bestimmt aus der Box. »Du kannst nichts mehr für ihn tun, es ist vorbei«, sagt er leise und ich halte die Tränen zurück, die sich einen Weg bahnen wollen.

Wie in Trance läuft alles noch einmal vor mir ab. Der besorgte Blick des Tierarztes und die schnelle Diagnose, dass es keine Hoffnung gibt. Ein Kloß bildet sich in meinem Hals und ich versuche, ruhig weiterzuatmen.

Sven hatte mit seiner Vermutung leider recht. Das Gelenk war gebrochen. Der Wallach hatte sich stärker verletzt, als ich heute Morgen angenommen hatte. Schuldgefühle machen sich in mir breit, da ich es zuerst auf die leichte Schulter genommen habe. Dabei müsste ich es doch am besten wissen! Schließlich ist Soraya so ähnlich gestorben. Wieso habe ich nicht gleich reagiert?

Ich spüre Flynns prüfenden Blick auf mir. Offenbar macht er sich Sorgen, dass ich womöglich umkippe. Obwohl ich es nicht zugeben würde, hat er damit nicht so unrecht. Sven schaut ebenfalls zu mir herüber und es kommt mir so vor, als würden die beiden eine stille Unterhaltung miteinander führen.

Der Tierarzt tritt aus der Box heraus und ich drehe mich um, da ich den erneuten Anblick des toten Pferdes nicht ertrage. Verdammt, ich hätte besser aufpassen müssen. Wieso nur habe ich ihn gestern auf den Paddock gestellt, obwohl es so schlammig war?

Mein Magen zieht sich krampfhaft zusammen und ich spüre, dass ich kurz vor einem Zusammenbruch stehe. So sehr ich die Arbeit mit Pferden liebe, wenn eines stirbt oder wie in diesem Fall eingeschläfert werden muss, ist das für mich kaum zu ertragen. Sven hat im Gegensatz zu mir keine Miene verzogen, als der

Tierarzt dem Pferd die Spritze gegeben hat. Wahrscheinlich ist er abgehärteter als ich.

Die Tränen brennen in meinen Augen und ich schlinge meine Arme um den Körper. Flynn löst sich von meiner Seite und geht auf den Tierarzt zu. Die zwei unterhalten sich, doch ich verstehe kein Wort. Mein Blick schweift, ohne dass ich es verhindern kann, zurück in die Box. Ein Schluchzer entringt sich meiner Kehle, als ich sehe, wie der Wallach da liegt und sich nicht mehr regt. Ich drehe mich schnell weg und eile ohne ein weiteres Wort auf den Ausgang zu.

Schnell öffne ich die Stalltür und atme gierig die frische Luft ein. Schritte ertönen hinter mir, doch ich reagiere nicht. Was auch immer sie wollen, es muss warten.

Eine Hand legt sich sanft auf meine Schulter und ich drehe mich um. »Flynn, ich …« Die Worte bleiben mir im Hals stecken, als ich realisiere, dass nicht Flynn, sondern Sven vor mir steht. Ein trauriger Ausdruck ist in seinen blauen Augen zu erkennen. »Ich kann heute nicht reiten. Lass es uns auf morgen verschieben«, murmle ich niedergeschlagen und wende mich ab. Doch ich komme nicht weit, da er nach meiner Hand greift und mich zu sich zieht. Ungläubig bleibe ich vor ihm stehen.

»Willst du darüber reden?«, fragt er und sieht mich dabei zärtlich an.

»Darüber, dass ich versagt habe? Nein, danke«, zische ich und frage mich im selben Moment, warum ich Sven so anfahre. Er kann nichts dafür, dass dieses junge Pferd sterben musste, sondern nur ich allein.

»Du hast nicht versagt. Es war ein Unfall und hätte jedem Pferd passieren können.«

»Ich habe versagt! Eines von Landons Pferden ist meinetwegen tot!« Ich versuche, die Tränen weiterhin zurückzuhalten, doch dadurch, dass ich meine Schuld laut ausgesprochen habe, brechen all meine Schutzwälle zusammen. Eilig entziehe ich ihm meine Hand und wische mir die Tränen von den Wangen.

»Komm her, Jane«, höre ich Sven flüstern, bevor sich erneut seine Arme um mich schließen. Obwohl ich es eigentlich nicht will, genieße ich die Umarmung und klammere mich Halt suchend an ihm fest. Ich presse mein Gesicht an seine Brust und halte meine Trauer nicht zurück.

17. Kapitel

Sven

Ein Kloß bildet sich in meinem Hals, während Jane sich an mir festhält und bitterlich weint. Beruhigend streichle ich ihr über den Rücken. Ich versuche, ihr so etwas Trost zu spenden. Ich weiß, wie schwer es ist, wenn man ein Pferd verliert. Leider gehört das zu unserem Business dazu.

Meinen Vater hat es nie berührt, wenn eines unserer Pferde gestorben ist. Es sei denn, es hat viel Geld gekostet oder war besonders erfolgreich bei Turnieren, dann hat er sich noch Wochen später darüber beschwert. Doch so traurig wie Jane oder so niedergeschlagen wie Flynn hat er nie gewirkt. Ab und an hat er mich sogar aufgezogen, wenn ich wegen des Verlusts eines Pferdes getrauert habe. Für ihn ist das alles nur ein Job. Die Pferde bedeuten ihm nichts. Hauptsache, sie bringen Geld ein.

Erst jetzt, als ich sehe, dass es auch anders funktionieren kann, stelle ich mit Erschrecken fest, dass es mir vorher nie aufgefallen ist. Dabei geht es hier um Lebewesen. Tiere, die genauso Gefühle haben wie wir Menschen.

Mein Griff um Jane wird fester und ich verdränge den Gedanken an meinen herzlosen Vater schnell.

»Komm, ich bringe dich in deine Wohnung«, sage ich leise und sie nickt zögernd. Widerwillig löst sie sich von mir und geht langsam neben mir her. Ich weiß nicht, was in mich gefahren ist, doch ich greife nach ihrer Hand und verschränke sie mit meiner. Für einen Moment erwarte ich, dass sie ihre zurückzieht, doch sie tut es nicht. Stattdessen erwidert sie kurz meinen Druck.

Ein warmes Gefühl breitet sich in meinem Körper aus, über das ich lieber nicht nachdenke.

Wir gehen auf den Eingang zu, der hoch zu ihrer Wohnung führt. Mit zitternden Fingern schließt sie auf und ich vermisse prompt das Gefühl ihrer Hand in meiner. *Offenbar hat der Schlag auf meinen Kopf größeren Schaden angerichtet als nur die Schmerzen, die ich noch habe,* denke ich mir verzweifelt.

Oben angekommen geht sie schnurstracks auf ihr Sofa zu und setzt sich darauf. Wie ein Häufchen Elend hockt sie dort und die Tränen rinnen ihr über die Wangen. Ich ziehe eine Taschentuchpackung aus meiner Jacke, setze mich neben sie und reiche sie ihr. Dankend nimmt sie sie entgegen und wischt sich die Tränen weg. Ihre Schluchzer sind mittlerweile weniger geworden, doch ihre Körperhaltung ist immer noch so zusammengesunken, dass ich meinen Arm um sie lege.

Sie hebt ihren Kopf und sieht mich so traurig an, dass sich mein Herz krampfhaft zusammenzieht. Ein

Gedanke kommt mir, weshalb sie so niedergeschlagen sein könnte. Ich zögere einen Moment, bevor ich ihn laut ausspreche.

»Gibst du dir etwa wirklich die Schuld an dem Tod des Pferdes?«, frage ich sie. Janes Körper versteift sich in meinem Arm und das ist mir Antwort genug. Offenbar waren ihre Worte vor dem Stall nicht nur so daher gesagt. »Jane, du kannst nichts dafür. Leider passiert so etwas nun mal.«

Sie schnieft, wischt sich mit dem Taschentuch erneut über die Augen, bevor sie mit dem Kopf schüttelt. »Es ist alles meine Schuld. Ich hätte es besser wissen müssen«, murmelt sie.

Ich drücke ihre Schulter, doch sie wendet ihr Gesicht von mir ab. »Was hättest du denn besser machen können?«

»Ich hätte ihn niemals bei dem Wetter auf den Paddock stellen dürfen. Meinetwegen hat er sich verletzt und ist tot! Landon wäre so etwas nicht passiert. Er hat immer auf seine Pferde achtgegeben. Genau wie bei Soraya habe ich erneut versagt.« Ihre Stimme bricht und sie schlingt die Arme schützend um ihren Körper. Ich ziehe sie ein Stück näher an mich und sie lässt es geschehen.

»Jane, hör mir genau zu. Dich trifft keine Schuld. Es war ein Unfall. Ich habe meine Pferde auch auf den Paddock gestellt, mit dem Risiko, dass sie sich verletzen könnten. Immerhin verlässt du doch bei dem Wetter ebenso das Haus, obwohl etwas passieren könnte, oder nicht?« Sie antwortet mir nicht, sondern schüttelt stattdessen abermals ihren Kopf. »Glaub mir, wenn Landon noch leben würde, er hätte dir keine Vorwürfe gemacht. So etwas passiert. Es ist tragisch, keine Frage, aber immerhin musste das Tier nicht lange leiden.«

Langsam dreht sie sich zu mir und ich nehme meinen Arm von ihrer Schulter, damit sie angenehmer sitzen kann. Erst jetzt wird mir bewusst, wie nahe wir einander sind. Ihr Oberschenkel berührt meinen und meine Hand liegt auf ihrem Knie. Als hätte ich mich verbrannt, nehme ich sie zurück, damit sie nicht auf die Idee kommt, ich würde die Situation ausnutzen wollen. Denn das will ich wirklich nicht.

Jane zieht ihre Augenbrauen zusammen und mustert mich. »Vielleicht hast du recht«, sagt sie leise.

»Ich weiß, dass es schwer ist. Aber du musst nach vorne sehen. Hier gibt es noch so viele andere Pferde, die deine Aufmerksamkeit brauchen. Heute kannst du trauern, aber morgen muss es weitergehen. So hart es auch klingen mag«, erkläre ich ihr und hoffe, dass ich dabei nicht zu herzlos rüberkomme.

»Ich weiß«, flüstert sie und seufzt. »Danke, dass du mir zur Seite gestanden hast, Sven.«

»Kein Problem. Ruh dich aus und denk nicht so viel darüber nach. Morgen führen wir das Training weiter, okay?«

»Hm.«

Ich presse die Lippen zusammen und überlege, was ich sagen könnte, um sie aufzumuntern. »Vielleicht habe ich morgen mehr Glück und Cajou verpasst mir keine Kopfnuss.« Sie lächelt kurz und ich klopfe mir gedanklich selbst auf die Schulter. Immerhin etwas. »Du kannst mich jederzeit anrufen, okay?«

»Mach ich.« Ihre Stimme klingt gefasster und ich beschließe, dass ich sie alleine lassen kann. Zu gerne würde ich noch bleiben und sie trösten, doch sie braucht jetzt Zeit für sich.

Außerdem muss ich wieder zu unserem Stall. Mein Vater wird sich sowieso schon wundern, wo ich bleibe, und ich habe wahrlich keine Lust darauf, dass er hier auftaucht und mitbekommt, was passiert ist und wie schlecht es Jane geht.

»Sven?«, spricht Jane mich an und ich richte meine Aufmerksamkeit auf sie. »Ich bin froh, dass du hier gewesen bist.«

In ihren Worten schwingt noch viel mehr mit, doch ich denke lieber nicht weiter darüber nach. Ich darf nicht vergessen, wer sie ist. Aus Feinden können nicht einfach Freunde werden.

»Ich gehe dann mal.« Meine Stimme klingt rau und ich sehe etwas in ihren Augen aufblitzen, was mich mit wackligen Beinen aufstehen lässt. Ich drücke kurz ihre Hand und lächle sie vorsichtig an. Sie sagt nichts, sondern blickt mich abwartend an. Ich zerstöre den Moment, indem ich mich umdrehe und eilig ihre Wohnung verlasse.

Ich bin hier, um Cajou zu bekommen. Mehr nicht, versuche ich, mir einzureden.

Als ich vor dem Stall stehe, reibe ich mir über die Stirn. Die Kopfschmerzen, die für einen Moment verschwunden waren, setzen heftiger ein als zuvor. Kein gutes Zeichen. Nachdenklich laufe ich zu meinem Auto, bleibe jedoch abrupt stehen, als ich meinen Namen höre.

Verwirrt drehe ich mich um, da ich die Stimme niemandem zuordnen kann, den ich kenne. Erst als Flynn auf mich zukommt, realisiere ich, dass er es war.

Sein Gesicht wirkt blass, sodass die dunklen Schatten unter seinen Augen noch mehr hervorstechen. Ich bin kurz schockiert über seinen Anblick, da es mir vorhin im Stall gar nicht aufgefallen ist.

»Hallo Mr Sticks«, sage ich förmlich, da wir bisher kaum ein Wort miteinander gewechselt haben.

»Tut mir leid, dass ich Sie so überfalle. Ich wollte nur wissen, wie es Jane geht. Ist sie in ihrer Wohnung?«

Echte Sorge spricht aus seiner Stimme und meine angespannte Haltung lockert sich prompt.

»Sie ist ziemlich aufgelöst und gibt sich die Schuld an der Verletzung.«

»Was? Wieso denn das? Es war ein Unfall«, murmelt er und ich nicke.

»Das habe ich ihr auch gesagt. Sie fühlt sich schuldig, weil sie denkt, Ihrem verstorbenen Bruder nicht gerecht geworden zu sein«, erkläre ich. »Reden Sie mit ihr und machen Sie ihr deutlich, dass sie keine Schuld trifft. Jane ist sensibel, was so etwas angeht.« Kaum habe ich die Worte ausgesprochen, frage ich mich, woher ich das auf einmal so genau wissen will. Schließlich habe ich sie noch vor ein paar Wochen nicht mal eines zweiten Blickes gewürdigt.

»Das ist sie. Sie scheinen Jane gut zu kennen«, sagt er und lächelt mich freundlich an. »Danke, dass Sie ihr auch mit Cajou helfen.«

Er klopft mir auf die Schulter, bevor er sich umdreht und in die Richtung von Janes Wohnung läuft. Er dankt mir? Weiß er etwa gar nichts von der Vereinbarung zwischen Jane und mir?

Ein bitterer Geschmack bildet sich in meinem Mund, als sich mit einem Mal die Puzzleteile zusammensetzen. Zusätzlich pocht es unangenehm hinter meiner Schläfe und ich beschließe, Jane morgen darauf anzusprechen. Sie kann Flynn nicht einfach so im Dunkeln lassen und ihn in vier Wochen vor vollendete Tatsachen stellen! Eigentlich könnte es mir egal sein. Aber das ist es aus irgendeinem dämlichen Grund nicht. Ich schüttle mit dem Kopf und steige ein, um nach Hause zu fahren.

18. Kapitel

Jane

Ein Klopfen ertönt an meiner Wohnungstür und ich setze mich aufrecht auf dem Sofa hin, bevor ich den Besucher hereinrufe. Tatsächlich habe ich nämlich Svens Vorschlag, heute den ganzen Tag durchzuhängen, angenommen. Mein Herz zieht sich immer wieder krampfhaft zusammen, wenn ich an den toten Wallach denke. Nur mühsam kann ich die Bilder von meinem Pferd Soraya zurückhalten. *Ich hätte es besser wissen müssen und habe dennoch versagt.*

Amelias rote Haare erscheinen und ein kleines Lächeln bildet sich auf meinen Lippen. Mit ihr hatte ich gar nicht gerechnet.

»Hey Amelia«, begrüße ich sie und sie kommt herein.

»Hi, Flynn hat mir erzählt, was passiert ist, und da wollte ich mal nach dir sehen.« Sie schließt die Tür hinter sich und schaut mich danach unschlüssig an. »Es sei denn, ich störe dich. Dann gehe ich gleich wieder«, fügt sie hinzu und ich klopfe als Antwort neben mir auf die Couch.

Amelia lässt sich nicht zweimal bitten und nimmt Platz. »Also, wie geht es dir?«

Ich zucke mit den Schultern, da ich mir selbst nicht sicher bin. Flynn war vorhin nochmal bei mir und hat mir versichert, dass es nicht meine Schuld war und er mir keinerlei Vorwürfe macht. Dennoch fühle ich mich hundeelend. Es war ein Unfall, ja, aber er hätte vermieden werden können. »Ich weiß auch nicht so recht«, murmle ich und sie drückt aufmunternd meine Hand.

»So etwas passiert leider.«

»Lass uns bitte über etwas anderes reden, bevor ich wieder anfange, zu heulen«, sage ich und Amelia lächelt.

»Ach, Jane. Du machst dir immer zu viele Gedanken.«

»Ich weiß.«

Ein kurzer Moment des Schweigens legt sich über uns und Amelia räuspert sich. »Wie läuft es eigentlich mit Sven?«, fragt sie und ich sehe sie erstaunt an.

»Wie kommst du denn jetzt auf ihn?«

»Ach, Flynn hat bloß erzählt, dass er immer mal vorbeikommt. Läuft da etwas zwischen euch?«

»Neugierig bist du aber gar nicht«, stelle ich fest und sie kichert.

»Du kennst mich doch. Also rück schon raus mit der Sprache.« Ich spüre, dass sich mein Puls beschleunigt, als ich daran zurückdenke, wie er mich getröstet hat und wie nahe wir uns dabei waren. Mist, falsche Gedanken. Ganz falsche Gedanken.

»Da läuft nichts und wird es auch nie. Du weißt genau, wie ich ihm gegenüber empfinde. Er hilft mir mit Cajou und das war es auch schon. Mehr ist da nicht. Auf gar keinen Fall.«

Amelia zieht ihre Augenbrauen nach oben und ich ahne, dass ich ein Mal zu viel verneint habe.

»Wenn du meinst.« Sie grinst spitzbübisch und ich weiß, was sie denkt. Zumindest ist sie so taktvoll und bohrt nicht weiter nach. »Und wie läuft so das Training mit Cajou?«, fragt sie und ich atme erleichtert auf, als wir endlich ungefährliches Terrain betreten. Ausführlich erkläre ich ihr von Cajous Fortschritten und sie hört gespannt zu. Gott sei Dank, stellt sie keine weiteren Fragen zu Sven. Womöglich hätte ich sonst gestanden, dass ich mehr für ihn empfinde, als mir guttut.

Am nächsten Morgen steht Sven mit einem Mal vor Cajous Boxentür, während ich ihn putze, und ich unterdrücke die Schmetterlinge in meinem Bauch. »Oh, hi«, sage ich überrascht und lächle ihn zaghaft an.

Er erwidert das Lächeln jedoch nicht, sondern mustert mich ernst. Ein missmutiger Ausdruck liegt auf seinem Gesicht.

»Ist etwas passiert?«, frage ich und überlege, was sein könnte.

Er rauft sich die Haare und verschränkt die Arme vor der Brust. Dabei spannt die Jacke noch mehr über seinen breiten Schultern und ich muss mich zusammenreißen, damit ich mir nicht vorstelle, wie er nackt aussieht. Seine Miene holt mich jedoch in die Gegenwart zurück.

»Allerdings. Könnte es womöglich sein, dass du Flynn etwas verschwiegen hast?« Sein Blick ist hart und undurchdringlich.

»Was meinst du?«, frage ich einen Moment später unschuldig nach.

»Du weißt genau, was ich meine«, antwortet er und kommt in die Box hinein, sodass er mir direkt gegenübersteht. Cajou kaut hinter mir sein Heu und schnaubt lediglich ein paarmal.

»Du meinst den Deal?«, frage ich schließlich und Sven nickt. Genervt seufze ich. Kann ihm das nicht eigentlich egal sein?! Oder will er jetzt auf einmal den guten Samariter spielen?! »Falls du es wissen willst, nein, ich habe es Flynn nicht erzählt. Weißt du auch, warum? Weil ich gewinnen werde. Du wirst Cajou nicht bekommen«, zische ich und unterdrücke den Drang, ihm meinen Zeigefinger in die Brust zu bohren. Warum ich auf einmal so wütend bin, weiß ich selbst nicht. Offenbar ärgert es mich, dass er sich in Sachen einmischt, die ihn nichts angehen.

»Was macht dich da so sicher, Jane? Bisher sieht es ziemlich schlecht für dich aus und ich glaube nicht, dass sich in den knapp drei Wochen irgendetwas an dem Resultat ändern wird«, blafft er. Anscheinend ist er ebenso auf Streit aus wie ich.

»Du glaubst also nicht an mich?«, sage ich mehr zu mir selbst als zu ihm. Die Erkenntnis trifft mich wie ein Schlag und raubt mir kurz den Atem.

»Jane, ich …«

»Schon gut, Sven. Wenn du nicht an mich glaubst, dann brauche ich dich auch nicht als meinen Trainer.«

Sven seufzt und kommt erneut einen Schritt auf mich zu. Demonstrativ gehe ich einen zurück. »So war es nicht gemeint«, versucht er, zu erklären, doch ich schüttle mit dem Kopf.

»Es war genau so gemeint, Sven. Alles andere wäre eine Lüge. Also verschwinde von hier. Du bist nicht mehr willkommen.«

Er zieht die Augenbrauen zusammen und ich kann förmlich sehen, wie er auf stur stellt. »Du vergisst unsere Vereinbarung, Jane.«

»Meinen Teil des Deals werde ich weiterhin einhalten. Im Gegensatz zu dir glaube ich nämlich daran, dass ich es schaffen werde.«

»Wenn du meinst. Dann viel Erfolg«, blafft er und verlässt die Box. Bevor er ganz aus dem Stall verschwunden ist, höre ich, wie er innehält. Für einen

Moment glaube ich, dass er sich entschuldigen wird, jedoch habe ich mich da getäuscht. »Versau Cajou bitte nicht zu sehr, damit er in drei Wochen noch reitbar ist, wenn ich ihn mir hole!«, ruft er durch den Stall und mir bleibt vor Empörung der Mund offen stehen.

Dieser … Ah! Zu gerne würde ich etwas Gemeines zurückrufen, doch mir fällt auf die Schnelle nichts ein. Einen Augenblick später höre ich, wie die Stalltür zufällt, und er ist verschwunden.

Dieser arrogante Mistkerl! Wieso lasse ich mich jedes Mal erneut täuschen, indem ich denke, dass doch etwas Gutes in ihm steckt? Mittlerweile müsste ich es besser wissen. Wütend führe ich Cajou aus der Box, um mit dem Training zu beginnen.

Ich brauche Sven nicht, um erfolgreich zu sein. Ich schaffe es auch ohne ihn.

Sven

Aufgebracht knalle ich die Wagentür zu, nachdem ich zu Hause angekommen bin. Meine Wut ist zwar noch nicht ganz verraucht, dennoch frage ich mich mittlerweile, ob Jane nicht mit ihren Anschuldigungen recht hat. Klar, ich habe ihr versprochen, sie zu trainieren, aber habe ich wirklich an sie geglaubt? Ich kann mir diese Frage nicht einmal selbst beantworten. Verflucht.

Ich gehe auf den Stall zu und atme genervt aus, als ich bemerke, dass die Pferde noch nicht auf den Paddock gestellt wurden. Ohne mich weiter darüber zu ärgern, da es außer graue Haare sowieso nichts bringt, nehme ich mir ein paar Führstricke und schaffe die ersten zwei Pferde hinaus. Aufgeregt tänzeln sie neben mir her und ich kann sie nur mit Mühe halten. Auf dem Paddock angekommen, lasse ich sie los und sie sprinten direkt über die ganze Fläche.

Angespannt halte ich den Atem an, als ich dabei zusehen muss, wie der Rappe durch den Schlamm rutscht und sich gerade noch abfangen kann. Sofort sehe ich vor Augen, wie der Wallach bei Jane eingeschläfert werden musste. Ich wende schnell meinen Blick vom Paddock ab, bevor ich mir noch mehr Sorgen mache. Die Pferde brauchen Bewegung und da lässt es sich nun mal nicht vermeiden, dass sie bei diesem Wetter Gefahr laufen, zu stürzen. Natürlich könnte ich sie auch in der Box lassen, aber das machen sie vielleicht zwei Tage mit, bevor sie durchdrehen.

Während ich zum Stall zurückgehe, um die nächsten zu holen, kommt mein Vater aus dem Wohnhaus heraus. Ich beschließe, ihm gleich die Neuigkeiten wegen Jane zu überbringen. Er wird so oder so ausflippen und mich erneut als Versager betiteln.

»Dad!«, rufe ich laut über den Hof und er bleibt stehen. Angespannt sieht er zu mir und ich frage mich, was wieder sein Problem ist.

»Was ist, Junge? Ich habe nicht viel Zeit«, sagt er und wirft demonstrativ einen Blick auf seine Uhr.

»Ich war eben bei Jane.«

»Und?«, unterbricht er mich genervt, bevor ich weitersprechen kann.

Ich unterdrücke ein Augenrollen. »Sie will nicht länger, dass ich sie trainiere.« Er öffnet den Mund, doch ich komme ihm zuvor. »Der Deal bleibt dennoch bestehen. Wenn sie in drei Wochen versagt, gehört Cajou mir.«

Der wütende Ausdruck ist wie von seinem Gesicht weggewischt und ein Grinsen macht sich stattdessen breit. »Das ist fantastisch, mein Junge. Ich habe sowieso nicht verstanden, warum du sie trainiert hast. Bei dieser Walker ist doch Hopfen und Malz verloren.«

Fassungslos sehe ich ihn an. Hat er das gerade wirklich gesagt? Er weiß genauso gut wie ich, dass Jane eine begnadete Reiterin ist. Sie braucht nur ein wenig Training. Das ist alles.

Die kleine Stimme in meinem Kopf flüstert mir prompt zu, dass ich offenbar mehr an sie glaube, als ich bisher angenommen habe. Für diese Einsicht ist es jedoch nun zu spät.

»Na ja, das würde ich nicht sagen«, murmle ich.

Der strafende Blick meines Vaters trifft mich und ich schlucke die weiteren Worte hinunter. »Sieh zu, dass wir diesen Gaul bekommen. Alles andere ist mir egal«, brummt er.

Er geht weiter und ich starre ihm einen Moment hinterher, bevor ich ihm nachlaufe. »Warte kurz.«

Genervt bleibt er abermals stehen. »Was ist denn noch? Ich habe dir doch gesagt, dass ich nicht viel Zeit habe.«

»Wieso bist du derzeit so schlecht drauf? Gibt es finanzielle Probleme mit dem Hof?«, frage ich ihn direkt, da mich diese Frage seit Tagen beschäftigt.

Ein überraschter Ausdruck huscht über sein Gesicht, doch er fängt sich schnell wieder. »Wie kommst du denn auf so etwas?«, fährt er mich an.

»Ich mache mir nur Sorgen, weshalb du so unbedingt Cajou haben willst. Wir haben selbst genug Pferde im Stall, die fast genauso gut sind wie er.«

»Du sagst es, nur fast so gut wie Cajou. Ich will Cajou, weil er ein Ausnahmetalent ist. Aus keinem anderen Grund. Also konzentrier dich lieber darauf, ihn zu bekommen, anstatt dir weitere Gedanken über den Hof zu machen«, brummt er und dreht sich um, bevor ich antworten kann.

Unschlüssig bleibe ich stehen und ahne, dass seine Worte nicht der Wahrheit entsprechen. Aber er wird schon wissen, was er tut. Oder?

19. Kapitel

Jane

Mit zittrigen Händen öffne ich die Laderampe und lasse sie nach unten sinken. Fast eine Woche ist seit dem Streit zwischen Sven und mir vergangen. Heute werden wir uns das erste Mal wiedersehen. Ich habe mich intensiv vorbereitet, um mit Cajou an dem Turnier in Oxford teilnehmen zu können. Zwar lief es in den letzten Tagen nicht berauschend, aber ich bin mir sicher, dass ich zumindest eine passable Leistung abliefern werde.

Ein mulmiges Gefühl breitet sich in meinem Magen aus, während ich Cajou dabei zusehe, wie er nervös seinen Kopf hin und her dreht. Er wiehert aufgebracht und stampft mit den Hufen auf. Kein gutes Zeichen, aber da muss ich nun durch.

Er sollte sich langsam daran gewöhnen und lernen, mit der Hektik auf einem Turnier umzugehen. Schließlich ist das hier nicht sein erstes. »Ganz ruhig, Großer. Ich hole dich gleich runter!«, rufe ich ihm zu und er dreht die Ohren in meine Richtung.

Ich gehe nach vorne zum Auto und schaue mich nach Flynn um. Er wollte nachsehen, als wievielter Starter Cajou und ich dran sind, damit wir wissen, wann wir mit dem Warmreiten beginnen sollten.

Mein Körper versteift sich prompt, sobald mein Blick an Sven hängen bleibt. Er steht drei Hänger von mir entfernt, scheint mich jedoch noch nicht bemerkt zu haben. Eilig drehe ich mich weg und hole mein Reitzeug heraus. Mit einem Mal ist mir nicht mehr kalt, obwohl die Temperaturen knapp über dem Gefrierpunkt liegen.

Ich wusste ja, dass er hier ist, aber ihn tatsächlich zu sehen, versetzt mir dennoch einen Stich. Zwar hatte ich mir die letzten Tage eingeredet, dass es mir egal ist, dass er mich nicht mehr trainiert, jedoch entspricht das nicht ganz der Wahrheit.

»Jane? Hast du gehört?«

Ich zucke zusammen und bemerke erst jetzt, dass Flynn wieder da ist und vor mir steht. »Entschuldigung, ich war mit den Gedanken woanders. Was hattest du gesagt?«

»Dass du bereits als Zwölfte dran bist. Gleich nach dir startet Sorrenson.«

»Was?!«, frage ich fassungslos nach und Flynn lacht kurz auf.

»Bist du heute schwerhörig? Sorrenson startet direkt nach dir. Offenbar nimmt er mit mehreren Pferden teil.«

»Aha«, antworte ich und hoffe, dass ich unbeeindruckt klinge. Auf gar keinen Fall darf Flynn merken, wie sehr mich das aufwühlt.

»Oh, hallo. Wir haben gerade von Ihnen gesprochen«, sagt Flynn und mir stellt sich eine Gänsehaut auf, als ich sehe, mit wem er spricht. Sven steht plötzlich neben ihm und schüttelt freundlich seine Hand. Verdammt, anscheinend habe ich offensichtlicher rübergestarrt, als ich angenommen hatte.

»Ich hoffe, nur Gutes.«

»Aber immer«, antwortet Flynn und Sven wendet sich mir zu.

»Hallo Jane. Schön dich hier zu sehen.« Am liebsten würde ich ihm eine bissige Bemerkung entgegenschleudern, doch Flynn beäugt uns schon neugierig.

»Ja, hi«, murmle ich teilnahmslos und setze ein falsches Lächeln auf.

Auffordernd schaut er mich an, als würde er erwarten, dass ich noch etwas hinzufüge, doch diese Genugtuung gebe ich ihm nicht. »Also dann, ich gehe mal meine Pferde fertig machen. Ich wollte nur Hallo sagen. Wir sehen uns ja bestimmt noch öfter heute«, sagt er einen Augenblick später an mich gewandt und nickt uns zu, bevor er verschwindet.

Eingebildeter Schnösel, denke ich mir und widme mich wieder meinem Sattelzeug.

»Ist etwas vorgefallen zwischen euch?«, erkundigt sich Flynn vorsichtig.

»Wieso fragst du?« Mit zusammengebissenen Zähnen unterdrücke ich den Drang, Sven hinterherzuschauen.

»Ich hatte irgendwie angenommen, dass ihr euch nahesteht, aber diese unterkühlte Unterhaltung passt da nicht so recht hinein.«

»Wie kommst du darauf, dass wir uns nahestehen?«, frage ich misstrauisch und drehe mich zu ihm.

»Ihr habt euch immer so verliebt angesehen und als er sich dann noch letztens fürsorglich um dich gekümmert hat, habe ich angenommen, dass dem so ist. Als ich das eine Mal mit ihm gesprochen habe, kam es mir auch so vor, dass ihm viel an dir liegt. Aber vielleicht lag ich ja falsch.« Meine Kinnlade klappt runter und ich denke über seine Worte nach.

Empfindet Sven etwa tatsächlich was für mich?, frage ich mich verblüfft.

Bevor ich Flynn antworten kann, taucht neben ihm jemand auf und verwickelt ihn in ein Gespräch. Froh über diese Ablenkung gehe ich zu Cajou auf den Hänger und führe ihn nach draußen.

Sven

Als ich auf dem Abreiteplatz in der großen Halle ankomme, erkenne ich, dass Jane schon dort ist. Ich steige auf und reite im Schritt los. Candy sieht sich neugierig um.

Anstatt mich jedoch auf mein Pferd zu konzentrieren und mich gedanklich schon mal auf den Parcours vorzubereiten, schweift mein Blick immer wieder zu Jane. Cajou tänzelt unter ihr und schnaubt aufgeregt. Seine Ohren bewegen sich nervös hin und her und Jane streichelt seinen Hals, um ihn zu beruhigen. Aufgeregt schlägt er auch mit seinem Schweif und ich wundere mich, dass die rote Schleife, die daran befestigt ist, hält. Bewundernd sehe ich Jane dabei zu, wie ruhig sie bleibt.

Sie hebt ihren Kopf und unsere Blicke treffen sich. Es kommt mir so vor, als würde die Zeit stehen bleiben. Ich lächle sie zaghaft an, doch sie wendet sich abrupt ab und trabt mit Cajou an.

In Gedanken nenne ich mich selbst einen Idioten. Wieso habe ich sie angelächelt? Erst gebe ich ihr das Gefühl, ich würde nicht an sie glauben, melde mich anschließend tagelang nicht und lächle ihr dann zu, als wäre nichts gewesen. Ich bin wirklich ein verdammter Trottel.

Es ist besser, wenn ich nicht weiter über sie nachdenke. Ich nehme die Zügel kürzer und trabe an, um mich endlich auf das Turnier vorzubereiten. Schließlich will ich heute gewinnen.

Mein Plan, Jane aus meinen Gedanken zu verbannen, ist genauso fehlgeschlagen wie mein Vorsatz, mich auf den bevorstehenden Parcours zu konzentrieren. Ein Reiter ist bereits in der Halle und Jane ist die Nächste. Nach ihr bin ich endlich dran. Zumindest mit dem ersten Pferd. Ich muss nach Candy noch mit zwei weiteren Pferden hier reiten, damit sie weitere Platzierungen bei Turnieren bekommen, und ich verfluche meinen Vater, dass er nicht mal mitgekommen ist, um mir zu helfen. Glücklicherweise hat sich Samantha dazu bereit erklärt. Zwar ist sie ziemlich nervig und reckt mir ständig ihre Titten entgegen, aber sie kann gut mit Pferden umgehen und das ist das Einzige, was heute zählt.

Jane steht bereits am Eingang zu dem Turnierplatz und wartet darauf, dass sie dran ist. Zwar ahne ich, dass es keine gute Idee ist, aber dennoch treibe ich Candy an und reite auf sie zu.

Cajou wiehert prompt, als ich auf ihn zukomme. Ansonsten bleibt er ruhig. Ich bin beeindruckt, dass Jane ihn so gut unter Kontrolle hat, lasse mir jedoch nichts anmerken.

»Viel Glück«, sage ich zu Jane, nachdem ich Candy neben Cajou angehalten habe. Sie dreht mir mit hochgezogenen Augenbrauen den Kopf zu.

»Danke. Dir nicht«, antwortet sie bissig und ich muss über ihre Worte ein wenig schmunzeln.

»Cajou scheint heute gut drauf zu sein.« Ich könnte mich selbst ohrfeigen, dass mir nichts Besseres einfällt. Jane antwortet nicht darauf, sondern reitet stattdessen in die Halle, wo das Springen stattfindet. Nachdenklich sehe ich ihr hinterher und frage mich, wie ich das Verhältnis zwischen uns wieder hinbiegen könnte. Es muss doch einen Weg geben.

20. Kapitel

Sven

Der Gong ertönt und ist somit das Startzeichen für Jane. Die Halle ist prall gefüllt mit Zuschauern und eine greifbare Anspannung liegt in der Luft. Ob sich einige der Besucher daran erinnern, wie Landon vor fast zwei Monaten so schwer mit Cajou verunglückt ist?

Beinahe alle Reiter wussten es zumindest. Ich habe ihre erstaunten Blicke gesehen, als Jane hier mit Cajou aufgetaucht ist. Zum einen hätte niemand damit gerechnet, dass sie wieder reitet, und zum anderen auch noch Cajou. Jeder weiß, dass dieses Pferd eine tickende Zeitbombe ist, doch jetzt ist davon nichts zu sehen.

Jane nickt den Richtern zu, die in einer Nische weiter oben sitzen, und galoppiert an. Locker und leichtfüßig dreht sie mit Cajou eine Runde durch die Halle. Anschließend reitet sie auf das erste Hindernis zu. Gespannt halte ich den Atem an.

Ich muss zugeben, dass Cajou und Jane ein perfektes Paar abgeben. Er ist auf Hochglanz geputzt, sodass sein braunes Fell glänzt, und seine kurze Mähne wippt bei jedem Galoppsprung auf und ab. Jane sitzt wie ein Profi auf ihm und keinerlei Unsicherheit ist zu sehen. Genau so, wie es sein muss.

Cajou springt willig, sodass ich mich ein wenig entspanne. Jane reitet auf den nächsten Sprung zu.

Selbst von hier aus erkenne ich, wie Cajou zögert, doch Jane treibt ihn weiter an und gibt ihm somit die Sicherheit, die er braucht. Ein Lächeln bildet sich auf meinen Lippen, während ich die beiden beobachte.

Eigentlich sollte ich mich nicht darüber freuen. Immerhin könnte es sein, dass sie in zwei Wochen erfolgreich das internationale Turnier in London abschließt und ich somit unseren Deal verliere. Eigenartigerweise stört mich der Gedanke nicht. Lediglich die Worte von meinem Vater, dass wir uns, wenn dieser Fall eintreten sollte, unterhalten müssen, lasten schwer auf meinen Schultern.

Ich höre die Zuschauer scharf Luft holen und konzentriere mich sofort wieder auf Jane. Cajou hat vor einem Hindernis verweigert und sie reitet es erneut an. *Schade, dabei hat sie eine so gute Runde hingelegt,* denke ich mir und sehe selbst von hier aus, wie verbissen sie dreinschaut. Sie nimmt Cajou sehr kurz an die Zügel und reitet aggressiv noch einmal an das Hindernis ran.

»Jane, nein. Nicht so …«, murmle ich vor mich hin und es geschieht das, was ich mir gedacht habe: Cajou verweigert ein zweites Mal.

Ein Gong ertönt und somit ist der Parcours für Jane vorbei. Da es sich um ein internationales Turnier handelt, darf das Pferd nur einmal statt zweimal vor einem Hindernis verweigern. Ein Seufzen geht durch die Zuschauermenge.

»Das war das zweite Mal Ungehorsam und bedeutet somit für die Reiterin, dass sie ausgeschieden ist«, verkündet der Richter über das Mikrofon.

Als sie an mir vorbeireitet, will ich etwas sagen, doch sie sieht nicht zu mir und der Richter kündigt bereits meinen Namen an. Ich reite ein und bekomme das Bild, wie Jane weint, nicht aus meinem Kopf.

Eilig springe ich von Candy ab, drücke Samantha die Zügel in die Hand und gehe schnurstracks auf Janes Hänger zu. Nicht einmal die fehlerfreie Runde, die mich an die Spitze katapultiert hat, kann meine Laune heben. »Sven! Du hast nur zehn Minuten Zeit!«, ruft mir Samantha hinterher und ich bleibe kurz stehen, um mich zu ihr zu drehen.

»Ich komme sofort«, brumme ich und gehe nicht auf ihren Protest ein. Ich weiß selbst, dass mein Zeitplan sehr eng getaktet ist, aber Jane geht vor.

Mit eigenen Augen muss ich mich überzeugen, dass alles okay ist. Die kleine Stimme in meinem Kopf flüstert mir zu, dass mir das eigentlich egal sein müsste, aber so ist es nicht. Mittlerweile ist mir klar, dass sie mir etwas bedeutet. Was genau, kann ich zwar selbst nicht benennen, aber das spielt jetzt keine Rolle. Vermutlich wird sie mich von sich stoßen, doch ich muss sie trotzdem sehen.

Vor ihrem Pferdehänger komme ich zum Stehen und bemerke, dass sie Cajou bereits aufgeladen hat. In eine dicke Decke gehüllt steht er da und sieht mich unbeeindruckt an, bevor er weiter an seinem Heu knabbert. Verwirrt halte ich Ausschau nach Jane. Wo ist sie nur?

Als ich zurückgehen will, bemerke ich eine Bewegung im Augenwinkel. Ich trete einen Schritt nach vorn und erkenne, dass sie auf dem Beifahrersitz im Wagen hockt und sich mit einem Taschentuch die Tränen wegwischt. Mein Herz zieht sich krampfhaft zusammen und ich gehe auf die Tür zu. Sie hebt ihren Blick, als ich davor stehen bleibe.

Ein missmutiger Ausdruck erscheint auf ihrem Gesicht und ich kann förmlich hören, wie sie mich gedanklich verflucht. Sie öffnet dennoch die Tür und steigt aus. Mit verschränkten Armen steht sie vor mir und starrt mich an.

»Was ist, Sven? Willst du dich über mich lustig machen, dass ich es offenbar nicht ohne deine Hilfe schaffe? Dann los. Nur zu«, fährt sie mich an und ich hebe erstaunt eine Augenbraue. Das hat sie erwartet? Ihre Meinung von mir ist anscheinend nicht gerade die beste. Diese Erkenntnis versetzt mir einen Stich, aber wundern sollte es mich nicht. Schließlich habe ich mich die meiste Zeit wirklich wie das Arschloch aufgeführt, für das sie mich hält.

»Ich wollte nur wissen, ob alles okay ist, Jane. Außerdem finde ich, dass du in den letzten Tagen sehr gut ohne mich zurechtgekommen bist. Cajou ist nämlich fantastisch gelaufen. Die Verweigerungen sind zwar ärgerlich, sollten aber nicht deine Laune trüben«, sprudelt es aus mir heraus und mit jedem weiteren Wort von mir entspannt sie sich sichtlich.

Ihre verschränkten Arme hat sie mittlerweile gelöst und auch ihr wütender Gesichtsausdruck ist verschwunden. »Meinst du das ernst?«, fragt sie verblüfft und ich nicke.

Ohne weiter darüber nachzudenken, gehe ich einen Schritt auf sie zu, sodass wir uns nahe gegenüberstehen. Ihr Atem streift meinen Hals und es kribbelt mir in den Fingern, ihre Taille zu packen, um sie an mich zu ziehen. Mein Blick gleitet über ihren Körper und bleibt an ihrem Gesicht hängen. Eine dunkle Röte ziert ihre Wangen und ihr Atem geht stockend. Mit einer Hand streiche ich ihr eine verirrte Haarsträhne hinter das Ohr. Ich muss ein Stöhnen unterdrücken, als sie sich unmerklich mit ihrer Wange an meine Hand schmiegt.

Weiß sie eigentlich, was sie da gerade tut?

Wie von selbst gleitet meine Hand von ihrer Wange hinab zu ihrer Hüfte und ich ziehe sie an mich. Sie stützt sich mit ihren Händen an meiner Brust ab und sieht mich durch ihre dichten Wimpern von unten an.

Mein Gesicht nähert sich ihrem und ich kann nur noch darüber nachdenken, wie sich ihre Lippen wohl auf meinen anfühlen und wie wenig Platz in dieser verflixten Hose ist.

»Sven!«, ruft mich jemand und der Moment zwischen Jane und mir ist vorbei. Sie geht sofort einen Schritt zurück und ist mit einem Mal blass.

»Jane, das …«, beginne ich, doch abermals wird mein Name gerufen und ich seufze genervt.

»Geh ruhig«, fordert Jane mich auf und schenkt mir dabei ein falsches Lächeln. Zu gerne wüsste ich, was ihr durch den Kopf geht.

»Warte hier. Sobald ich fertig bin, komme ich nochmal her, okay?«

Sie nickt nur knapp und ich unterdrücke den Impuls, sie zu berühren. Mit wackligen Schritten, da sich offenbar das gesamte Blut in meinem Körper in meine Lendengegend verlagert hat, hechte ich zu Samantha.

»Da bist du ja endlich! Wo warst du denn?«, fragt sie neugierig, doch ich reagiere gar nicht, sondern nehme ihr stattdessen die Zügel von dem Pferd aus der Hand und steige auf.

Als ich nach dem Parcours zurück zu Janes Hänger gehe, um mit ihr zu reden, macht sich Enttäuschung in mir breit. Sie hat sich nicht an ihre Zusage gehalten. Ihr Hänger ist weg.

21. Kapitel

Jane

Nachdenklich starre ich aus dem Fenster und nehme doch nichts wahr. Die anderen Autos rauschen an mir vorbei und ich wende gelangweilt den Blick ab. Aus dem Augenwinkel bemerke ich, wie Flynn immer wieder zu mir herübersieht. Vermutlich fragt er sich, warum ich so einen Stress gemacht habe, damit wir aufbrechen, aber ich wollte auf gar keinen Fall erneut auf Sven treffen.

Als diese hübsche Brünette seinen Namen gerufen hat, während ich mich an ihn geschmiegt habe, bin ich wieder in der Wirklichkeit angekommen. Womöglich war es seine Freundin. Zwar hat er nichts von einer gesagt, aber bei ihm weiß man ja nie.

Außerdem ist der Gedanke nicht abwegig. Schließlich ist er äußerst attraktiv und eigentlich auch ganz liebenswert, wenn er nicht gerade seine eingebildete Seite heraushängen lässt.

Moment mal, was denke ich hier überhaupt?

Sven ist nicht attraktiv! Er ist ein blöder Idiot, den ich in einem schwachen Augenblick fast geküsst hätte, weil er ausnahmsweise mal die richtigen Worte gesagt hat. Mehr nicht. Auf gar keinen Fall darf ich das vergessen.

Ich erinnere mich selbst an diese blöde Vereinbarung und prompt ist mein Groll gegen ihn zurück. Zwei Wochen habe ich noch, um Cajou und mich fit zu machen. Zwar lief es heute recht gut, aber perfekt war es lange nicht. Jedoch *muss* alles perfekt laufen, wenn ich den Deal gewinnen will.

Ich seufze laut auf und raufe mir die Haare. Das schlechte Gewissen macht sich in mir breit, wenn ich daran denke, dass ich Flynn längst davon hätte erzählen müssen. Vor dem Turnier in vierzehn Tagen mache ich es auf jeden Fall, nehme ich mir vor und verschiebe so die Konfrontation mal wieder auf später.

»Lief doch heute gar nicht so schlecht«, bricht Flynn das Schweigen zwischen uns und dreht das Radio leiser. Ich hatte nicht mal mitbekommen, dass es überhaupt an war.

»Wenn du mit *nicht so schlecht* die zwei Verweigerungen meinst, dann hast du recht«, brumme ich und höre selbst, wie angepisst ich klinge. Dabei bin nur ich allein an diesem Ergebnis schuld. Ich war am Schluss nicht mehr wirklich konzentriert und Cajou hat das prompt ausgenutzt.

»Ach, Jane. Klar war es ärgerlich, aber so ist das manchmal.«

»Hm. Bei Landon wäre er besser gelaufen.« Kaum haben die Worte meinen Mund verlassen, bereue ich sie. Vorsichtig sehe ich zu Flynn rüber, der plötzlich um einiges blasser aussieht.

Verdammt, das wollte ich nicht. Er hatte so gute Laune und jetzt …

»Entschuldigung, ich wollte nicht …«

»Was wolltest du nicht? Landon zur Sprache bringen?«, unterbricht er mich und ich nicke langsam. »Warum eigentlich nicht? Nur weil er tot ist, heißt das nicht, dass wir nicht über ihn reden können«, zischt er und seine Fingerknöchel treten weiß hervor, während er das Lenkrad umklammert hält.

»Flynn, ich … Ich wollte ihn nicht zur Sprache bringen, weil … Na, du weißt schon«, sage ich vorsichtig und hoffe, dass er das Thema fallen lässt. Jedoch liege ich mal wieder völlig falsch.

»Weil was?«, fragt er ungehalten nach und ich setze mich aufrechter hin, um Zeit zu schinden.

»Na ja, Landon hat nie erzählt, dass er einen Bruder hat, und da dachte ich, dass ihr eure Differenzen hattet.« Flynn presst die Lippen fest zusammen, bis sie nur noch ein schmaler Strich sind. »Tut mir leid, ich wollte nicht deine gute Laune zerstören«, fahre ich fort. Er weicht weiterhin meinem Blick aus. Erneut fällt mir auf, wie ähnlich er Landon sieht. Kein Wunder, dass ihn heute zahlreiche Reiterinnen ungeniert angestarrt haben.

»Er hat mich nie erwähnt?«, fragt er durch zusammengebissene Zähne und reißt mich somit aus meinen Gedanken.

»Daran würde ich mich erinnern.«

»Das sieht ihm ähnlich. Dieser Mistkerl. Ich verstehe nicht, warum er mir dann den Hof vererbt, wenn ich es nicht mal wert bin, dass er anderen Menschen von mir erzählt.«

»Flynn, ich …«

»Dieses Arschloch«, zischt er und ich kann die Spannung spüren, die sich im Auto ausbreitet.

»Darf ich dich etwas fragen?«, sage ich einen Moment später, während er weiterhin stur nach vorne schaut.

»Ja.«

»Warum hattet ihr keinen Kontakt mehr miteinander? Ich finde es seltsam und verstehe nicht, warum Landon nie etwas von dir erzählt hat. Du bist so ein guter Mensch. Ohne dich hätte ich jetzt keinen Job mehr«, sage ich und hoffe, dass sich sein Unmut löst. Allerdings reagiert er gar nicht auf meine Worte, sodass ich mich frage, ob er sie überhaupt gehört hat. »Flynn?«, hake ich nach.

»Wir haben seit fast vier Jahren keinen Kontakt mehr gehabt. Ich habe mehrmals versucht, wieder mit ihm zu reden, jedoch hat er jegliche

Annäherungsversuche abgeblockt, bis ich irgendwann aufgegeben habe.«

»Das tut mir leid. Sehr sogar.« Die Frage, warum ihr Verhältnis so zerrüttet war, brennt unter meinen Nägeln, doch ich reiße mich zusammen. Entweder er erzählt es mir von selbst oder gar nicht. Ich will nicht, dass er denkt, ich würde ihn aushorchen.

»Schon gut. Jetzt ist es sowieso zu spät«, murmelt Flynn und ich drücke kurz seine Hand, die auf dem Schalthebel liegt. Er reagiert nicht, aber ich bemerke, dass er nicht mehr ganz so verkrampft das Lenkrad umklammert.

Ich drehe am Lautstärkeregler des Radios und Musik ersetzt das Schweigen zwischen uns. Ein paar Minuten später kommen wir auf dem Hof an. Als ich nach der Türklinke greifen will, hält mich Flynn am Arm zurück. Fragend drehe ich mich zu ihm um. Er sieht mich zwar an, jedoch kommt es mir so vor, als wäre er mit den Gedanken woanders.

»Vor vier Jahren ist es zwischen meinem Bruder und mir zu einem Riesenstreit wegen einer Frau gekommen. Wir hatten sie bei einer Party kennengelernt und uns beide in sie verliebt. Landon wollte sie unbedingt, ich jedoch auch. Ich wusste, dass sie mehr Interesse an ihm hat als an mir, also habe ich ihr Lügen erzählt, in denen Landon nicht gerade gut weggekommen ist. Sie hat es geglaubt und wir sind wenig später zusammengekommen. Landon fand das irgendwann heraus und war so enttäuscht von mir, dass er jeglichen Kontakt abgebrochen hat. Die Beziehung zu der Frau ist zerbrochen, als sie mich mit einem anderen betrogen hat.« Er fährt sich mit der flachen Hand über das Gesicht und sieht mich traurig an. »Ich bin nicht stolz auf das, was ich damals getan habe, aber ich kann es leider nicht mehr ändern. Landon war so verliebt in diese Frau, dass er mir nie verziehen hat. Ich habe meinen Bruder wegen einer Frau verraten, die es nicht einmal wert war.«

Ich antworte nicht darauf, sondern lehne mich stattdessen über die Mittelkonsole hinweg, um ihn zu umarmen. »Das ist schon so lange her. Mach dich deswegen nicht mehr fertig. Landon hatte dir bestimmt verziehen, aber wahrscheinlich nie den Mut gefunden, es dir zu sagen. Ich verurteile dich nicht, auch wenn es wirklich nicht schön ist, was du getan hast. Weißt du was? Du machst das gerade alles wieder gut, indem du dich um seinen Hof und die Pferde kümmerst. Das hätte ihm alles bedeutet. Glaub mir.« Ich drücke ihn noch einmal kurz, bevor ich ihn loslasse.

Aufmunternd lächle ich ihm zu und er wirkt nicht mehr so blass wie vorher. Offenbar hat es ihm gutgetan, sich das von der Seele zu reden. »Danke«, flüstert er, bevor ich aussteige.

»Keine Ursache. Du kannst jederzeit mit mir reden«, biete ich ihm an und er lächelt.

»Mach ich. Ich weiß, dass etwas zwischen dir und Sven vorgefallen ist. Was auch immer es sein mag, du kannst auch mit mir darüber sprechen. Ich hoffe, das weißt du.«

»Danke, Flynn.« Ich steige aus und schließe die Tür hinter mir. Zu gerne würde ich ihm erzählen, wie ich zu Sven stehe, aber ich muss das erst einmal mit mir selbst ausmachen. Allein. Mit einer Zehn-Kilo-Packung Eiscreme.

Lustlos starre ich in den Fernseher und strecke mich auf meiner kleinen Couch aus. Meine Glieder schmerzen und mir fallen fast die Augen zu, doch in meinem Kopf fahren die Gedanken Achterbahn, sodass an schlafen nicht zu denken ist.

Der heutige Tag zieht wie ein Nebel an mir vorbei. Ich verziehe das Gesicht, als ich daran denke, wie ich beim Turnier versagt habe. Alles lief so gut und bei den letzten zwei Hindernissen bin ich mal wieder nervös geworden.

Ob Landon dennoch stolz auf mich wäre?, frage ich mich und greife mit meiner Hand nach der Eispackung, die auf dem Tisch steht. Mit Sicherheit. Immerhin habe ich es versucht. Andererseits wäre er nicht begeistert, wenn ich Cajou in zwei Wochen verliere. *Und Flynn auch nicht,* schießt es mir durch den Kopf und ich unterdrücke ein verzweifeltes Stöhnen.

Verfluchter Mist, wo habe ich mich nur wieder mit meiner großen Klappe hineingeritten?!

Flynns Geständnis geht mir ebenfalls durch den Kopf. Man hat ihm richtig angesehen, wie fertig ihn das alles mit Landon macht. Ist er womöglich deshalb derzeit so niedergeschlagen?

Zu gerne würde ich ihn erneut darauf ansprechen, aber ich will ihn nicht drängen. Schließlich macht er das bei mir wegen der Sache mit Sven ebenso wenig.

Mittlerweile fühlt es sich nicht mehr so an, als wäre Flynn mein Chef, sondern ein guter Freund. Er ist vom Wesen her genau wie Landon. Ob der ihm deshalb den Hof vererbt hat? Weil er wusste, dass ich mit Flynn gut auskommen und er den Stall übernehmen würde?

Gott, so viele Fragen. Nach wie vor würde ich auch gerne wissen, warum er kurz vor seinem Tod sein Testament aufgesetzt hat. Aber wie will ich das jetzt noch herausfinden?

Ich schraube den Deckel der Eiscremepackung auf und nehme einen großen Löffel heraus. Normalerweise hasse ich es, faul auf dem Sofa herumzuliegen, obwohl es viele andere Sachen zu tun gibt. Schließlich könnte ich auch den Reitunterrichtplan für den Trainer, der dreimal die Woche zu uns kommt, fertig machen. Aber nein, stattdessen liege ich herum und zerbreche mir den Kopf über Sachen, die ich sowieso nicht ändern kann.

Ohne dass es sich verhindern lässt, taucht Sven vor meinem geistigen Auge auf. Bei ihm habe ich mich heute genauso blamiert wie beim Turnier. Erst sage ich ihm, dass ich ihn nicht brauche, und dann schmeiße ich mich an ihn. Ich bin offenbar vollkommen verrückt und übergeschnappt. Wieso kann sich nicht einfach ein Loch unter mir auftun, das mich verschluckt?

Ein Klopfen an meiner Tür lässt mich hochschrecken und ich stelle verwirrt die Eiscreme zurück auf den Tisch. Besuch? Jetzt? Es ist nach neun. Wer kommt da noch vorbei? Klar, es ist Samstagabend und die Mädels aus dem Stall machen bestimmt wieder eine Bar unsicher, aber normalerweise fragen sie nicht, ob ich mitkomme, erst recht nicht so spontan. Ein ungutes Gefühl breitet sich in meinem Magen aus. Bitte lass es nicht Amelia sein, die mich irgendwo mit hinschleppen will. Darauf habe ich heute gar keine Lust.

Missmutig öffne ich die Tür. Mir stockt der Atem, als ich sehe, wer tatsächlich vor mir steht.

»Sven? Was machst du denn hier?«, frage ich verblüfft. Mir wird bewusst, dass ich mit einer Frisur, die einem Vogelnest gleicht, und abgetragenen Schlabbersachen nicht gerade die beste Figur mache.

»Ich bin hier, um etwas zu tun, das ich schon sehr lange machen möchte.«

»Ich verstehe nicht«, murmle ich. Statt mir zu antworten, kommt er lächelnd einen Schritt auf mich zu, sodass man die Grübchen in seinen Wangen sieht, und zieht mich an sich.

22. Kapitel

Sven

Jane sieht mich wachsam aus ihren großen, grünen Augen an. Mir kribbelt es in den Fingern und ich lege eine Hand in ihren Nacken. Ich spüre, wie ihr Körper unter meinen Händen bebt, obwohl ich sie noch nicht wirklich berührt habe.

Eigentlich wollte ich bloß mit ihr reden, doch als sie die Tür geöffnet und mich so überrascht angesehen hat, ist es um mich geschehen. Bevor ich mir weiter den Kopf zerbreche und es womöglich doch nicht tue, beuge ich mich ihr entgegen, sodass unsere Lippen aufeinandertreffen.

Jane legt ihre Arme nach kurzem Zögern um meinen Hals und ich schlinge meine Hände um ihre Taille. Ihre Lippen fühlen sich weich unter meinen an und als sie ihren Mund öffnet, um meine Zunge willkommen zu heißen, kann ich mich kaum noch zurückhalten.

Ich schiebe sie in die Wohnung hinein und kicke die Tür mit dem Fuß zu. Danach drücke ich sie an die Wand und küsse sie hitzig. Ihre Zunge bewegt sich im gleichen Takt wie meine. Zeitgleich krallen sich ihre Fingernägel in meinen Nacken und unser Kuss sagt so viel mehr aus, als Worte es jemals könnten.

Sie will das genauso sehr wie ich, denke ich mir glücklich und löse mich von ihr, um sie anzusehen.

Ihre Wangen sind gerötet und ihre Haare stehen wirr ab. Aus halb geschlossenen Lidern sieht sie mich an und ich kann mich nur mit all meiner Willenskraft zurückhalten, damit ich sie nicht einfach ausziehe.

»Ich wollte dich nicht überrumpeln«, flüstere ich an ihren Lippen und gebe ihr einen sanften Kuss. Sie streicht mit ihren Händen durch meine Haare und es fühlt sich so gut und intim an, dass ich meine Stirn dabei an ihre lehne.

»Ein Glück, dass du es getan hast«, antwortet sie und ich muss lächeln.

»Oh ja.« Ich küsse sie erneut, doch dieses Mal ist der Kuss nicht hungrig und wild, sondern zärtlich.

Ihre Zunge neckt sanft meine und ich knabbere vorsichtig an ihrer Unterlippe. Sie schmeckt nach Eiscreme und Vanille. Eine himmlische Mischung. Vom Übermut gepackt hebe ich sie hoch und sie schlingt ihre Beine um meine Hüfte.

Wir unterbrechen unseren Kuss nicht, während ich mit ihr auf meinen Händen zu dem Sofa gehe. Sanft lege ich sie darauf ab und positioniere mich zwischen ihren Beinen. Sie keucht auf, als sie meine Erektion spürt. »Verflucht, Jane. Was stellst du nur mit mir an?«, murmle ich und fahre mit meinen Fingerspitzen über ihren Körper.

Ich lasse eine Hand unter ihr Shirt gleiten und berühre ihre weiche Haut. *Gott, sie wird noch mein Untergang sein,* denke ich mir, bevor sie meinen Kopf wieder zu sich herunterzieht und mich wild küsst.

»Wir sollten das lieber nicht machen«, flüstert sie und ich nicke, während ich ihren Hals liebkose.

»Hm, sollten wir nicht«, brumme ich, mache aber keine Anstalten, aufzuhören. Jane schlingt ihre Beine fester um mich, was meine Erregung noch mehr steigert. »Himmel«, stöhne ich und kann es kaum erwarten, in ihr zu sein. »Willst du, dass ich aufhöre?«, frage ich sicherheitshalber nach und meine Stimme klingt tief und rau.

»Auf gar keinen Fall!«

»Gott sei Dank.« Ich gebe ihr einen Kuss, bevor ich mich aufsetze, um ihr das Shirt ausziehen zu können. Achtlos werfe ich es zur Seite. Mein Penis zuckt erfreut, als ich sehe, dass ihre Brüste in einem schwarzen Spitzen-BH stecken. Ich lehne mich nach vorn und ziehe ein Körbchen nach unten, sodass ihre Brust freiliegt. Ihr rosafarbener Nippel bettelt förmlich darum, dass ich ihn liebkose, und ich lasse mich nicht zweimal bitten.

Sanft sauge ich daran und knete mit meiner anderen Hand ihre bedeckte Brust. »Sven«, keucht sie, als ich sanft in ihren Nippel beiße. Ich sauge noch ein letztes

Mal daran, bevor ich mich erneut aufrichte und mir die Jacke sowie mein Shirt vom Körper ziehe.

Janes Augen weiten sich, als sie mich mustert, und sie fährt mit ihren Fingerspitzen über meine Bauchmuskeln. Eine Gänsehaut bildet sich auf meinem Körper und ich bemerke zufrieden, wie ihr Atem stockt.

Gerade als ich sie wieder küssen will, höre ich, wie sich die Tür hinter uns öffnet. Jedoch geht alles so schnell, dass ich gar nicht reagieren kann.

»Jane, ich habe dich schon mehrmals gerufen. Ist alles okay oder … Oh, fuck! Sorry, Leute, ich … äh …« Flynn starrt uns schockiert an.

»Flynn! Raus hier!«, ruft Jane und dieser löst sich endlich aus seiner Starre. Er stolpert, als er eilig wieder durch die Tür verschwindet und sie hinter sich zuschlagen lässt.

Ich sehe zu Jane, deren Gesicht nun wie eine Warnleuchte glüht. Sie begegnet meinem Blick und wir prusten beide laut los.

»Oh Scheiße«, murmle ich und stütze mich auf der Lehne ab, während mein Körper von Lachkrämpfen durchgeschüttelt wird.

»Du sagst es. Verdammt, ist das peinlich.« Jane greift nach ihrem Shirt, das auf dem Boden liegt, und bedeckt ihre Blöße. Warum musste Flynn auch jetzt auftauchen? Nun ist die Stimmung zerstört und Jane wird mich vermutlich hochkant aus ihrer Wohnung werfen, nachdem ihr bewusst geworden ist, mit wem sie hier liegt.

Um ihr und auch mir diesen peinlichen Moment zu ersparen, stehe ich auf und ziehe mir mein Shirt über. Unschlüssig, was ich sagen soll, raufe ich mir die Haare.

»Wo willst du denn hin?«, fragt Jane und sieht mich skeptisch an.

»Ähm … Nach Hause. Vielleicht war es ein Fehler, hierherzukommen.«

»War es nicht. Ich bin froh, dass du den ersten Schritt gewagt hast.« Sie hält mir ihre ausgestreckte Hand hin und ich starre sie ungläubig an. Normalerweise bin ich nicht schüchtern und nehme mir, was ich will, aber bei Jane … Ich will es bei ihr nicht versauen. Dafür bedeutet sie mir zu viel.

Sie sieht mich zärtlich an und alle Zweifel sind mit einem Mal verflogen. Ich ergreife ihre Hand und lasse mich von ihr in das angrenzende Zimmer führen.

Ihre Hand umschließt sanft meine und ich spüre, wie aufgeregt mein Herz pocht.

Vor der Tür dreht sie sich nochmal zu mir und sieht mich prüfend an. Jane bietet mir eine letzte Möglichkeit, um noch einen Rückzieher zu machen. Darauf kann sie jedoch lange warten. Ich beuge mich zu ihr, verschließe ihre Lippen sanft mit meinen und taste blind nach dem

Türgriff. Als ich ihn gefunden habe, öffne ich die Tür und wir stolpern küssend zu ihrem Bett.

Ein Klingeln zerstört erneut unsere Zweisamkeit und ich horche verwirrt auf. Shit, das ist mein Handy. Ich unterbreche unseren Kuss, doch einen Augenblick später hört das Läuten auf. Anscheinend war es nicht so wichtig. Jane rutscht in dem Bett nach oben und lächelt mich verheißungsvoll an. Mein Penis zuckt bei dem Anblick erfreut in meiner Hose und ich richte ihn, bevor ich ihr folge.

Abermals zerstört das Klingeln meines Telefons den Moment und ich seufze genervt auf. Wer zum Himmel könnte das sein?

Unsicher sehe ich zu Jane, die mich verständnisvoll anlächelt. »Geh ruhig ran, Sven. Ich warte hier so lange auf dich.«

»Wehe, es ist nicht wichtig«, brumme ich und laufe eilig zu meinem Handy, das im Wohnzimmer liegt und nach wie vor klingelt.

Verwirrt ziehe ich die Augenbrauen zusammen, als ich erkenne, dass meine Mutter anruft. »Ja?«, gehe ich ran und versteife mich prompt. Meine Mutter schluchzt aufgebracht und bringt kaum ein Wort heraus. »Mom? Scheiße, ist alles okay? Was ist passiert?« Bevor sie antworten kann, bin ich schon dabei, die Schuhe anzuziehen.

»Dein Vater … Sven, es ist schrecklich. Du musst bitte kommen«, fleht sie mich an und ich sage ihr, dass ich mich sofort auf den Weg mache. Fluchend stecke ich das Handy ein und werfe mir meine Jacke über. Als ich mich umdrehe, bemerke ich, dass Jane an dem Türrahmen zum Schlafzimmer lehnt und sich eine Decke um die Schultern gelegt hat.

Mit zwei Schritten bin ich bei ihr und ziehe sie an mich. Gierig küsse ich sie und löse mich anschließend nur widerwillig von ihr.

»Was ist passiert?«, fragt sie unsicher und ich seufze.

»Irgendetwas ist mit meinem Vater. Ich muss sofort los. Es tut mir so leid, Jane.«

»Soll ich mitkommen?«

»Lieber nicht.« Ich drücke ein letztes Mal ihre Hand, bevor ich nach draußen stürme. Ich spüre ihren Blick in meinem Rücken und hoffe, dass sie nicht glaubt, ich würde einfach nur einen Rückzieher machen und das erfinden.

Während ich zu meinem Auto renne, mache ich mir Gedanken, was mit meinem Vater sein könnte. Meine Mutter ruft mich sonst nie an.

Bei meinem Auto angekommen, steige ich schnell ein und rase wie ein Verrückter los. Normalerweise brauche ich eine Viertelstunde von Jane zu unserem Stall, doch heute sind es nur fünf Minuten.

Ich parke ein und eile danach zu dem Haus meiner Eltern. Ohne zu klingeln oder anzuklopfen, stürme ich hinein und hole erschrocken Luft, als ich sehe, wie mein Vater zugerichtet worden ist.

23. Kapitel

Jane

Nachdem ich fast die komplette Nacht wach gelegen und auf ein Lebenszeichen von Sven gewartet habe, stehe ich völlig gerädert auf. Ich schalte meinen unbarmherzigen Wecker aus und greife nach dem Handy. *Vielleicht hat er mir ja doch geschrieben und ich habe es bloß nicht mitbekommen,* denke ich mir hoffnungsvoll, werde jedoch enttäuscht.

Verdammt, es muss wirklich etwas Ernstes passiert sein, wenn er sich nicht meldet. Ein Kloß bildet sich in meinem Hals, wenn ich daran denke, wie blass er gestern nach dem Anruf seiner Mutter war.

Ob ich ihn nerve, wenn ich ihn jetzt anrufe?

Unsicher tippe ich auf meinem Handy herum und entscheide mich schließlich für eine Nachricht.

Hey, alles okay bei dir?, schreibe ich und drücke nach kurzem Zögern auf Senden, bevor ich die Worte doch wieder lösche. Hoffentlich hält er mich nicht für aufdringlich.

Ich beschließe, dass es am besten ist, wenn ich jetzt nicht die ganze Zeit auf mein Smartphone starre und auf eine Antwort von Sven warte, sondern stattdessen anfange, den Stall zu machen. Mein Magen knurrt protestierend, als ich meine Wohnung verlasse, ohne etwas gegessen zu haben, aber mir ist nicht danach. Zu viele Gedanken kreisen durch mein müdes Hirn und ich brauche erst einmal Ablenkung. Als ich den Stall betrete und mir der typische Pferdegeruch entgegenschlägt, beruhigen sich meine Nerven ein wenig.

Die Pferde sehen aus ihren Boxen heraus, als sie meine Schritte hören, und begrüßen mich mit einem lauten Wiehern. Ich gehe zu Cajous Box und streichle seinen Kopf. »Na, Großer. Machen wir heute etwas Schönes?«, frage ich ihn und er sieht mich wachsam an.

Der gestrige Auftritt mit Cajou lief nicht so reibungslos wie erhofft, dafür hat sich aber etwas ganz anderes ergeben. Mein Puls rast, während ich an gestern Abend denke. Svens leidenschaftliche Küsse und sein muskulöser Körper, der sich an meinen presst …

Ich spüre, wie es bei der Vorstellung zwischen meinen Beinen anfängt zu pochen, und ich schnappe mir schnell eine Heugabel, um den Pferden ihr Futter zu geben. Eigentlich wollte ich gar nicht an ihn denken! Ist mir ja super gelungen.

»Guten Morgen, Jane«, begrüßt mich Flynn hinter mir und ich unterdrücke einen Schrei, da ich ihn gar nicht kommen hören habe.

Ich drehe mich zu ihm um und will etwas erwidern, als mir wieder einfällt, in welcher prekären Situation er mich gestern vorgefunden hat. Oben ohne. Unter Sven. In einer eindeutigen Stellung. Oh. Mein. Gott.

Eilig wende ich meinen Blick ab. Er ist zwar ein guter Freund, aber immer noch mein Chef. Und niemand will, dass einen der Chef in so einer Situation vorfindet.

»Morgen«, murmle ich und schiebe die erste Ladung Heu in eine der Boxen.

»Hör mal, wegen gestern Abend …«

»Gott, Flynn! Ich will davon nichts hören. Lass uns einfach so tun, als wäre nichts gewesen und du hättest nichts gesehen, okay?«

Ich höre ihn erleichtert seufzen und riskiere einen Blick zu ihm. Er leuchtet so rot wie eine Tomate und starrt lieber seine Schuhe an statt mich. Wenigstens ist ihm die Sache genauso unangenehm wie mir. »Gut. Da bin ich voll dafür. Tut mir nur leid, dass ich einfach so hereingeplatzt bin. Ich …«

»Schon gut«, bringe ich ihn zum Verstummen und muss ein Lachen unterdrücken. Verdammt, ist das peinlich.

»Ich fahr zum Futterhändler und bestelle Hafer und Müsli für die Pferde. Falls etwas sein sollte, ruf mich an.«

»Mach ich.« Ich nehme eine weitere Gabel voll mit Heu und gebe sie dem Pferd neben Cajou. Die anderen werden langsam unruhig, da sie befürchten, sie würden nichts kriegen, und stampfen mit ihren Hufen gegen die Boxentüren.

Flynns Schritte entfernen sich. Ein Glück, dass er nicht weiter darauf eingegangen ist. Landon wäre wahrscheinlich ausgeflippt, wenn er das herausgefunden hätte. Oder vielleicht doch nicht? Immerhin kannte ich ihn offenbar gar nicht wirklich.

»Ach, und, Jane?«, ertönt noch einmal Flynns Stimme und ich drehe mich fragend zu ihm.

»Ja?«

»Hört endlich auf mit dem Hickhack und steht dazu, dass ihr ineinander verliebt seid.«

Meine Kinnlade klappt herunter und ich weiß nicht, was ich darauf erwidern soll. Hat er das gerade wirklich gesagt?!

»Schau nicht so schockiert. Ich habe nichts dagegen, also brauchst du es mir auch nicht zu verheimlichen.«

Flynn wartet zum Glück keine Antwort ab, sondern dreht sich mit einem Grinsen wieder Richtung Ausgang und verlässt den Stall. Als die Tür ins Schloss fällt, kann ich das Lachen nicht zurückhalten.

Womöglich hat er gar nicht so unrecht. Sven und ich sollten dazu stehen. Schließlich ist da irgendetwas zwischen uns. Zwar haben wir uns beide dagegen gewehrt, aber nach gestern Abend können wir uns selbst nichts mehr vormachen. Für einen Moment denke ich darüber nach, ob es eine Zukunft für uns geben könnte, doch wenig später fällt mir der Deal wieder ein. Mist. Die Abmachung hängt nach wie vor wie eine dunkle Wolke über uns.

Ich beschließe, Sven deshalb noch einmal auf den Zahn zu fühlen. Vielleicht können wir die ganze Sache einfach lassen. Allerdings wird sein Vater wohl kaum dafür sein.

Frustriert seufze ich. Kann denn nicht wenigstens einmal alles nur halb so kompliziert ablaufen?

Mein Handy vibriert in meiner Jackentasche und ich hole es aufgeregt heraus. Mein Herz macht einen kleinen Sprung, als Svens Name erscheint. Ich öffne die Nachricht, doch meine Freude hält sich in Grenzen. Er hat bloß mit einem *Ja* auf meine Frage geantwortet, ob alles okay ist.

Keine Ahnung, was ich erwartet hatte, aber mehr als ein Wort auf jeden Fall. Andererseits hat er bestimmt mit seinem Vater zu tun.

Ich antworte ihm, dass er sich jederzeit bei mir melden kann, falls etwas sein sollte. Hoffentlich tut er das auch. Mit hängenden Schultern stecke ich mein Handy wieder ein und verteile das Futter an die restlichen Pferde.

Ich muss schlucken, als ich an der leeren Box von dem Wallach vorbeikomme, der letzte Woche eingeschläfert werden musste. Selbst mit etwas Abstand tut es mir noch unendlich leid um ihn. *Aber gegen das Schicksal kann man nichts tun,* denke ich mir bitter und ignoriere den Schmerz und die Schuldgefühle, die sich anfühlen wie damals, als ich Soraya verloren habe.

Sven

Nachdenklich sitze ich meinem Vater gegenüber, der konsequent meinem Blick ausweicht. Sein rechtes Auge ist nach wie vor stark geschwollen und wird von einem blauen Veilchen geziert. Seine Lippe ist aufgeplatzt, blutet aber zum Glück nicht mehr wie gestern Abend.

»Was zum Teufel ist passiert, Dad? Rede doch bitte mit mir«, flehe ich ihn schon das dritte Mal an, doch er schnaubt bloß. »Wer hat dir das angetan? Der Typ, der dir vor ein paar Wochen gedroht hat?«

»Das geht dich nichts an«, blafft er. Ich ertrage es kaum, ihn anzusehen, halte jedoch seinem Blick stand.

»Das geht mich nichts an? Willst du mich verarschen? Wenn es um den Hof geht, dann sollte ich gefälligst auch darüber Bescheid wissen!«

»Der Hof gehört mir und nicht dir! Du bist hier bloß geduldet«, fährt er mich an und ich hole erschrocken Luft. Ich wusste ja schon immer, dass er nicht zufrieden mit mir war, egal, wie gut ich bei einem Turnier abgeschnitten habe, aber diese Aussage übertrifft alles.

»Ist das dein Ernst?«

»Hätte ich es sonst gesagt?!«, blafft er.

»Du … Ah!« Ich bringe es nicht einmal jetzt übers Herz, meinem Vater die Meinung zu geigen. Dabei hat er es mehr als verdient.

»Was ist? Hat es dir die Sprache verschlagen?«, höhnt er und ich stehe abrupt auf, bevor ich noch etwas tue, was ich später bereue.

Ich stürme aus der Küche und ziehe mir im Flur meine Jacke über. Meine Mutter kommt aus dem Zimmer nebenan heraus und sieht mich besorgt an. »Hat er dir erzählt, was los ist?«, fragt sie mich leise und ich schüttle mit dem Kopf.

»Wenn er aber so weitermacht, ist es mir auch scheißegal.«

»Sven, er meint das nicht so«, versucht sie zu schlichten, doch ich lache freudlos auf.

»Du weißt genauso wie ich, dass das eine Lüge ist.« Darauf sagt sie nichts mehr und das ist mir Antwort genug. Wütend verlasse ich das Haus und gehe zum Stall hinüber.

24. Kapitel

Jane

Ich streichle lobend Cajous Hals und pariere ihn zum Schritt durch. Heute lief er perfekt und hat motiviert alles mitgemacht, was ich von ihm gefordert habe. Mittlerweile habe ich festgestellt, dass er eigentlich ein sehr genügsames Pferd ist. Er ist nur ab und an ein ziemlicher Sturkopf. Wenn etwas gegen seinen Willen geht, bockt er und verweigert jede weitere Arbeit, doch so langsam glaube ich, dass der Knoten geplatzt ist. Seine schlechten Tage werden weniger und es macht richtig Spaß, ihn zu reiten. Offenbar brauchte er nur eine Bezugsperson. Landon hat ihn meistens drei- bis viermal die Woche geritten. Anscheinend ist das für Cajou zu wenig, denn seitdem ich jeden Tag etwas mit ihm mache, verbessert sich sein Gemütszustand immer mehr.

Nach ein paar Runden Schritt steige ich ab und führe ihn zurück in seine Box. Genügsam läuft er neben mir her und ich stelle zufrieden fest, dass er mich für eine Stunde von Sven abgelenkt hat. Bisher habe ich nichts wieder von ihm gehört, aber womöglich hat er noch zu tun.

Ich rede mir das weiter ein und sattle nebenbei Cajou ab. Anschließend gebe ich ihm eine Schippe Müsli in seinen Napf, das er genüsslich verschlingt.

Mit der Hand wische ich mir über die Stirn und seufze ächzend auf, als mein Rücken protestiert. Den ganzen Tag habe ich durchgeschuftet und freue mich nun auf eine heiße Dusche, um meine verspannten Muskeln zu lösen. Ein paar Pferdebesitzer sind noch im Stall und ich nicke ihnen freundlich zu, während ich Richtung Ausgang gehe. Draußen ist es mittlerweile stockfinster und ich schleppe mich zu meiner Wohnung.

Kurz davor bleibe ich jedoch erstaunt stehen. Denn Sven lehnt an der Wand neben den Treppen zu meiner Wohnung. Er blickt auf und ein träges Lächeln erscheint auf seinem Gesicht. Mein Herz pocht wie wild und ich kann mich nur mit Mühe zurückhalten, damit ich nicht wie eine Irre auf ihn zurenne und ihm in die Arme springe.

»Hi. Wieso stehst du denn hier und bist nicht in den Stall gekommen?«, sage ich unsicher und werde mir bewusst, dass ich mal wieder nicht gerade atemberaubend aussehe: Ich bin komplett verschwitzt, meine Kleidung riecht nach Pferd und in meinen Haaren klebt mit hoher Wahrscheinlichkeit Stroh. Kann ich nicht einmal wie ein Topmodel aussehen, wenn ich Sven treffe?

»Jane«, flüstert er und der Klang, den seine Stimme annimmt, wenn er meinen Namen ausspricht, beschert mir eine Gänsehaut. Er stößt sich von der Wand ab und kommt auf mich zu.

Kaum steht er vor mir, zieht er mich an sich und küsst mich heiß und verlangend. Er presst meinen Körper an sich und ich stöhne, als seine Zunge meinen Mund erkundet. Himmel, kann er küssen!

Ich kralle mich an ihn fest und spüre, wie sich seine Erektion an meinen Bauch presst. »Lass uns nach oben gehen«, sage ich, nachdem ich meine Lippen von seinen gelöst habe.

»Nichts lieber als das.«

Ich lächle ihn an und er ergreift wie selbstverständlich meine Hand. Die Anspannung von dem heutigen Tag fällt von mir ab. Ich hatte mir solche Sorgen gemacht, ob er die gestrigen Geschehnisse zwischen uns bereut, doch zum Glück ist dem offenbar nicht so.

Gemeinsam laufen wir nach oben und ich schließe mit zitternden Fingern auf. Kaum sind wir drinnen, wirft Sven die Tür zu und küsst mich erneut. Bevor er weiter gehen kann, stemme ich meine Hände gegen seine Brust. Verwundert und schwer atmend schaut er mich an.

»Ich muss erst einmal duschen gehen. Du … ähm … ich komme gleich wieder«, stammle ich und hechte schnell an ihm vorbei, bevor er mich aufhalten kann.

Auf gar keinen Fall will ich, dass ich so verschwitzt und dreckig mit ihm intim werde. Ich stürme in das Bad, drehe das Wasser in der Dusche auf und reiße mir eilig die Klamotten vom Leib. Hoffentlich wartet er tatsächlich auf mich und haut nicht ab.

Obwohl, nein, das würde er nicht machen. Dafür war er viel zu heiß auf mich, denke ich mir grinsend und kann noch immer nicht glauben, dass ich für seine Erregung verantwortlich bin. Mit der Hand prüfe ich das Wasser und als es warm genug ist, steige ich in die Dusche. Ich seife mich ein und stelle genervt fest, dass sich tatsächlich Stroh in meinen Haaren befunden hat. War ja klar.

Ich horche auf, als ich höre, wie die Tür geht. Geht Sven etwa? Nein, Moment, das war die Badtür, stelle ich fest und halte unter der Dusche inne. »Sven?«, frage ich unsicher.

Gerade als ich erneut fragen will, wird der Duschvorhang zur Seite geschoben und Sven steht nackt davor. Mir klappt die Kinnlade runter und ich betrachte seinen wunderschönen Körper. Bevor ich etwas sagen kann, tritt er mit unter das Wasser.

Für einen Moment sehen wir uns einfach nur an, bevor ich meine Arme um seinen Hals schlinge und ihn an mich ziehe. Unsere Lippen treffen aufeinander und es gibt kein Halten mehr für uns. Seine Zunge bewegt sich im gleichen Takt wie meine und sein nackter Körper presst sich an mich. Das Wasser prasselt auf uns herab und ich hole zischend Luft, als er mich mit dem Rücken an die kalten Flicsen drückt. Ohne unseren Kuss zu unterbrechen, nimmt er ein Bein von mir und hebt es an. Ich schlinge es um seine Hüfte und spüre überdeutlich seine Erektion.

Ich will ihm sagen, wie sehr ich ihn will, doch kein Wort kommt über meine Lippen. Stattdessen reibe ich meine Hüfte an ihm.

Er gibt ein Brummen von sich und sein Kuss wird leidenschaftlicher. Seine Finger gleiten über meinen erregten Körper, bis sie an der pochenden Stelle zwischen meinen Beinen angekommen sind. Sanft streichelt er mit zwei Fingern über meinen empfindlichsten Punkt und ich stöhne verzückt auf.

»Jane«, keucht Sven und ich presse mich noch enger an ihn.

Bevor ich darum betteln muss, schiebt er endlich zwei Finger in mich. Meine Fingernägel krallen sich in seinen Rücken und ich lasse den Kopf nach hinten an die Wand sinken. Sven liebkost nebenbei die Stelle zwischen meinem Hals und dem Ohrläppchen mit seinem Mund, was mich schier um den Verstand bringt.

»Mehr«, flüstere ich, obwohl ich selbst nicht weiß, ob ich damit seine Finger oder seine Küsse meine.

»Gott, ich muss in dir sein«, stöhnt Sven und ich nicke.

Er zieht seine Finger aus mir und hebt mich hoch. Fragend sieht er mich an.

»Ich nehme die Pille«, antworte ich, da ich genau weiß, was er wissen wollte.

»Gott sei Dank«, murmelt er und lässt mich nach unten sinken. Ich sehe ihn unverwandt an, während er quälend langsam mit seiner Härte in mich eindringt. Als er komplett in mir ist und anfängt, sich zu bewegen, kann ich mich kaum noch zurückhalten. Worte, die ich selbst nicht verstehe, verlassen meinen Mund und ich keuche immer wieder seinen Namen, was ihn noch mehr anspornt.

Seine Finger krallen sich in meinen Hintern und ich beuge meinen Kopf nach vorne, um ihn zu küssen. Seine Stöße werden härter und verlangender. Er hat noch nicht einmal richtig angefangen und dennoch spüre ich schon, wie sich die Erregung in meinem Körper bündelt. Als er genau den richtigen Punkt in mir trifft, krallen sich meine Nägel in seinen Rücken.

»Sven … Ich …«, keuche ich, während der Höhepunkt plötzlich über mich hinwegfegt. Ich komme kurz, aber heftig. Halt suchend kralle ich mich an ihm fest und bevor mein Orgasmus komplett verklungen ist, werden auch Svens Bewegungen schneller. Sein Körper spannt sich an und er ergießt sich einen Augenblick später stöhnend in mir.

Ich stütze meinen Kopf an den Fliesen hinter mir ab und atme tief ein und aus. Auch Sven schnappt nach Luft und wir verweilen kurz so, bevor er seinen Kopf hebt und mich liebevoll ansieht. »Ich konnte nicht mehr warten«, sagt er entschuldigend und ich gebe ihm als Antwort einen sanften Kuss.

Er hebt mich kurz an und lässt seinen Penis aus mir herausgleiten. Sofort fühle ich mich leer und kann es kaum erwarten, bis er wieder mit mir schläft. *Verdammt, seit wann habe ich solche Gedanken? Ach ja, seitdem mich Sven um den Verstand gebracht hat,* denke ich mir grinsend.

»Warum lächelst du denn so?«, fragt mich Sven und streicht mir eine nasse Strähne aus dem Gesicht.

»Weil ich die glücklichste Frau auf der Welt bin«, sage ich und er muss nun ebenfalls lächeln.

Er dreht sich zur Seite und stellt das Wasser ab. Danach steigt er aus der Dusche, schlingt sich ein Handtuch um die Hüfte und hilft mir anschließend heraus. Ich bin froh, dass er es tut, denn womöglich würden meine Beine sonst den Dienst quittieren.

Sven schlingt ein Handtuch um meinen nackten Körper und zieht mich an sich. Sanft küsst er mich und ich spüre, wie erneut Verlangen in mir aufflammt. »Wie wäre es, wenn wir jetzt in dein Schlafzimmer gehen und uns dieses Mal Zeit nehmen?«, fragt er verheißungsvoll.

»Unbedingt«, murmle ich und schlinge meine Arme um seinen Hals. Ich kann es kaum erwarten, seinen nackten Körper in Ruhe zu erkunden. Unter der Dusche war dafür keine Zeit. Da wollten wir beide den anderen einfach nur spüren. Ungeduldig verlasse ich das Bad und er folgt mir bereitwillig. Mein Körper vibriert vor Lust, wenn ich an all die Dinge denke, die ich mit ihm anstellen möchte.

25. Kapitel

Sven

Das Sonnenlicht bahnt sich einen Weg durch Janes Jalousien, doch das ist es nicht, was mich aufgeweckt hat. Blinzelnd öffne ich die Augen und realisiere erst nach einem Moment, was gerade passiert.

Jane hat ihren warmen Mund um meinen harten Schaft geschlossen und saugt daran. Ich frage mich, wie lange sie das schon tut, denn ich bin kurz vorm Orgasmus. Ein Stöhnen kommt über meine Lippen, als sie mit genau dem richtigen Einsatz von ihren Zähnen und der Zunge über meinen Penis schabt. Verdammt, fühlt sich das gut an. Meine Erektion ist beinahe schmerzhaft hart und mein Atem stockt.

Ich greife mit einer Hand an ihren Hinterkopf und dirigiere sie, so wie ich es brauche. Bereitwillig macht sie mit und streichelt mit einer Hand meine Hoden.

»Jane«, keuche ich. »Wenn du so weitermachst, komme ich.« Meine Atmung wird immer abgehackter und ich spüre, wie es in meinem Rückgrat prickelt. Mist, ich bin kurz davor.

Jane hört nicht auf, sondern bewegt ihren Kopf schneller auf und ab. Zudem benutzt sie ihre Hand, um damit meinen Schaft zu massieren. Himmel!

Meine Finger verkrampfen sich in ihren Haaren, meine Oberschenkel spannen sich an und ich ergieße mich mit einem Stöhnen in ihren Mund.

In krampfhaften Schüben komme ich und Jane schluckt alles. Sie saugt noch ein letztes Mal, bevor sie sich von mir löst und langsam an mir nach oben gleitet. Ihr nackter Körper schmiegt sich an meinen und das Lächeln, mit dem sie mich beschenkt, lässt mein Herz prompt einen Schlag aussetzen.

»Guten Morgen«, sagt sie und drückt mir einen sanften Kuss auf die Lippen.

Noch immer ausgelaugt schlinge ich meine Arme um sie und drücke sie an mich. »So kannst du mich gerne jeden Tag wecken«, murmle ich und sie lacht an meiner Brust.

»Wird es denn noch mehr solche Tage wie den gestrigen geben?«, fragt sie mich und hebt ihren Kopf dabei. Ich weiß, was sie damit eigentlich fragen will. Offenbar denkt sie, ich hätte letzte Nacht für einen Fehler gehalten.

Ich streiche ihr eine Strähne aus dem Gesicht und ziehe mit der anderen Hand die Decke über sie, damit sie nicht frieren muss. »Wenn es nach mir geht, schon«, gestehe ich ihr und ein überraschter Ausdruck huscht über ihre Miene. »Was ist? Hast du etwa gedacht, ich haue jetzt schnell ab und melde mich nie wieder?«

Sie wendet ihren Blick ab und nickt langsam. »Irgendwie schon. Ich hatte gehofft, dass du es nicht bereust, aber sicher war ich mir nicht. Dein Vater hasst mich schließlich und du konntest mich eigentlich auch nie leiden«, stellt sie fest und ich drehe mit meinem Zeigefinger ihr Kinn zu mir, damit sie mich ansehen muss.

»Es stimmt. Ich konnte dich anfangs nicht leiden. Aber das lag daran, dass ich nie etwas mit dir zu tun hatte und mein Vater mir eingeredet hat, was ich über dich denken soll. Doch jetzt habe ich endlich eine eigene Meinung«, erkläre ich ihr.

»Bereust du es wirklich nicht?«, hakt sie ein zweites Mal nach.

»Sehe ich so aus?«, stelle ich die Gegenfrage und lächle sie glücklich an.

»Du siehst eher aus, als hättest du gerade einen guten Blowjob bekommen.«

Ich lache laut auf und sie stimmt mit ein. »Ich mag dich, Jane. Sehr sogar.« Bevor sie etwas darauf erwidern kann, ziehe ich sie ein Stück nach oben, um sie erneut zu küssen.

Mit einer Kaffeetasse in der Hand lehne ich am Türrahmen und beobachte Jane dabei, wie sie etwas für uns zum Frühstück zubereitet. »Kann ich dir wirklich nicht helfen?«, frage ich zum zweiten Mal und sie schüttelt erneut mit dem Kopf.

»Ich habe alles im Griff, Sven. Aber ich würde gerne mit dir reden«, sagt sie verheißungsvoll und ich nehme einen Schluck von dem Kaffee, bevor ich sie fragend anschaue. »Du hast mir bisher noch nicht gesagt, was mit deinem Vater los war. Ich will dich nicht drängen, aber ich möchte, dass du weißt, dass du mit mir darüber reden kannst.«

Ich seufze und raufe mir die Haare. »Es ist nicht wichtig«, blocke ich ab, obwohl mir mein grober Ton direkt leidtut.

»Bist du dir sicher? Du hast ganz schön besorgt gewirkt und ich habe mir gestern Gedanken gemacht.« Ihre Stimme ist nur noch ein Flüstern und sie dreht sich von mir weg, um etwas aus dem Küchenschrank zu holen.

Ich stelle meine Kaffeetasse zur Seite und schlinge von hinten meine Arme um sie. Ich kann es nicht ertragen, wenn ihre Stimme so traurig klingt.

Sie lehnt sich Halt suchend an mich und ich hauche ihr einen Kuss auf das Schulterblatt. »Ich wollte nicht so blöd reagieren. Tut mir leid. Mein Vater ist in irgendwelche Schwierigkeiten geraten, aber er will mir partout nicht erzählen, um was es geht. Als meine Mutter mich angerufen hat, ist er verprügelt nach Hause gekommen. Er sagt nicht, wer ihm das angetan hat und warum. Stattdessen hat er mich angeblafft, was ich doch für ein Versager bin«, erkläre ich ihr zögernd.

Sie versteift sich in meinen Armen und schüttelt mit dem Kopf. »Das hat er gesagt? Er muss verrückt sein. Du bist alles, aber kein Versager. Manchmal bist du ein ganz schön arroganter Schnösel, aber mehr nicht.«

»Hey!«, unterbreche ich sie und sie lacht auf.

»Das warst du zumindest vor ein paar Wochen noch, aber jetzt zum Glück nicht mehr.« Sie dreht ihren Kopf und ich stehle mir einen Kuss von ihr. »Hast du eine Ahnung, um was für Schwierigkeiten es sich handeln könnte?«, fragt sie ernster und ich zucke mit den Schultern.

»Ich vermute, dass er Geldprobleme hat, aber bestätigt hat er es mir nicht. Auf jeden Fall macht er mir Druck wegen Cajou. Womöglich hat er jemandem das Pferd versprochen, obwohl es nicht seins ist. Doch das sind alles nur Vermutungen.«

»Oh«, entfährt es Jane und sie dreht sich in meinen Armen um.

»Hm, schon gut. Es wird sich schon alles klären.« Ich kann ihr ansehen, dass sie mich am liebsten fragen würde, ob der Deal zwischen uns noch steht. Leider und obwohl ich es eigentlich gar nicht will, würde meine Antwort zum jetzigen Zeitpunkt »Ja« lauten. Ich hoffe, dass ich in den nächsten zwei Wochen eine andere Lösung finden werde. Ich muss einfach. Es würde mir das Herz brechen, wenn ich ihr Cajou wegnehmen müsste. Andererseits muss ich auch an mein Zuhause und an meine Familie denken.

»Was ist eigentlich mit …« Bevor sie meine Befürchtung wahr machen und das Thema ansprechen kann, presse ich meine Lippen auf ihre und hoffe, dass sie den Wink versteht. Sie erwidert den Kuss kurz, bevor sie mich von sich drückt. Aufmerksam sieht sie mich an. Dann zieht sie meinen Kopf wieder zu sich und küsst mich erneut. Dieses Mal verlangender und fordernder als vorher.

Jane

Cajou begrüßt mich wiehernd, als ich gemeinsam mit Sven den Stall betrete. Er hat sich dazu bereit erklärt, mir heute beim Training zu helfen. Ich freue mich sehr darüber, obwohl ich das Gefühl nicht loswerde, dass er mir vorhin in der Küche aus dem Weg gegangen ist.

Ich beschließe, ihn später nochmal darauf anzusprechen. Auch wenn ich mich vor seiner Antwort fürchte. Was ist, wenn er immer noch an dem Deal festhalten will?

Ich denke an letzte Nacht zurück und kann mir nicht vorstellen, dass er das wirklich tun würde. Schließlich hat er gesagt, dass er mich mag. Zwischen uns hat sich etwas geändert. Etwas sehr Wesentliches. Das würde er nicht zerstören. Oder?

Grübelnd kaue ich auf meiner Unterlippe, während ich Cajous Halfter nehme und die Boxentür öffne. Sven sieht mir schweigend zu, wie ich das Pferd fertig mache. Offenbar ist auch er mit seinem Gedanken woanders. Mein Blick schweift immer wieder zu ihm, während ich den Sattel auflege, doch seine Stirn ist gefurcht und er scheint mich gar nicht wahrzunehmen. Als ich mit der Trense fertig bin, komme ich aus der Box und greife nach seiner Hand.

Sven zuckt zusammen und ich streiche mit den Fingerspitzen über seine unrasierte Wange. »Alles okay?«, frage ich ihn sanft und sein Blick klärt sich.

»Hm. Ich habe mir nur Gedanken wegen meines Vaters gemacht. Sorry«, gibt er zu und setzt ein verlegenes Lächeln auf. Erneut bilden sich die Grübchen in seinen Wangen, die mir beweisen, dass das Lächeln echt ist. Ich stelle mich auf Zehenspitzen und küsse ihn sanft. Seine Lippen streifen zärtlich über meine und als sich unsere Zungen berühren, muss ich ein Stöhnen unterdrücken.

»Lass uns lieber aufhören. Sonst muss ich dich in die nächste freie Box ziehen«, murmelt Sven an meinen Lippen und ich löse mich widerwillig von ihm.

Wir schauen uns noch einen Moment tief in die Augen, bis etwas an meiner Kapuze zieht. Verwirrt drehe ich mich um und muss lachen, als ich bemerke, dass es Cajou war. Ihm passt es nicht, wenn die Aufmerksamkeit nicht ihm gilt.

»Da ist offenbar jemand ungeduldig«, stelle ich fest und streichle mit einer Hand über seine Nüstern.

Cajou kommt noch einen Schritt nach vorn und drückt mit seinem Kopf die Boxentür auf. »Spielverderber«, brummt Sven und gibt mir einen Kuss auf den Scheitel, bevor ich Cajou heraushole.

Vor der Reithalle reicht Sven mir meinen Helm und öffnet für mich das Tor. Gerade als ich reingehen will, bemerke ich, dass zwei andere Reiter bereits drinnen sind. Mist. Normalerweise ist vormittags nie jemand da. Sven wird mit Sicherheit nun verschwinden. Ich glaube nicht, dass er glücklich darüber wäre, wenn andere Leute ihn hier sehen und womöglich Gerüchte über uns verbreiten.

»Es ist okay, wenn du …«

»Wollen wir anfangen oder nicht?«, fragt mich Sven und grinst dabei breit, als wüsste er genau, worüber ich mir gerade Sorgen mache.

»Bist du dir …«

»Sicher? Ich habe kein Problem damit, mit dir gesehen zu werden. Du etwa mit mir?«, fragt er und ich schüttle bloß mit dem Kopf, da ich so erstaunt über seine Reaktion bin.

Ich führe Cajou in die Halle und rufe den zwei Reiterinnen freundlich: »Guten Morgen!«, zu. Sie erwidern es halbherzig und beachten mich nicht weiter. Ihr Interesse wird erst geweckt, als Sven neben mir auftaucht und Cajou festhält, während ich aufsteige.

»Oh, hallo Sven«, spricht eine ihn an und ich rolle mit den Augen. War ja klar, dass sie ihn kennen.

»Hey«, begrüßt er die Blondine und schenkt ihr ein strahlendes Lächeln. Plötzlich werde ich von Eifersucht gepackt und treibe Cajou an, damit ich die zwei nicht weiter beachten muss.

Ich höre, wie sie kichert, und auch die andere Blondine kommt nun zu Sven geritten. Die beiden Frauen sind erst seit Kurzem hier mit im Stall und ich habe sie noch nicht oft gesehen, sodass mir ihre Namen partout nicht einfallen wollen. Spontan nenne ich sie Barbie eins und zwei. Flynn würde mir vermutlich eine Verwarnung verpassen, wenn er davon wüsste. Immerhin sind sie zahlende Kunden.

Die drei unterhalten sich angeregt und mir juckt es in den Fingern, einfach wieder in die Mitte zu reiten, um dem Gespräch zu lauschen. Aber womöglich würde Sven mich für eine eifersüchtige Verrückte halten, die ihm nach nur einer gemeinsamen Nacht am liebsten Fesseln anlegen würde.

Weitere Minuten vergehen, ohne dass mir einer der drei Beachtung schenkt, sodass ich kurzerhand antrabe und Cajou warmreite.

Offenbar hält Sven es für wichtiger, sich mit diesen Tussis zu unterhalten, denke ich grollend und male mir gedanklich aus, wie ich über ihn drüberreite.

Anscheinend sind meine Gefühle bereits stärker, als ich angenommen hatte. Ich bin sonst nie eifersüchtig. Niemals. Nicht einmal bei meinem letzten Freund war ich es. Wobei auch da meine Gefühle nicht so verrückt gespielt haben wie bei Sven. Ich schüttle den Gedanken ab und reite weiter.

Nachdem ich auf beiden Richtungen einmal angaloppiert bin, Sven sich jedoch immer noch mit den zwei Barbies unterhält, kann ich mich nicht länger zurückhalten und reite an die drei heran. »Baust du mir bitte einen Sprung auf?«, rufe ich und sehe zufrieden, wie er bei dem Klang meiner Stimme zusammenzuckt.

Er dreht seinen Kopf in meine Richtung und nickt eilig. »Geht sofort los. Ich mache mal weiter, Mädels«, sagt er an die Beiden gewandt.

»Vielleicht hast du Lust, heute Abend etwas mit uns zu unternehmen? Wir wollten ins *Claire's*«, schlägt Barbie eins vor und ich kann nur mit Mühe ein genervtes Schnauben unterdrücken.

»Sorry, aber ich habe heute schon etwas anderes vor«, erklärt er ihnen und wirft mir einen bedeutungsschweren Blick zu. Die zwei Barbies drehen ihre Köpfe ebenfalls in meine Richtung und scheinen den Wink mit dem Zaunpfahl zu verstehen.

»Na, dann viel Spaß«, zischt die eine und treibt ihr Pferd an. Die andere tut es ihr gleich, jedoch nicht ohne mich vorher noch mit einem giftigen Blick zu bedenken.

Ich will gerade mit Cajou weiterreiten, als Sven ein paar Schritte nach vorne macht und seine Hand auf mein Knie legt. »Tut mir leid, dass ich dich habe warten lassen, aber ich wollte die Beiden nicht vergraulen. Außerdem können sie dir nicht das Wasser reichen, also mach dir keine Sorgen«, sagt er lächelnd und mein Herz schlägt direkt einen Takt schneller. Woher weiß er nur immer so genau, was er sagen muss?

Da mein Sprachzentrum das Reden eingestellt hat, lächle ich ihn nur schüchtern an und wir beginnen endlich mit dem Training.

26. Kapitel

Sven

Gut gelaunt komme ich bei mir zu Hause an. Ich bleibe noch einen Moment im Auto sitzen und schüttle mit dem Kopf, als mir bewusst wird, was in den letzten vierundzwanzig Stunden passiert ist. Nie und nimmer hatte ich damit gerechnet, dass Jane mir so unter die Haut geht. Bei ihr habe ich mich das erste Mal seit einer langen Zeit frei und geborgen gefühlt. Ihr kleiner Eifersuchtsmoment in der Reithalle erheitert mich immer noch. Offenbar sind ihre Gefühle genauso stark wie meine. Ich grinse dämlich vor mich hin und steige aus.

Mein Vater wird mit Sicherheit ausflippen, da ich den halben Tag nicht hier war. Aber das ist mir egal.

Ich schließe die Autotür und gehe mit hochgezogenen Schultern in Richtung Stall. Der kalte Wind zerrt an meinem Körper und ich ziehe den Reißverschluss meiner Jacke bis zur Nase hoch. Mich fröstelt es und das liegt zugegeben nicht nur am Wetter. Die trübe Stimmung auf dem Hof scheint mich anzubrüllen, dass ich nicht hierhergehöre. Ich weiß nicht, woher dieser Gedanke auf einmal kommt, aber bei Jane habe ich mich wohler gefühlt als hier.

Mit klammen Fingern ziehe ich die Stalltür auf und gehe durch den Stallgang. Einige Reiter sind hier und ich nicke ihnen freundlich zu, während ich zu der Box von Flower gehe. Zufrieden stelle ich fest, dass zumindest der Stall gemacht wurde und die Pferde heute Morgen offenbar ihr Futter bekommen haben. Andernfalls würden sie mich wohl kaum so entspannt aus ihren Boxen heraus ansehen.

Vor Flowers Box bleibe ich stehen. Sie ist ein hübscher Fuchs mit einem satten Braun als Fellfarbe. Auf den ersten Blick könnte man denken, sie schaut aus wie Cajou. Neugierig kommt sie einen Schritt näher und guckt aus der Box heraus.

»Na, Süße. Wollen wir etwas machen?«, frage ich sie und streichle über ihren Kopf. Als hätte sie mich verstanden, schnaubt sie und ich muss lächeln.

Flower und Candy sind die zwei Pferde im Stall, die ich am liebsten mag. Candy ist älter und macht bereitwillig alles mit. Flower dagegen reite ich gerade ein. Ich erinnere mich schmerzhaft daran, wie sie mich vor ein paar Wochen in den Sand befördert hat.

Der Gedanke, dass mir die beiden Pferde eigentlich nicht gehören, schmerzt mich. Ich hatte immer angenommen, dass mein Vater mich als Besitzer für die Pferde eingetragen hat. Schließlich würde ich den Stall ohnehin später erben. Dachte ich zumindest. Ob dem noch so ist, wage ich zu bezweifeln. Der Gedanke macht mich jedoch nicht so traurig, wie er eigentlich sollte.

Ich streichle Flower ein letztes Mal, bevor ich kurz zu mir gehe und mir meine Reitsachen anziehe.

Geübt steige ich auf Flower auf und muss die Zügel kurz nehmen, als ein Pferd zu dicht an uns vorbeireitet. Die hübsche Fuchsstute hasst es, wenn andere Pferde ihr zu nahe kommen.

Nachdem sie sich beruhigt hat, streichle ich über ihren Hals. Am liebsten würde ich Samantha darauf hinweisen, dass sie besser aufpassen soll, aber das würde nichts bringen. Schließlich bin ich ihretwegen schon vor zwei Wochen von Flower gestürzt und sie hat daraus offenbar nichts gelernt.

Ich reite mit Flower los und trabe kurze Zeit später an. Sie nimmt meine Hilfen brav an und ich merke, wie sie versucht, mir alles recht zu machen. Normalerweise sind junge Pferde sehr eigensinnig und versuchen, ihre Grenzen auszutesten, doch Flower ist da ganz anders. Ich glaube, ich habe noch nie so schnell ein Pferd eingeritten wie sie.

Samantha schaut derweil immer wieder zu mir herüber, wie ich aus dem Augenwinkel mitbekomme, und ich beschließe, anzugaloppieren, bevor sie auf die Idee kommt, mich anzusprechen.

Ich lege mein äußeres Bein hinter den Sattelgurt und verstärke mit dem inneren den Druck, sodass Flower anspringt. Sie galoppiert gleichmäßig unter mir und ich wende nach einer Runde durch die ganze Bahn auf dem Zirkel ab. Ein Lächeln breitet sich auf meinem Gesicht aus, als Flower auch den Richtungswechsel gehorsam mitmacht. Ich lasse sie noch zwei Runden galoppieren, bevor ich sie erneut in den Trab pariere.

»Flower läuft ja wirklich toll, Sven«, ertönt keine Sekunde später Samanthas Stimme und ich rolle mit den Augen.

Ich setze ein falsches Lächeln auf und sehe kurz zu ihr. »Danke.«

»Vielleicht könntest du mir ein paar Tipps geben, wie ich das mit meinem Pferd so hinbekomme?« Toll. Ich wusste es.

»Am Dienstag ist noch ein Platz in der Reitstunde bei mir frei. Wenn du Lust hast, kannst du mitreiten«, schlage ich ihr vor und wäge mich in Sicherheit. Bei den Stunden, die ich gebe, reiten meistens zwei bis fünf Teilnehmer mit. So besteht keine Chance, dass sie mich zu sehr nerven kann.

Ich bringe Flower in den Schritt und schaue wieder zu Samantha. Sie zieht einen Schmollmund und ich frage mich, was sie damit bezwecken möchte. Glaubt sie etwa, ich springe darauf an? Das wäre ich früher vielleicht, aber jetzt nicht mehr.

Als ich nichts sage, nickt sie schließlich. »Dann reite ich eben im Unterricht mit.«

»Sehr schön«, sage ich freundlich und treibe Flower an, um nicht weiter mit Samantha reden zu müssen. Ein anderer Reiter kommt in die Halle und nickt mir freundlich zu. Ich galoppiere mit Flower ein paar Runden, bevor ich sie lobe und mit dem Training aufhöre. Ich lasse die Zügel lang, damit sie ihren Hals strecken kann, und reite im Schritt.

Samantha lässt mich zum Glück in Ruhe und unterhält sich mit dem anderen Reiter.

Mein Blick schweift zum Hallentor und ich muss grinsen, als ich bemerke, wer dort steht. Ich reite geradewegs dorthin und Damian tritt einen Schritt zurück, als ich mit Flower vor ihm stehen bleibe.

»Welche Ehre«, sage ich und Damian deutet eine Verbeugung an.

»Wenn du dich nicht meldest, muss ich ja wenigstens vorbeikommen, um nachzusehen, ob du noch lebst.«

Zwar sagt er es mit einem Grinsen im Gesicht, aber ich weiß, dass er sich darüber ärgert, dass ich mich kaum bis gar nicht melde. »Tut mir leid, Damian. Ich bin echt ein beschissener Freund.«

»Allerdings. Hast du Zeit oder soll ich später nochmal kommen?«

»Nein, ich bin jetzt fertig mit Flower«, erkläre ich ihm und steige ab. Eigentlich müsste ich schon das Futter für nachher fertig machen. Bevor ich die Halle verlasse, drehe ich mich noch einmal zu Samantha um. »Samantha!«, rufe ich und sie wendet sich mir augenblicklich zu. »Weißt du zufällig, ob die Stalljungs wieder da sind?«

»Ich habe sie heute Morgen gesehen, als sie gerade los sind.«

»Alles klar, danke«, sage ich und drehe mich schnell um, bevor sie noch mehr mit mir reden will.

»Nettes Mädchen«, sagt Damian und ich rolle mit den Augen.

»Finger weg. Du und dein Schwanz bringen mich sonst wieder in Schwierigkeiten«, brumme ich und mein bester Freund lacht als Antwort bloß. Es wäre nicht das erste Mal, dass er mit einer Reiterin aus unserem Stall etwas anfängt. Nur leider ist Damian ein richtiger Macho und sobald er eine Frau im Bett hatte, lässt er sie wie eine heiße Kartoffel fallen.

Ich führe Flower in ihre Box und Damian hält Abstand von ihr. »Immer noch Angst vor Pferden?«, frage ich belustigt und er sieht mich unter hochgezogenen Augenbrauen an.

»Ich weiß gar nicht, was du meinst«, murmelt er und ich lege grinsend eine Decke über die Stute, nachdem ich den Sattel und die Trense abgenommen habe.

»Schon klar. Na komm. Gehen wir.« Damian folgt mir bereitwillig und wir machen uns auf den Weg zu meinem Haus.

»Ich bin übrigens immer noch sauer, dass du letztes Wochenende nicht bei Nick warst«, fährt mich Damian an, kaum dass er sich gesetzt und sein Bier in der Hand hat.

Ich presse die Lippen zusammen und nicke entschuldigend. »Sorry, mir war einfach nicht danach«, erkläre ich halbherzig und er gibt ein Brummen von sich. »Ich bessere mich. Versprochen.«

Damian zieht skeptisch eine Augenbraue nach oben und ich muss grinsen. »Na, da bin ich ja gespannt.«

»Ach, du weißt doch, wie ich bin.« Ich halte ihm meine Bierflasche zum Anstoßen hin.

»Was ist eigentlich schon wieder mit deinem Alten los?«, fragt mein bester Freund, nachdem wir angestoßen haben.

»Was genau meinst du?«

Damian zuckt mit den Schultern und lehnt sich auf meinem Sofa zurück. »Als ich ihn vorhin gefragt habe, wo du steckst, hat er nur gemeint, dass du dich mal wieder irgendwo herumtreibst und deine Pflichten vernachlässigen würdest. Danach hat er etwas von Versager gemurmelt und ist verschwunden.«

Ich runzle meine Stirn, denn ich kann es nicht fassen, dass er so etwas zu ihm sagt.

»Was ist überhaupt mit ihm passiert? Er sah ziemlich lädiert aus.«

»Das will er mir nicht sagen.« Ich beuge mich nach vorne, stelle die Bierflasche auf dem Couchtisch ab und sehe meinen besten Freund bohrend an. »Kannst du etwas für dich behalten?«

Damian rollt mit den Augen. »Habe ich schon jemals was ausgeplaudert?«, fragt er und ein beleidigter Ausdruck huscht über sein Gesicht.

»So war das nicht gemeint. Es ist wirklich wichtig und ich will nicht, dass jemand davon erfährt. Nicht einmal Nick und Cayden, okay?«

Damian nickt und stellt sein Bier ebenfalls ab. »Schieß los, Kumpel.«

Ich überlege, wie ich ihm am besten alles erkläre, und beschließe, von vorne anzufangen. »Wie du weißt, waren Jane und ich Konkurrenten.«

»Waren? Vögelst du sie jetzt etwa doch?«, unterbricht mich Damian und ich atme genervt aus, sodass er entschuldigend seine Hände hebt. Ich erkläre ihm die Sache mit dem Deal und er hört aufmerksam zu.

»Ich hatte kein Problem mit dieser Vereinbarung, bis ich … Na ja … Jane ist mir wichtiger geworden, als ich bisher gedacht hatte«, halte ich mich vage und ignoriere sein breites Grinsen. »Jane und ich haben uns dann gestritten. Warum, ist eigentlich egal. Jedenfalls habe ich sie am Wochenende wiedergesehen und das hat für mich alles geändert. Ich kann ihr dieses Pferd nicht wegnehmen, Damian. Sie hat es von ihrem ehemaligen Trainer geerbt und es fühlt sich falsch an, überhaupt noch an diesem unsinnigen Pakt festzuhalten.«

»Warum tust du es dann?«, fragt mich Damian irritiert und lehnt sich dabei im Sessel zurück.

Mit wenigen Worten setze ich meinen besten Freund ins Bild, warum ich an dem Deal festhalten muss. Immerhin geht es hier um meinen Vater und seine Probleme. Ich seufze, nachdem ich fertig bin, und Damian sieht mich schockiert an.

»Scheiße«, entfährt es ihm und ich nicke zustimmend.

»Jetzt ist nur die Frage, was ich tun soll. Auf der einen Seite möchte ich Jane sagen, dass sie Cajou behalten kann und ich sie unterstützen werde. Andererseits muss ich an den Hof und meine Familie denken. Was ist, wenn mein Vater noch mehr Probleme bekommt oder in finanziellen Schwierigkeiten steckt? Ich kann ihn doch nicht hängen lassen.«

»Verdammt, ist das eine beschissene Situation. Hast du schon mit deinem Vater darüber geredet?«

»Ich habe es versucht, aber er blockt ab und beschimpft mich wieder als Versager«, erkläre ich. Kaum dass ich die Worte ausgesprochen habe, schnürt es mir den Hals zu.

»Jane bedeutet dir viel, oder?« Damian lächelt mich verständnisvoll an und ich raufe mir die Haare, bevor ich nicke. »Ich weiß, dass du in den Hof deines Vaters eine Menge Herzblut gesteckt hast. Aber seien wir mal ehrlich, er hat dich schon immer wie Dreck behandelt. Warum solltest du also jetzt seine Scheiße ausbaden?«

Ich seufze und stehe auf, um unruhig vor ihm auf- und abzugehen. »Du verstehst das nicht! Schließlich ist er mein Vater! Er hat mich immer unterstützt und mir so vieles ermöglicht. Das kann ich nicht einfach mit Füßen treten.«

»Das macht er doch aber umgekehrt auch. Egal, was du gewonnen hast oder wie gut du warst, er hatte fast nie ein lobendes Wort für dich übrig! Wenn er tatsächlich jemandem das Pferd versprochen hat, obwohl es gar nicht seins ist, dann ist das nicht dein Problem, Sven«, redet sich Damian in Rage.

»Du sagst das so einfach.«

»Ich weiß, dass es eine beschissene Situation ist, aber ich kann nicht mehr tun, als dir meine Meinung zu sagen. Schlussendlich musst du auf dein Bauchgefühl hören und selbst entscheiden.«

»Hm«, murmle ich und starre aus dem Fenster.

27. Kapitel

Jane

Gut gelaunt gehe ich über den Hof und habe das Gefühl, als könnte ich die ganze Welt umarmen. Eine Woche ist seit der ersten Nacht mit Sven vergangen und seitdem sind weitere gefolgt. Ein Lächeln bildet sich auf meinen Lippen, als ich an die gestrige denke. Wie zärtlich er mit mir umgegangen ist, seine rauen Hände auf meinem Körper, die … *Stopp!,* rufe ich mich gedanklich selbst zur Räson, bevor ich womöglich noch stöhne, während ich an ihn denke.

Auch wenn ich es nach wie vor nicht laut aussprechen würde, mich hat es schwer erwischt. Ich habe mich in Sven verliebt. Ob er genauso empfindet wie ich, weiß ich nicht, aber es fühlt sich so an. Auf jeden Fall bedeute ich ihm auch etwas und das ist mehr, als ich am Anfang zu hoffen gewagt habe.

Derzeit habe ich das Gefühl, als könnte mir nichts und niemand mein Glück zerstören. Selbst mit Cajou läuft es derzeit wie im Lehrbuch. Seine Wutausbrüche und das desaströse Verhalten gehören weitestgehend der Vergangenheit an.

Heute in einer Woche findet bereits das große Turnier statt. Wenn ich nur daran denke, schlottern mir die Knie, aber ich bin guter Dinge, dass ich es mit Cajou meistern werde.

Es hängt einiges von diesem Turnier ab und ich muss mein Bestes geben. Sollte ich tatsächlich unter die zwanzig Besten kommen, qualifiziere ich mich sogar für die Meisterschaft in Liverpool, aber daran denke ich lieber nicht. Erst einmal muss ich es so weit schaffen. Nicht dass Cajou wieder bei den letzten Hindernissen den Dienst verweigert.

Es gibt noch mehr, woran du nicht denken willst, verhöhnt mich die kleine Stimme in meinem Kopf und meine gute Laune ist schlagartig getrübt. Schon seit Tagen schiebe ich diesen Gedanken vor mir her, jedoch komme ich zu keinem Ergebnis. Alles in mir schreit danach, dass ich Sven auf den Deal zwischen uns ansprechen muss. Andererseits habe ich Angst davor, wie seine Antwort lauten könnte. Was ist, wenn er weiter daran festhalten will? Wir haben zwar nichts Schriftliches, aber ich ahne, dass mir sein Vater auf lange Sicht Probleme bereiten könnte. Immerhin ist er ein wohlhabender und bedeutender Mann im Reitsportgeschäft. Dagegen war selbst Landon ein kleines Licht und das, obwohl er bei Olympia Gold geholt hat.

Wie ein Stein liegt dieser Deal in meinen Magen und ich beschließe, dass ich es nicht weiter aufschieben kann. Ich muss mit Sven reden.

Möglicherweise versaue ich damit unser Date heute Abend, aber besser ein Ende mit Schrecken als ein Schrecken ohne Ende.

Ich öffne die Stalltür und beruhige mich prompt, als ich die vertraute Umgebung sehe. *Es wird schon alles gut werden,* rede ich mir ein und beginne mit der Arbeit.

Gerade als ich mich fertig angezogen habe, klingelt es an der Wohnungstür. Mein Herz schlägt mir prompt bis zum Hals, da ich weiß, dass es Sven ist. Ich bin schon ganz gespannt, was er sich ausgedacht hat. Ein letztes Mal sehe ich prüfend in den Spiegel, bevor ich mit zitternden Fingern die Tür öffne.

Sven pfeift anerkennend, während er mich mustert, und mir wird warm. »Du siehst wunderschön aus, Jane«, begrüßt er mich und macht einen Schritt nach vorne.

Ich lege meine Arme um seinen Hals und unsere Lippen treffen aufeinander. »Hi«, sage ich schüchtern, nachdem wir uns geküsst haben.

Er streichelt mit seinem Handrücken sanft über meine Wange und ich schmiege mich an ihn. Vielleicht sollten wir lieber einfach hierbleiben …

»Wollen wir?«, fragt Sven im selben Moment und macht meine Hoffnungen zunichte. Andererseits bin ich wirklich gespannt, was er sich ausgedacht hat.

»Gerne. Verrätst du mir, wo es hingeht?«

Sven schenkt mir ein strahlendes Lächeln, schüttelt aber zeitgleich mit dem Kopf. »Auf gar keinen Fall. Nimm eine Mütze und Handschuhe mit«, fordert er mich stattdessen auf und ich sehe ihn fragend an. »Guck nicht so, ich verrate es dir sowieso nicht.«

Ich ziehe einen Schmollmund, komme aber letztendlich der Aufforderung nach. Gentlemanlike hält mir Sven meine Jacke hin und ich schlüpfe hinein. Nachdem ich die Tür abgeschlossen habe, greift Sven wie selbstverständlich nach meiner Hand und verschränkt sie mit seiner, als wir zum Parkplatz gehen. *Weiß er eigentlich, wie glücklich er mich mit dieser kleinen Geste macht?,* frage ich mich und grinse glücklich vor mich hin.

Sven wirft mir einen verstohlenen Seitenblick zu und lächelt ebenfalls. Schweigend gehen wir zu seinem protzigen Auto und er hält mir die Tür auf. Ich setze mich hinein und lehne mich in die weichen Ledersitze zurück. Er steigt ebenfalls ein und fährt los.

Während wir tiefer in die Stadt hineinfahren, habe ich noch immer keine Ahnung, wo es hingehen könnte.

»Magst du mir vielleicht einen kleinen Tipp geben?«, bitte ich ihn, doch er schüttelt bloß mit dem Kopf.

»Wir sind gleich da. Ich hoffe, es gefällt dir.« Er legt seine Hand auf meinen Oberschenkel und ich schwebe auf Wolke sieben.

Obwohl alles in mir danach schreit, herauszufinden, wohin es geht, frage ich nicht erneut nach. Stattdessen schaue ich aus dem Fenster und genieße Svens Nähe.

Ein paar Minuten später hält er auf einem Parkplatz und findet nur mit Mühe und Not eine freie Lücke. Er schaltet den Motor ab und wirft mir einen fragenden Blick zu. »Und? Hast du schon eine Ahnung, wo wir sind?«

Verwirrt sehe ich durch das Fenster, erkenne jedoch nur eine Halle und zucke mit den Schultern.

»Dann komm und lass uns das Rätsel lösen.« Er beugt sich über die Mittelkonsole und gibt mir einen kurzen, aber sanften Kuss. Nachdem er ausgestiegen ist, öffne ich ebenfalls meine Tür und zittere bereits jetzt vor Kälte. Ich ziehe mir meine Mütze sowie meine Handschuhe über. Sven kommt um das Auto herum und als er mich erblickt, bricht er in schallendes Gelächter aus.

»Was ist?«, erkundige ich mich erschrocken.

»Nichts«, antwortet Sven und prustet erneut laut los. Verständnislos schaue ich ihn an und bemerke aus dem Augenwinkel, dass Passanten zu uns herübersehen.

»Jetzt sag schon«, fordere ich ihn auf.

»Deine Mütze«, presst er hervor und ich hebe skeptisch eine Augenbraue.

»Meine Mütze? Was soll damit sein?« Sven kommt auf mich zu und dreht mich an den Schultern um, sodass ich mich im Fensterglas des Autos erkennen kann.

Mir klappt der Mund auf und ich ziehe mir schnell die Mütze vom Kopf. Offenbar habe ich die falsche erwischt. Normalerweise trage ich eine schlichte, schwarze Mütze mit einer Bommel obendrauf. Stattdessen habe ich jedoch nach der gegriffen, die meine Oma mir letztes Jahr gestrickt hat. Sie ist ebenfalls schwarz, allerdings prangt ein Elch mit einer riesigen, roten Nase darauf.

Sven lacht immer noch und ich drehe mich zu ihm um. Vorwurfsvoll verpasse ich ihm einen Hieb auf die Schulter. »Du Schuft! Hättest du mir das nicht gleich sagen können?«

»Hätte ich nicht gelacht, hättest du sie bestimmt aufgelassen«, sagt er grinsend und ich verschränke die Arme vor der Brust. Dabei wollte ich doch heute extra gut für ihn aussehen. Stattdessen erwische ich diese dämliche Mütze! »Ach, komm schon, Jane. Ich find sie hübsch. Setz sie doch wieder auf.«

»Vergiss es«, brumme ich beleidigt und öffne die Autotür, um sie hineinzuwerfen. Grollend drehe ich mich wieder zu Sven um. Als er mich jedoch liebevoll ansieht, kann ich nicht anders und muss ebenfalls lachen.

»Das nächste Mal setze ich auch so eine hübsche Mütze auf, okay?«, schlägt er vor und ich nicke. Er will noch etwas sagen, doch ich gehe auf ihn zu und ziehe seinen Kopf zu meinem herunter. Seine Lippen pressen sich sanft auf meine und unsere Zungen verbinden sich miteinander. Seine Hände graben sich in meine Hüften und er zieht mich näher an sich.

Ich nehme nichts mehr um mich herum wahr, nur noch ihn. Sein warmer Atem auf meiner Haut. Seine Wangen, die sich rau unter meinen Händen anfühlen, und sein großer, starker Körper, der sich an meinen schmiegt.

»Wer wollte nochmal lieber etwas unternehmen, anstatt daheimzubleiben?«, brummt Sven und ich muss grinsen. Ich küsse ihn noch einmal sanft, bevor ich ihn auffordernd ansehe.

»Verrätst du mir jetzt, was du geplant hast?«

»Hast du denn schon eine Ahnung?« Ich schaue mich kurz um, doch mir kommt absolut nichts bekannt vor. Gerade als ich verneinen will, nehme ich die laute Musik wahr und runzle die Stirn. Das klingt doch wie …

»Sind wir an der Eishockeyhalle?«, frage ich und nachdem ich den Gedanken laut ausgesprochen habe, fällt es mir wie Schuppen von den Augen. Jeden Freitag im Winter findet in der Eishockeyhalle, wenn nicht gerade ein Spiel ausgetragen wird, Eisdisco statt. Amelia aus dem Stall wollte mich schon mal mitnehmen, doch ich habe das Angebot jedes Mal ausgeschlagen.

»Du siehst ziemlich schockiert aus. Kannst du nicht Schlittschuh laufen?«, zieht mich Sven auf und trifft damit den Nagel auf den Kopf. Ich bin froh, wenn ich auf ebenen Wegen nicht stolpere, und nun soll ich freiwillig über eine Eisfläche laufen? Niemals!

»Ähm. Nicht so gut«, erkläre ich und ignoriere Svens Grinsen.

»Ach, komm, ich bin doch bei dir und halte dich.« Bevor ich mich wehren kann, hat er schon nach meiner Hand gegriffen und zieht mich Richtung Eingang.

»Sven, ich glaube nicht …« Die Worte bleiben mir im Hals stecken, als sich Sven zu mir dreht und mir sanft über die Wange streicht.

»Vertrau mir, Jane. Ich passe auf dich auf.«

Mein Widerstand verpufft und ich nicke zaghaft. Er drückt meine Hand und gemeinsam gehen wir in Richtung der lauten Musik.

Sven

Janes Hand verkrampft sich immer mehr um meine, je näher wir dem Eingang kommen. Dass ihr das womöglich keinen Spaß machen könnte, hatte ich bei der Planung nicht bedacht. Ich beschließe, das Schlittschuhlaufen abzubrechen, sobald ich merke, dass ihr die ganze Sache zu unangenehm wird. *Vielleicht hätte ich lieber mit ihr ins Kino gehen sollen,* denke ich mir und werfe ihr einen entschuldigenden Blick zu, nachdem wir uns in der Schlange vor der Kasse eingereiht haben. Sie begegnet meinem Blick, sagt jedoch nichts. Ob ich das als gutes oder schlechtes Zeichen werten soll, weiß ich selbst nicht.

Ich kaufe uns zwei Eintrittskarten und Jane folgt mir zögernd in das Innere der Halle. Heute ist die Eisnacht stark besucht. Laute Musik dröhnt aus den Boxen und es herrscht eine fröhliche Stimmung. Janes Hand entkrampft sich ein wenig, als sie bemerkt, dass einige Leute auf dem Eis sind, die ebenfalls nicht Schlittschuh laufen können.

»Magst du dir etwas zu trinken holen?«, frage ich Jane und sie nickt. »Ich besorge uns derweil zwei Paar Schlittschuhe. Bin gleich wieder da.« Bevor ich gehen kann, hält sie mich zurück und ich sehe sie fragend an.

»Wir können uns auch einfach nur hinsetzen und den anderen zuschauen«, schlägt sie vor und ich muss lachen. Ihr Gesichtsausdruck spricht Bände.

»Auf gar keinen Fall. Wir fahren wenigstens eine Runde.« Ein ängstlicher Ausdruck liegt auf ihrem Gesicht. »Du bist wirklich unglaublich«, sage ich lachend.

»Wieso?«

»Na, du reitest freiwillig Cajou, ein Pferd, das vollkommen unberechenbar ist. Hast aber Angst, ein paar Runden Schlittschuh zu fahren.«

Erstaunen macht sich auf ihrem Gesicht breit und die besorgte Miene von zuvor ist verschwunden. Stattdessen blickt sie mich jetzt herausfordernd an. Ich muss ein Lächeln unterdrücken, da ich sie so einfach manipulieren kann. Jane ist genauso gestrickt wie ich. Sie hasst es ebenfalls, sich eine Schwäche einzugestehen.

»Mal sehen, wer zuerst hinfällt«, sagt sie und strafft dabei ihre Schultern.

Sie dreht sich um, um etwas zu trinken zu holen, und ich gebe ihr kurzerhand einen Klaps auf den Hintern. Empört wirft sie mir einen Blick über die Schulter zu, kann aber ihr kleines Lächeln nicht verbergen.

Nachdem ich uns zwei Paar Schlittschuhe besorgt habe, mache ich mich auf den Weg zurück zu Jane. Ich hoffe, ihr passen die Schuhe, denn ich hatte vergessen, sie nach ihrer Größe zu fragen.

Mein Gesicht hellt sich auf, als ich sehe, dass Jane auf einer Bank gegenüber der Absperrung sitzt und die anderen Eisläufer beobachtet. Neben ihr stehen zwei dampfende Tassen. Ich gehe mit schnellen Schritten auf sie zu.

Hinter ihr sitzen ein paar Männer, die sie beobachten und immer wieder auf sie deuten. Ein Gefühl, was ich bisher nicht kannte, macht sich in mir breit und ich will den Typen schleunigst zeigen, zu wem sie gehört.

Kaum dass ich bei ihr stehe, lehne ich mich zu ihr und gebe ihr einen Kuss, der keine Fragen offen lässt. Danach setze ich mich neben sie und lege einen Arm um ihre Schultern. Gerade so kann ich mich davon abhalten, den Männern hinter uns ein triumphierendes Grinsen zuzuwerfen.

»Ich musste deine Größe schätzen«, sage ich zu ihr, während ich auf die Schuhe vor mir deute.

»Wird schon passen. Ich habe uns Glühwein geholt.« Sie hält mir eine Tasse hin und ich nehme sie dankend an.

»Wollen wir um etwas wetten?«, frage ich sie, nachdem ich einen Schluck genommen habe.

»Und um was?«

»Wenn du in den ersten dreißig Sekunden stürzt, musst du das nächste Mal die Mütze aufsetzen und sie den ganzen Abend über auflassen«, schlage ich vor und sie schnappt empört nach Luft.

»Nur wenn für dich dasselbe gilt.«

Ich zögere kurz, nicke jedoch schließlich. Ich kann Schlittschuh fahren und laufe somit nicht Gefahr, dass ich verlieren könnte. »Okay, Deal.« Sie hält mir ihre Hand hin und ich ergreife sie.

»Apropos Deal«, beginnt sie zögerlich und ich ahne, wohin das Gespräch führen soll.

»Komm, lass uns fahren«, unterbreche ich sie und ziehe mir die Schlittschuhe an.

»Aber …«

»Später.« Skeptisch sieht sie mich an und rührt sich keinen Zentimeter. »Vertrau mir.«

Für einen kurzen Moment scheint sie zu überlegen, doch dann seufzt sie und zieht ebenfalls ihre Schuhe an.

»Bereit?«, frage ich, als wir am Eingang zum Eis stehen.

Jane gibt mir keine Antwort. Ihre Augen sind geweitet und ihre Finger krallen sich krampfhaft an der Absperrung fest. Ich mache den ersten Schritt, um ihr zu zeigen, dass es gar nicht so schlimm ist, und gleite auf das Eis. Mit einer Hand halte ich mich am Rand fest, die andere strecke ich ihr hin. »Komm schon, Jane«, rufe ich sie und ein entschlossener Ausdruck tritt auf ihr Gesicht.

Sie greift nach meiner Hand und geht vorsichtig auf das Eis. Kaum dass sie darauf steht, rutscht sie weg, kann sich jedoch im letzten Moment abfangen. »Du schaffst das«, ermutige ich sie und sie lässt mich los, um zu fahren.

Zunächst macht sie ein paar zögernde Schritte, doch dann werden ihre Bewegungen mutiger und sie fährt eine kleine Kurve um mich herum. Mit einem glücklichen Grinsen im Gesicht sieht sie zu mir. »Das macht ja Spaß!«, ruft sie mir über die laute Musik hinweg zu und ich muss lachen.

»Sag ich doch.« Ich stoße mich an der Absperrung ab und fahre auf sie zu, jedoch habe ich nicht darauf geachtet, ob jemand von hinten kommt. Ein anderer Fahrer rempelt mich an und ich rudere wild mit meinem Armen hin und her, nur um dann doch unsanft auf meinem Hintern zu landen.

Jane grölt laut los, kommt aber sofort auf mich zu, um mir zu helfen. »Ich wette, die Mütze steht dir hervorragend«, sagt sie und hält mir ihre Hand hin.

Ich kann es nicht fassen, dass ich tatsächlich diese dämliche Wette verloren habe. Verdammt.

»Hast du dir etwas getan?«, fragt mich Jane, nachdem ich wieder aufgestanden bin.

»Nur mein Stolz ist verletzt«, sage ich und sie legt ihre Hand um meine Wange.

»Das haben wir gleich wieder«, flüstert sie und verschließt ihre Lippen mit meinen. Für einen Moment vergesse ich alles um mich herum und genieße ihre Nähe.

28. Kapitel

Sven

Erschöpft lehnt Jane sich in dem Autositz zurück und sieht mich glücklich an. »Das war ein toller Abend«, sagt sie und ich stimme ihr zu. Nachdem sie ihre Selbstsicherheit gefunden hat, sind wir fast zwei Stunden hintereinandergefahren. »Bloß meine Füße sind wohl zu Eisklumpen geworden.«

Ich lache kurz auf. »Ich glaube, meine auch. Vielleicht tut uns eine warme Dusche gut.« Aus dem Augenwinkel bemerke ich, wie sie deutlich schluckt. Ob sie auch gerade an unser letztes Erlebnis in ihrem Badezimmer zurückdenkt?

»Das wäre eine schöne Idee«, murmelt sie leise und beißt sich anschließend auf die Unterlippe.

»Magst du noch mit zu mir kommen?«, frage ich sie und statt mir zu antworten, schenkt sie mir ein strahlendes Lächeln.

Eilig starte ich den Motor und fahre los.

»Wird dein Vater nicht ausflippen, wenn er mich hier sieht?«, fragt mich Jane, nachdem wir angekommen sind.

Ich zucke mit den Schultern und nehme ihre Hand in meine. »Und wenn schon. Er ist im Moment sowieso schlecht drauf.«

»Wirklich? Wieso?«

»Keine Ahnung. Er ist eben, wie er ist. Woher ich mein charmantes Auftreten habe, weiß ich leider selbst nicht so genau«, sage ich grinsend und Jane prustet los.

»Oh Mann. Ich dachte eigentlich, dass du diese eingebildete Art in den letzten Wochen abgelegt hättest.«

»Niemals, Süße. Du hast dich wohl eher daran gewöhnt«, ziehe ich sie auf und drücke ihre Hand.

Vor meiner Haustür angekommen, hole ich den Schlüssel aus der Jackentasche. Auf dem Hof ist alles ruhig und dunkel und ich bin froh, dass mein Vater uns nicht über den Weg läuft, denn Jane hatte mit ihrer Vermutung recht. Mein Vater wäre nicht begeistert, wenn er sie hier treffen würde. Ihm ist es sowieso ein Dorn im Auge, dass ich so viel Zeit mit Jane verbringe.

Mit einem Quietschen öffnet sich die Tür und ich lasse Jane den Vortritt. Unsicher läuft sie hinein und mir wird bewusst, dass sie bisher erst einmal hier war.

»Magst du noch etwas essen?«, frage ich sie.

»Wenn du auch etwas isst, dann sehr gerne.«

»Ich habe bestimmt noch eine Tiefkühlpizza da, falls das für dich okay ist. Ich bin kein so guter Koch, weißt du«, erkläre ich ihr.

»Das reicht völlig. Mach dir keine Gedanken, Sven.«

»Sieh dich ruhig um. Ich tue bloß fix die Pizza rein.«

Ich stelle den Backofen an, nehme die Pizza aus der Verpackung und lege sie hinein. *Meine Kochkünste sind wirklich jämmerlich,* denke ich mir und greife nach der Flasche Wein, die auf der Arbeitsfläche steht. Ich gieße zwei Gläser ein und stelle sie auf den Esstisch neben der Küche.

Als ich wieder in den Flur gehe, beobachte ich Jane dabei, wie sie aufmerksam die Bilder von mir betrachtet, die an der Wand hängen. Sie bemerkt mich nicht, sodass ich auf sie zugehe und sie von hinten umarme.

»Wirklich schöne Fotos von dir«, sagt Jane und lehnt sich an mich. Ich verteile leichte Küsse auf ihrem Hals und atme ihren unverkennbaren Geruch ein. Wie konnte ich Jane nur all die Jahre nicht leiden? Sie ist perfekt. Perfekt für mich.

»Hm«, murmle ich, da ich nicht über die Bilder sprechen möchte.

»Sven, warte. Wir müssen erst über etwas reden«, unterbricht Jane meine Annäherungsversuche und dreht sich in meinen Armen um. Fragend sehe ich sie an, obwohl ich genau weiß, was sie meint. »Dieser Deal zwischen uns. Ich …«

»Lass uns erst einmal Platz nehmen«, schlage ich vor und führe sie in die Küche.

»Sven, wir …« Ich drehe mich zu ihr um und küsse sie, damit sie nicht weiterreden kann, doch sie gibt nicht nach. Stattdessen stemmt sie ihre Hände gegen meine Brust, sodass ich mich von ihr löse. Seufzend gebe ich mich geschlagen.

»Du willst wissen, ob der Deal weiterhin besteht, oder?«, frage ich sie direkt und sie nickt. »Ich habe viel darüber nachgedacht in den letzten Wochen. Auch mit meinem besten Freund habe ich geredet. Du musst wissen, dass mein Vater in ziemlichen Schwierigkeiten steckt. Ich fürchte, dass er dein Pferd jemandem versprochen hat. Anscheinend geht es um große Summen, denn er wurde vor ein paar Tagen übel zusammengeschlagen.« Jane holt zischend Luft, doch ich gehe nicht darauf ein. »Als ich ihn darauf angesprochen habe, hat er abgeblockt. Vermutlich wäre Cajou die Lösung für all seine Probleme.«

In Janes Augen schimmern plötzlich Tränen. »Ich verstehe, Sven«, flüstert sie leise und dreht sich zur Tür.

»Wo willst du denn hin?«, frage ich verwirrt.

»Das fragst du noch? Ich Trottel habe mich in dich verliebt … Ich glaube dir, dass es schwer für dich ist, mit deinem Vater und den ganzen Konflikten. Aber du musst auch mich verstehen! Ich kann dir nicht einfach mein Pferd überlassen!«, sagt sie aufgebracht und reißt die Tür auf.

Sie hat sich in mich verliebt, denke ich und brauche einen Moment, bevor meine Füße mir gehorchen.

»Jane, warte!«, rufe ich und renne ihr ohne Schuhe hinterher. Mit wenigen Schritten habe ich sie auf dem Hof eingeholt und stelle mich vor sie. Ihr laufen die Tränen über die Wangen und sie wendet verzweifelt ihren Blick ab. »Lauf doch nicht weg!«

»Ich muss! Es gibt nämlich offenbar keine Zukunft, in der Cajou nicht zwischen uns steht«, faucht sie und ich greife nach ihrer Hand, als sie erneut wegrennen will.

»Willst du mich nicht mal ausreden lassen?«

Sie befreit ihre Hand aus meinem Griff und wischt sich die Tränen weg. »Wieso sollte ich? Du hast mich anscheinend die ganze Zeit hingehalten. War es …«

Weiter kommt sie nicht, denn ich presse meinen Mund auf ihren. Ihr Widerstand lässt ein paar Augenblicke später nach, doch meinen Kuss erwidert sie dennoch nicht. Ich löse mich von ihr und halte sie fest, damit sie nicht wieder weglaufen kann.

»Cajou steht unserer Zukunft nicht im Wege. Der Deal zwischen uns ist hiermit nämlich aufgelöst. Es ist egal, was mein Vater sich für Probleme eingehandelt hat, denn das geht mich nichts an. Er weiß, was er tut. Ich wollte schon viel eher mit dir darüber reden, habe es jedoch immer wieder verschoben, da ich es eigentlich erst meinem Vater sagen wollte«, erkläre ich ihr und spüre zeitgleich, wie mit jedem weiteren Wort die Anspannung aus ihrem Körper weicht.

»Oh«, entfährt es ihr und ihre Augen werden ganz groß.

»Ja, oh. Vielleicht lässt du mich das nächste Mal einfach ausreden.«

»Aber …«

»Kein Aber«, unterbreche ich sie. Wir starren uns einen Moment an, bevor ich all meinen Mut zusammennehme. »Stimmt es, dass du dich in mich verliebt hast?« Meine Stimme klingt rau und ich halte den Atem an.

Selbst in dem dämmrigen Licht kann ich erkennen, wie Jane errötet. »Ja«, murmelt sie.

»Ich mich auch in dich, Jane.« Ihr Kopf ruckt nach oben und sie schaut mich erstaunt an. »Guck nicht so überrascht. Deinem Charme kann man ja schlecht widerstehen.« Sie lacht und es hört sich so befreit an, dass ich einstimme. »Komm, lass uns wieder reingehen. Es sei denn, du möchtest lieber gehen?«

»Auf keinen Fall«, sagt sie, ohne zu zögern. Mein Herz schlägt wild und ich nehme ihre Hand in meine. Die Anspannung wegen der Vereinbarung zwischen uns ist verflogen. Endlich ist diese Sache geklärt und mir wird bewusst, dass es die einzig richtige Entscheidung war.

Ich will in Richtung Haus laufen, doch Jane hält mich zurück. Sie stellt sich auf Zehenspitzen und gibt mir einen sanften Kuss, in dem so viel Unausgesprochenes mitschwingt. Danach lächeln wir uns kurz an und ich streiche ihr die Tränen aus dem Gesicht, bevor wir wieder zurückgehen.

Der Geruch nach Verbranntem steigt mir in die Nase, kaum dass wir im Flur stehen, und ich brauche einen Moment, um zu realisieren, dass es die Pizza ist.

»Verdammt!«, fluche ich und renne in die Küche. Qualm schlägt mir entgegen, als ich den Ofen ausschalte und die Pizza heraushole. Anscheinend hatte ich die Gradzahl zu hoch eingestellt.

Sie ist schwarz verkohlt und erinnert nur noch grob an das, was sie einmal war. Ich stelle sie auf die Arbeitsplatte und werfe einen Blick über meine Schulter, als ich Jane lachen höre.

»Als du sagtest, dass du kein guter Koch bist, habe ich nicht damit gerechnet, dass du selbst eine Pizza verbrennen lässt«, zieht sie mich auf. Ich schaue sie gespielt grimmig an und tue beleidigt.

Gleichzeitig öffne ich das Küchenfenster, um den beißenden Gestank zu vertreiben. »So schlecht sieht sie doch gar nicht aus«, sage ich und muss ein Grinsen verbergen.

»Ein Glück, dass du noch andere Qualitäten hast«, murmelt Jane und ich gehe auf sie zu.

»Soll ich sie dir nochmal unter Beweis stellen?«

»Unbedingt.« Jane entfährt ein kurzer Schrei, als ich sie kurzerhand packe und hochhebe. Ich ignoriere meine nassen Füße und das offene Küchenfenster und trage sie nach oben in mein Schlafzimmer.

29. Kapitel

Jane

Am nächsten Morgen weckt mich der Duft von frischem Kaffee. Ich strecke mich in Svens Bett, bevor ich aufstehe. Ein Blick auf die Uhr, die auf seinem Nachttisch steht, verrät mir, dass es noch früh ist. Ich kann also noch in Ruhe mit Sven frühstücken, bevor ich in den Stall muss, um die Pferde zu versorgen.

Ich sammle meine Sachen auf, die verstreut neben dem Bett liegen, und ziehe mich an. Ich seufze, als mir bewusst wird, was sich letzte Nacht alles geändert hat. Sven hat den Deal zwischen uns endlich aufgelöst. Mein Herz macht einen freudigen Sprung bei dem Gedanken und mein Körper beginnt zu prickeln, als ich an all die Sachen denke, die er gestern Nacht mit mir angestellt hat, um mir zu beweisen, wie viel ich ihm bedeute.

Ich fahre mir mit den Fingern durch die Haare und hoffe, dass ich nicht so furchtbar aussehe, wie ich vermute.

Mit schwingenden Schritten eile ich die Treppen nach unten und bleibe erstaunt an der Tür zur Küche stehen, als ich erkenne, was Sven hergerichtet hat. Mehrere Kerzen brennen auf dem Tisch, alles ist hübsch eingedeckt und er steht nur in Shorts am Herd und rührt in einer Pfanne herum.

»Guten Morgen«, begrüße ich ihn und er hebt seinen Blick. Als er mich bemerkt, breitet sich ein glückliches Lächeln auf seinem Gesicht aus. Ich schlinge meine Arme um ihn und küsse ihn sanft.

»War ich etwa so laut? Ich wollte dich eigentlich erst in ein paar Minuten wecken«, sagt er und schaltet den Herd aus.

»Der Duft von Kaffee hat mich gelockt.«

»Ach, Mist. Na ja, wenigstens riecht es jetzt nicht mehr nach verbrannter Pizza.«

Ich grinse und nicke. »Aber es ist ganz schön kalt hier.« Ich gehe zu der Heizung, sehe jedoch, dass sie bereits voll aufgedreht ist.

»Das Fenster war die ganze Nacht auf. Jetzt dauert es leider eine Weile, bis es warm wird«, erklärt er entschuldigend und ich schaue ihn tadelnd an.

»Und da stehst du hier in Shorts? Du bist verrückt! Wahrscheinlich holst du dir noch den Tod«, sage ich besorgt und gehe auf ihn zu.

»Ach, Quatsch. Ich mache mir warme Gedanken.« Er beugt sich zu mir und küsst mich leidenschaftlich. Ich erwidere seinen Kuss, weiche jedoch zurück, als ein unangenehmer Geruch aufsteigt. »Was zum …«, flucht Sven und dreht sich zum Herd um. Ich sehe an ihm vorbei und pruste laut los. Das Rührei, oder was auch immer er versucht hat zuzubereiten, gibt uns per

Rauchzeichen zu verstehen, dass es zu lange auf der noch heißen Herdplatte stand.

»Komm, geh dir etwas anziehen. Ich koche in der Zeit«, sage ich lachend und Sven schaut grimmig zwischen der Pfanne und mir hin und her. Ich stelle mich auf Zehenspitzen und gebe ihm einen sanften Kuss. »Ich finde es schön, dass du dir so viel Mühe gibst.«

Etwas besänftigter und nicht mehr ganz so stark in seinem Ego gekränkt, gibt er mir einen Klaps auf den Po, bevor er nach oben verschwindet, um sich etwas anzuziehen.

Nach dem Frühstück begleite ich Sven mit in den Stall. Er möchte mir unbedingt eines seiner Pferde zeigen. Es freut mich, dass er mich so an seinem Leben teilhaben lässt, aber ich fürchte mich vor einer Begegnung mit seinem Vater. Sven hat ihm schließlich noch nicht erzählt, dass der Deal geplatzt ist und er somit keine Chance mehr hat, an Cajou heranzukommen. Mir stellen sich bei dem Gedanken, wie er reagieren könnte, die Nackenhaare auf. Dieser Mann war mir schon immer suspekt. Einmal mehr frage ich mich, wie aus Sven mit dem Vater ein netter, junger Mann werden konnte.

»Alles okay?«, spricht mich Sven von der Seite an und drückt meine Hand. »Warum warst du gerade so abwesend?«

»War ich doch gar nicht«, lüge ich und weiche seinem Blick aus.

»Dann wiederhole bitte das, was ich eben gesagt habe«, fordert er mich auf und ich schaue ihn ertappt an.

»Also, was ist los?«

Ich bleibe vor der Stalltür stehen und Sven ebenfalls. Er mustert mich und streicht mit einer Hand über meine Wange. »Ich mache mir Sorgen um deinen Vater«, gestehe ich und Sven umarmt mich kurzerhand.

»Zerbrich dir nicht den Kopf. Ich werde es ihm heute Abend erklären.«

»Okay«, murmle ich und schmiege mich an ihm. Er drückt mich an sich und gibt mir einen Kuss auf die Haare, bevor er sich von mir löst und die Stalltür öffnet.

»Dann stelle ich dir mal die zweite wichtige Frau in meinem Leben vor«, sagt Sven breit grinsend und meine Gedanken überschlagen sich aufs Neue. Was will er mir damit sagen? Mein Herz pocht wild und aufgeregt. Zu gerne würde ich nachfragen, doch mir bleiben die Worte im Hals stecken. Später, denke ich mir und folge Sven in den Stall.

Die Pferde sehen aus ihren Boxen heraus und wiehern laut, als sie Sven und mich erblicken. »Ruhig, Mädels. Es gibt ja gleich Futter!«, ruft Sven.

Er greift nach meiner Hand und führt mich an ein paar Boxen vorbei, bevor er schließlich vor einer stehen bleibt. »Darf ich vorstellen: Das ist Flower.« Er öffnet die Tür und eine hübsche, braune Stute reckt ihren Kopf zu uns.

Ich trete einen Schritt nach vorne und sie beschnuppert mich direkt. »Die ist aber neugierig«, stelle ich lachend fest, als sie sich an meinem Reißverschluss zu schaffen macht. Dass ein Pferd so forsch ist, bin ich nicht gewohnt. Cajou beispielsweise sieht mich jedes Mal nur misstrauisch an, wenn ich die Box betrete.

»Oh ja. Sie ist erst drei, aber bereits jetzt mein ganzer Stolz. Aus ihr könnte mal ein gutes Springpferd werden«, erklärt Sven und ich erkenne das freudige Schimmern in seinen Augen.

»Sie gehört also dir?«, schlussfolgere ich, doch er schüttelt mit dem Kopf.

»Nicht ganz. Sie gehört meinem Vater. Offiziell zumindest.«

»Hm«, murmle ich, da ich nicht weiß, was ich dazu sagen soll. »Sie ist auf jeden Fall sehr hübsch. Hast du sie eingeritten?«

»Vor einem halben Jahr habe ich damit begonnen, jetzt ist sie bereits so weit, als würde ich sie schon ein Jahr lang reiten. Sie lernt unglaublich schnell und ist stets motiviert.«

»Also genau das Richtige für dich«, sage ich und Sven legt einen Arm um mich.

»Genau wie du.« Glücklich sehe ich ihn an und mein Herz schmilzt bei dieser Bemerkung dahin.

Ich lehne mich an Svens Seite und gemeinsam beobachten wir für einen Moment Flower, die neugierig umherschaut.

30. Kapitel

Sven

Den ganzen Tag über bin ich der Konfrontation mit meinem Vater aus dem Weg gegangen, doch nun gibt es kein Zurück mehr.

Gut möglich, dass er mich zum Teufel jagt, denke ich mir. Jedoch habe ich sowieso das Gefühl, als hätte ich diese Wette nicht gewinnen können. Jane und Cajou haben solche großen Fortschritte gemacht, dass sie nächste Woche mit Sicherheit herausragend abschneiden werden. Etwas, was ich vor ein paar Wochen für unmöglich gehalten hätte.

Ich betrete, ohne anzuklopfen, das Haus meiner Eltern und streife mir die dreckigen Stallschuhe ab. »Mom? Dad?«, rufe ich laut und meine Mutter kommt einen Augenblick später aus der Küche heraus.

»Oh, hallo Sven. Mit dir habe ich gar nicht gerechnet«, sagt sie, doch sie klingt nicht so erfreut wie sonst. Zwar wohnen meine Eltern und ich gemeinsam auf dem Hof, zu Gesicht bekomme ich beide jedoch eher selten. Außer in letzter Zeit. Da treffe ich meinen Vater öfter, als mir lieb ist.

Normalerweise hockt mein Vater nur in seinem Büro. Was genau er da wirklich treibt, weiß ich selbst nicht. Vor einem Jahr hat er noch mit auf dem Hof angepackt, doch in letzter Zeit lässt er es schleifen. Vielleicht liegt es auch daran, dass er nicht mehr so fit ist wie früher und ihm das Reiten vor einer Weile vom Arzt untersagt wurde. Etwas, was ihn wahrscheinlich immer mehr verbittern lässt.

»Ich wollte eigentlich mit Dad reden«, erkläre ich meiner Mutter und verdränge weitere Gedanken an meinen Vater.

»Er ist in seinem Büro, aber …«

»Okay, danke«, unterbreche ich sie, bevor sie mich abwimmeln kann. Mit schnellen Schritten laufe ich eine Etage nach oben und klopfe an die Holztür.

»Was ist?«, brummt mein Vater von drinnen und ich verstehe es als Aufforderung, dass ich eintreten kann. »Was willst du denn hier?«, blafft er und lehnt sich in seinem Stuhl zurück. Sein verächtlicher Blick gleitet über mich und verursacht mir eine Gänsehaut.

Sein Gesicht sieht nach wie vor ziemlich lädiert aus und unter seinen Augen sind dunkle Ringe zu erkennen, doch das interessiert mich in diesem Moment nicht. Ich habe ein eigenes Leben und kann nicht die Probleme meines Vaters über alles andere stellen. Eine Erkenntnis, für die ich fast dreiundzwanzig Jahre meines Lebens gebraucht habe.

»Ich muss mit dir über etwas reden«, beginne ich vorsichtig und setze mich auf den Stuhl ihm gegenüber.

»Aha. Kann das nicht warten? Ich habe Wichtigeres zu tun.«

»Wichtigeres als mit deinem eigenen Sohn zu reden?«, frage ich und er schnaubt lediglich. *Charmant wie eh und je.* Ich gehe gar nicht erst auf sein abscheuliches Verhalten ein. »Es geht um den Deal zwischen Jane und mir.«

Mein Vater horcht auf und schaut endlich zu mir anstatt immer wieder auf die Papiere vor ihm. Ich warte darauf, dass er etwas sagt, doch er starrt mich aus zusammengekniffenen Augen an.

»Ich habe den Deal aufgelöst. Cajou gehört Jane und ich werde ihn ihr nicht wegnehmen.«

»Du hast was?!«, brüllt mein Vater und springt von seinem Stuhl auf. Ich stehe ebenfalls auf, damit er mich nicht von oben herab ansehen kann.

»Du hast richtig verstanden. Es gibt keinen Deal mehr. Jane ist mir wichtiger als ein Pferd, das du unbedingt haben willst.«

»Sag mal, spinnst du?«, blafft er und ich zucke nicht mal mit der Wimper. Er scheint zu erkennen, dass ich keinen Spaß mache, denn er ergreift erneut das Wort. »So ist das also. Eine dahergelaufene Frau verdreht dir den Kopf und du vergisst prompt, was alles auf dem Spiel steht.«

»Für mich steht nichts auf dem Spiel«, stelle ich klar und verschränke die Arme vor der Brust. »Ich habe mich nicht in irgendwelche Schwierigkeiten hineingeritten, sondern du!«

Mein Vater zuckt zurück, als hätte ich ihn geschlagen. »Du gehörst zu diesem Hof dazu!«

»Ach, tue ich das? Du erzählst mir ja nicht einmal, was los ist und weshalb du so unbedingt Cajou besitzen willst! Sind wir doch mal ehrlich, Candy oder Flower hätten in ein paar Jahren das Zeug dazu, um es mit ihm aufzunehmen! Aber selbst das ist hinfällig, da du mich ja wie einen Versager behandelst und nicht wie deinen Sohn!« Meine Stimme wird mit jedem Wort lauter und ich kann mich nur mit Mühe zusammenreißen, damit ich nicht einfach das Büro verlasse.

»Wie du willst, Sven«, antwortet mein Vater ruhig. *Zu ruhig,* denke ich alarmiert. »Ich werde schon einen anderen Weg finden, um die Sache zu klären.«

Ich rolle mit den Augen und würde vor Frust am liebsten mit dem Fuß aufstampfen. »Nicht einmal jetzt sagst du mir, was los ist?«, fahre ich ihn an und ein böses Lächeln bildet sich auf seinen Lippen.

»Es geht dich nichts an.« Ich seufze genervt und will noch etwas sagen, entscheide mich jedoch dagegen, da es sowieso nichts bringen würde. Soll er doch machen, was er will. Ohne ein weiteres Wort verlasse ich das Büro.

Ich ziehe unten meine Schuhe wieder an und meine Mutter lehnt mit verschränkten Armen an der

Küchentür. »Was sollte das, Sven?«, zischt sie und ich sehe sie irritiert an. Will sie mir etwa auch noch Vorwürfe machen?!

»Was das sollte? Ich habe ihm die Meinung gesagt.«

»Er ist dein Vater und hat dir die Chance gegeben, zu dem zu werden, was du heute bist!«

»Wenn das der Preis dafür ist, dass er mich wie Dreck behandeln darf, dann hätte er es lieber lassen sollen«, brumme ich und verlasse endlich dieses verdammte Haus.

Immer noch wütend komme ich bei Jane an. Zuerst wollte ich sie anrufen und fragen, ob es okay ist, wenn ich vorbeikomme, aber ich habe mich dagegen entschieden. Ich muss sie einfach sehen. Egal, ob sie Zeit hat oder nicht.

Genervt von dem Verhalten meines Vaters steige ich aus und gehe auf den Stall zu, in dem Licht brennt. Vermutlich hat sie noch zu tun, aber Hauptsache, ich bin in ihrer Nähe. Gerade als ich die Tür öffnen will, geht sie von innen auf. Flynn schaut mich genauso erstaunt an wie ich ihn.

»Oh, hallo Mr Sorrenson«, begrüßt er mich und ein warmes Lächeln breitet sich auf seinen Lippen aus.

»Sagen Sie doch bitte Du«, biete ich ihm an und Flynn nickt freundlich.

»Sehr gerne, Sven. Falls du Jane suchst, sie gibt noch eine Reitstunde. Die ist aber gleich vorbei.«

»Danke.«

Wir beide sehen uns einen Moment an, doch mir fällt nicht ein, was ich noch zu ihm sagen könnte. Also nicke ich einmal knapp und gehe an ihm vorbei in den Stall hinein.

»Ach, Sven?«, ruft er mich zurück und ich drehe mich halb zu ihm um. »Ich bin wirklich froh, dass Jane dich hat. Kümmere dich gut um sie, sie hat es verdient.«

»Das mache ich«, antworte ich. Flynn steigt durch diese Bemerkung noch ein Stück mehr in meinem Ansehen. Landon war nie wirklich mein Fall, aber sein Bruder dagegen könnte eines Tages zu einem Freund werden. Wobei ich Landon auch mal eine Chance hätte geben können. Wenn ich an meine falsche Einschätzung von Jane denke, muss ich gestehen, dass er vermutlich ebenfalls nicht verkehrt war. Schade, dass es dazu keine Gelegenheit mehr gibt.

Ich gehe auf das Hallentor zu und höre Janes Stimme schon von Weitem. Meine trübseligen Gedanken sind wie weggeblasen. Vorsichtig öffne ich das Hallentor, gehe hinein und setze mich auf die Bank, die in der Ecke steht. Drei Reiter befinden sich in der Halle und Jane gibt ihnen Anweisungen. Sie ist so auf die drei fixiert, dass sie mich gar nicht wahrnimmt.

Einer der Reiter, der im Schritt an mir vorbeireitet, nickt mir freundlich zu und seine Augen weiten sich, als er mich erkennt. Womöglich fragt er sich, was ausgerechnet ein Sorrenson in dem Stall von Sticks will. Die Feindschaft zwischen meinem Vater und Landon ist in der Reitsportbranche nur zu gut bekannt.

Ich lehne mich auf der Bank zurück und beobachte weiter den Unterricht. Jane geht auf jeden sehr einfühlsam ein und gibt ihnen hilfreiche Tipps. Als sie die drei wenig später lobt und die Stunde beendet, stehe ich auf.

Offenbar nimmt sie meine Bewegung wahr, denn ihr Blick gleitet zu mir. Überraschung breitet sich auf ihrem Gesicht aus und ich muss lächeln. Anscheinend hat sie heute nicht mehr mit mir gerechnet. Sie kommt mit raschen Schritten auf mich zu und bleibt unschlüssig vor mir stehen. Wie es scheint, weiß sie nicht, wie sie mich begrüßen soll. Ich nehme ihr die Entscheidung ab, indem ich einen Schritt auf sie zugehe und meine Hände sanft um ihre Wangen lege. Meine Lippen streichen über ihre und ich gebe ihr einen kurzen Kuss.

»Hey«, flüstere ich und sie schaut mich aus ihren grünen Augen an.

»Hi.« Ihre Stimme gleicht einem Piepsen und ich lache kurz auf.

»Ich hoffe, du freust dich, mich zu sehen.«

»Das tue ich immer«, versichert sie mir mit nun kräftigerer Stimme und drückt mir noch einen Kuss auf die Lippen. »Ich bin so weit fertig. Wollen wir zu mir gehen?«

»Sehr gerne.« Sie winkt den Reitern zum Abschied zu und ich bemerke, wie sie uns erstaunt mustern. Falls es noch keine Gerüchte über Jane und mich gab, dann spätestens jetzt. Jedoch stört mich dieser Gedanke nicht. Bisher haben wir noch nicht darüber gesprochen, was das zwischen uns ist, aber es soll dennoch ruhig jeder wissen, dass sie zu mir gehört.

Ich hatte nicht viele feste Beziehungen, eher Bekanntschaften. Doch da habe ich nie gewollt, dass jemand etwas von ihnen erfährt. Bei Jane ist das etwas anders. Ich würde es am liebsten laut hinausschreien.

»Warum lächelst du denn so?«, fragt mich Jane und ich bleibe stehen. Sie tut es mir gleich und schaut mich fragend an.

»Weil ich so glücklich mit dir bin.«

»Ich auch mit dir«, sagt sie, ohne zu zögern, und gibt mir einen Kuss, der mein Herz schneller schlagen lässt.

31. Kapitel

Jane

Sven lässt meine Hand los, damit ich die Tür zu meiner Wohnung aufschließen kann. Ich gehe hinein und er folgt mir. Als ich meine Schuhe ausgezogen habe, umarmt er mich von hinten und ich lehne mich an ihn.

»Ich bin so froh, dich zu kennen«, flüstert er mir ins Ohr und auf meinem Körper bildet sich bei seinen Worten eine Gänsehaut.

»Und ich erst.« Ich drehe mich in seinen Armen um und gebe ihm einen Kuss. Mit seinen Zähnen knabbert er sanft an meiner Unterlippe und ich lasse meine Zunge in seinen Mund gleiten. Er presst mich an sich und ich keuche auf, als seine Zunge meine berührt. Ich beende jedoch unseren Kuss, bevor ich mich nicht mehr bremsen kann. Verwirrt sieht Sven mich an und ich erkenne das Verlangen in seinen Augen.

»Wir müssen erst reden«, erkläre ich ihm und er hebt seine Augenbrauen. Seine Körperhaltung schreit danach, dass er zu vielem Lust hätte, nur nicht zum Reden. Ich stelle mich auf Zehenspitzen, gebe ihm einen kurzen Kuss und löse mich anschließend aus seinen Armen. »Setz dich ruhig schon auf die Couch!«, sage ich zu ihm.

Er brummt etwas Unverständliches vor sich hin, geht aber schließlich in Richtung Wohnzimmer. Ich nehme eine offene Flasche Wein aus dem Kühlschrank sowie zwei Gläser aus dem Regal. Als ich wieder zu Sven gehe, sieht er mich schmollend an.

»Zieh nicht so ein Gesicht!«

»Das würdest du auch, wenn ich dich erst so scharf gemacht und anschließend darauf bestanden hätte, dass wir reden«, brummt er beleidigt.

»Sei nicht so«, ziehe ich ihn lachend auf und er schenkt mir ein kleines Lächeln, bei dem sich Grübchen in seinen Wangen zeigen.

Er klopft auf den freien Platz neben sich und ich setze mich zu ihm. Die Flasche Wein stelle ich auf dem Couchtisch ab und Sven nimmt die Gläser, um sie zu füllen. »Also, über was wolltest du reden?«, fragt er mich und hält mir ein Glas hin.

»Das sollte ich eher dich fragen.«

»Was? Wieso mich? Ich wollte doch gar nicht«, murmelt er verständnislos und ich muss über sein verdutztes Gesicht schmunzeln.

»Weshalb bist du sonst hergekommen?«

»Weil ich Sehnsucht nach dir hatte«, antwortet er wie aus der Pistole geschossen.

»Sven, du hattest mir gesagt, dass du heute mit deinem Vater reden willst und deshalb wahrscheinlich nicht vorbeikommen wirst. Nun bist du doch da und das lässt die Vermutung naheliegen, dass die Unterhaltung zwischen euch nicht gut verlaufen ist.«

Er schaut mich ertappt an und streicht sich durch die Haare. »Warum hast du nur immer recht?«

»Gewöhn dich schon mal dran«, erwidere ich schlagfertig und er lacht kurz auf. »Also, wie lief das Gespräch? So schlecht, wie ich vermute, oder schlimmer?«

»Schlimmer.«

»Ach, Mist.« Ich stelle mein Glas ab, obwohl ich noch nicht einen Schluck genommen habe, und lege meinen Arm um ihn. Meinen Kopf lehne ich an seine Schulter und versuche, ihm einfach das Gefühl zu geben, dass ich für ihn da bin.

Er schweigt einen Moment, bevor er mir erklärt, was vorgefallen ist. Er erzählt mir von dem Streit mit seinem Vater, seinem Unverständnis und seiner Verwirrung, da er immer noch nicht weiß, worum es seinem Vater überhaupt mit Cajou geht. Sven klingt so verzweifelt und niedergeschlagen, dass es mir förmlich das Herz zerreißt. Er stellt das Glas auf dem Tisch ab, vergräbt den Kopf in seinen Händen und ich streiche sanft über seinen Rücken.

»Ärgere dich nicht über deinen Vater. Das wird sich wieder einrenken«, versuche ich, ihn aufzuheitern, doch er lacht freudlos auf.

»Das glaube ich nicht.«

»Warum denn nicht? Er war doch nicht immer so zu dir, oder?«

Sven zuckt mit den Schultern und scheint einen Moment zu überlegen, bevor er antwortet. »Er war stets ehrgeizig und hat das Beste von mir verlangt. Aber dass er sich mir gegenüber so herablassend verhält, ist erst seit einem knappen halben Jahr der Fall. Seit der Sache mit Cajou ist es jedoch noch extremer geworden.«

»Mach dir keinen Kopf darüber. Du hast deinen Standpunkt klargemacht und jetzt muss er schauen, wie er auf lange Sicht damit umgeht.«

»Hm«, brummt Sven und mir kommt plötzlich ein dunkler Gedanke.

»Oder bereust du es, dass du dich für mich entschieden hast?«, flüstere ich leise.

Ich kann gar nicht so schnell reagieren, wie er sich zu mir dreht und mein Gesicht in seine Hände nimmt. »So etwas darfst du nicht einmal denken!«, fährt er mich an. »Ich habe mich in dich verliebt und würde mich immer wieder für dich entscheiden. Du machst mich glücklicher als alles andere.«

Er drückt seine Lippen besitzergreifend auf meine und verstärkt somit seine Worte. Als er sich von mir löst, sehe ich ihn direkt an. Abermals spüre ich, wie mein Herz schneller schlägt.

»Danke.«

»Nicht dafür«, antwortet er und lehnt seine Stirn an meine. Ich atme seinen unverkennbaren Geruch ein und fühle mich geborgen. Wir verharren einen Moment so, bevor wir uns wieder normal hinsetzen und ich mich an seine Seite kuschle. »Ich habe übrigens vorhin mit Flynn geredet.«

»Ach so?«, antworte ich und hoffe, dass er nicht meine Neugier heraushört.

»Er meinte, dass ich dich glücklich machen würde und er sich darüber freut.«

»Wirklich?«, frage ich erstaunt und er nickt. Ich bette meinen Kopf an seine Schulter.

»Ich soll gut auf dich aufpassen.«

»Ich hoffe, das machst du auch«, ziehe ich ihn auf und lächle.

»Ich gebe mein Bestes.« Er nimmt meine Hand in seine und streichelt sanft mit seinem Daumen darüber. »Weißt du, was ich mich stets gefragt habe? War jemals mehr zwischen dir und Landon? Also … Ich meine, er war nur zwei Jahre älter als ich und … Ach, ich rede schon wieder Unsinn. Vergiss es einfach«, bittet er mich schnell und ich merke, dass ihm die Frage unangenehm ist.

»Du kannst ruhig fragen. Tatsächlich bist du nicht der Erste, dem dieser Gedanke kommt. Landon und ich standen uns sehr nahe, aber nicht so, wie alle vermuten. Er war eher der große Bruder für mich, den ich nie hatte. Er hat sich um mich gekümmert, mir einen tollen Job gegeben und stets ein Auge auf mich gehabt. Ohne ihn wäre ich nicht so gut geworden.«

»Wenn ich ehrlich sein soll, bin ich erleichtert, dass du keinerlei Gefühle für ihn gehegt hast«, gesteht Sven und ich nehme meinen Kopf von seiner Schulter.

»Da brauchst du dir keine Gedanken machen.«

Er dreht mir seinen Kopf zu und lächelt mich glücklich an. Als er seinen Mund auf meinen presst und mich leidenschaftlich küsst, verschwinden die Gedanken aus meinem Kopf und ich konzentriere mich nur auf ihn. Ich halte mich an ihm fest, als er aufsteht und mich in Richtung Schlafzimmer trägt.

Mit einem Mal fühlt es sich so an, als wären wir uns noch einen Schritt näher gekommen. Sanft legt er mich auf dem Bett ab und als er mich liebevoll ansieht, weiß ich, dass Sven der Mann ist, nach dem ich immer gesucht habe.

Sven

Das Klingeln meines Handyweckers lässt mich aus dem Schlaf schrecken und ich schalte ihn eilig aus. Noch nicht ganz wach schaue ich auf die Uhrzeit und meine Augen weiten sich kurz. Ich hätte bereits seit einer halben Stunde im Stall sein müssen. Offenbar habe ich gestern Abend meinen Wecker falsch gestellt.

Kein Wunder. Jane hat mich mit ihren Lippen beinahe um den Verstand gebracht, denke ich mir und werfe lächelnd einen Blick auf die andere Seite des Bettes.

Ich gebe ihr einen Kuss auf den Kopf und sie grummelt leise vor sich hin. Eilig verschwinde ich ins Bad, ziehe mir meine Klamotten an und fahre mir mit den Fingern durch meine kurzen Haare. Ich sehe katastrophal aus, aber die Pferde stört das ja zum Glück nicht.

Auf Zehenspitzen gehe ich zu Jane und beuge mich über sie. »Jane? Ich mache mich auf den Weg, okay?«, flüstere ich und sie nickt kurz. Ich drücke ihr einen Kuss auf die Lippen und verlasse anschließend ihre Wohnung.

Als ich zu uns auf den Hof fahre, hoffe ich, dass mein Vater noch nicht wach ist. Ich habe keine Lust, dass er mir eine Predigt hält und mich womöglich erneut runtermacht.

Ich parke ein und runzle die Stirn, als ich sehe, dass ein Pferdehänger vor dem Stall steht. Das Auto, das davor parkt, kommt mir nicht bekannt vor. Auch das Kennzeichen sagt mir nichts. Seltsam. Kurz überlege ich, ob womöglich ein neues Pferd zu uns kommt, verwerfe den Gedanken aber schnell wieder.

Als ich in den Stall gehen will, höre ich Hufgeklapper und meine Augen weiten sich. Der Typ, der meinem Vater vor ein paar Wochen gedroht hat, führt Flower aus dem Stall.

»Hey! Was machen Sie da?!«, rufe ich sofort und renne auf ihn zu. Flower schaut mich aus geweiteten Augen an und ich streichle ihr über die Nüstern, als ich vor ihr stehen bleibe.

»Aus dem Weg, Junge«, blafft der Kerl.

»Vergessen Sie es! Das ist mein Pferd«, fahre ich ihn an und er hebt eine Augenbraue. Ein dunkler Gedanke kommt mir. »Was wollen Sie mit Flower?!«, fahre ich den Mann an und er sieht mich grimmig an.

»Was soll der Scheiß? Sie ist mein Gaul. Also aus dem Weg.«

Ich greife in Flowers Halfter und weiche keinen Schritt zur Seite. »Nur über meine Leiche«, zische ich.

»Sven, geh ihm aus dem Weg!«, brüllt mein Vater quer über den Hof und ich drehe mich zu ihm um. Dabei halte ich das Halfter nicht mehr so fest umklammert wie vorher. Der Typ nutzt meine Unachtsamkeit aus und führt die brave Flower eilig auf den Hänger. Ich will hinterher, um sie wieder herunterzuholen, doch mein Vater kommt auf mich zu, packt mich am Arm und zieht mich zurück. Mit einer Kraft, die ich ihm gar nicht so zugetraut hätte, hält er mich fest und ich muss dabei zusehen, wie Flower im Hänger angebunden wird.

»Was soll das hier alles?«, frage ich meinen Vater wütend. Meine Hände zittern vor Aufregung und mein Puls rast wie verrückt.

»Ich habe Flower verkauft.«

Entrüstet starre ich ihn an. Er hat es tatsächlich getan. Ich lag mit meinem Gedanken richtig. Dieses Schwein!

»Du hast es doch selbst gesagt«, blafft er, da ich nichts antworte, und ich hebe eine Augenbraue.

»Wann bitte soll ich gesagt haben, dass du sie verkaufen sollst?«, frage ich ihn und reiße meinen Arm aus seinem Griff.

»Du hast gesagt, dass sie es mit Cajou aufnehmen könnte. Da Cajou mir ja dank dir durch die Lappen gegangen ist, musste ich dem Käufer ein anderes Pferd bieten. Glücklicherweise hat er sich dazu bereit erklärt und ist auf den Deal eingegangen.« Mein Vater lächelt mich kalt an und mir läuft dabei ein Schauer über den Rücken.

»Das kannst du nicht tun«, flehe ich und mein Vater lacht kurz auf.

»Und ob ich das kann.«

»Dad! Wenn du das wirklich durchziehst, rede ich nie wieder ein Wort mit dir!«, fahre ich ihn an, als er nach wie vor keine Anstalten macht, den Typen aufzuhalten.

Er schaut mich noch ein letztes Mal abschätzend an und lässt mich danach stehen. Fassungslos sehe ich dabei zu, wie die Laderampe vom Hänger hochgeklappt wird, mein Vater mit dem Mann lacht und den Verkauf mit einem Handschlag besiegelt. Untätig muss ich dabei zusehen. Ich habe nichts in der Hand. Flower ist offiziell nicht mein Pferd.

Während ich die Beiden beobachte, wird mir bewusst, was mein Vater getan hat. Er hatte Cajou tatsächlich jemandem versprochen. Womöglich muss er einen Teil des Geldes zurückgeben, denn Flower ist lange nicht so viel wert wie Cajou.

Mein Vater weiß das genau, doch er hat dem Typen Flower gegeben, weil er sich sicher sein kann, dass er mich damit verletzt. Dieser Zug von ihm macht mich sprachlos. Wie kann er seinem einzigen Sohn so etwas antun?

Ich weiß, dass ich mich eigentlich viel mehr wehren müsste. Doch ich kann nicht. Stattdessen stehe ich wie versteinert da und sehe dabei zu, wie der Hänger vom Hof fährt und Flower darin herzzerreißend wiehert. Ich balle meine Hände zu Fäusten und würde am liebsten auf etwas einschlagen. Vor ein paar Minuten war doch noch alles perfekt. Und jetzt?

32. Kapitel

Jane

Ich zucke zusammen, als die Stalltür mit einem lauten Knall zugeworfen wird. Neugierig schaue ich aus der Boxentür heraus, wer das war. Jeder weiß, dass die Türen leise geschlossen werden sollen, um die Pferde nicht zu erschrecken.

Erstaunt sehe ich, dass es Sven ist. Sobald ich seinen Gesichtsausdruck erkenne, ist mir klar, dass es kein Versehen war. Seine Mundwinkel sind nach unten gezogen und seine gesamte Körperhaltung strahlt Wut aus. Verdammt, offenbar ist irgendetwas passiert.

»Hi«, sage ich und komme aus der Box heraus. »Alles okay?«, frage ich vorsichtig.

»Nein«, knurrt er und bleibt vor mir stehen. In seinen blauen Augen erkenne ich keinerlei Liebe. Was ist nur passiert?

Ich gehe einen Schritt auf ihn zu und nehme seine Hand. Er erwidert den Druck meiner Finger nicht, sondern starrt mich einfach weiter an.

»Rede mit mir«, bitte ich ihn und stelle mich dicht vor ihn.

»Flower ist verkauft worden«, teilt er mir tonlos mit und für einen Moment bin ich so perplex, dass ich gar nicht weiß, was ich sagen soll. »Er hat sie verkauft, ohne es mir zu sagen! Dieses miese Schwein! Ich kann das einfach nicht glauben!«

Ich reiße mich aus meiner Trance und werfe ihm einen mitfühlenden Blick zu. »Dein Vater?«, bohre ich nach und Sven nickt aufgebracht. »Hat er dir gesagt, wieso?«

»Hat er.« Seine Stimme klingt bedrohlich und ich ahne, in welche Richtung dieses Gespräch gehen wird.

»Sven, beruhige dich erst einmal, bevor du womöglich Dinge sagst, die du gar nicht so meinst.«

»Wozu? Mein Pferd ist doch bereits weg!«, blafft er und ich zucke mit jedem weiteren Wort zusammen.

»Sven, jetzt atme erst einmal tief durch. Aus dir spricht nur die Wut. Komm, wir gehen kurz nach oben und reden in Ruhe«, biete ich ihm an. Aus dem Augenwinkel bemerke ich, wie Cajou in der hintersten Ecke seiner Box steht und uns aus sicherer Entfernung beobachtet.

»Aus mir spricht nicht die Wut! All das hat angefangen, als wir uns näher gekommen sind. Wir sollten das zwischen uns am besten einfach lassen und uns lieber aus dem Weg gehen.«

Ich weiß, dass er es nicht so meint, dennoch schmerzt es. In ein paar Stunden denkt er ganz anders darüber, jetzt will er nur seinen Frust an jemandem loswerden.

»Hör auf, so etwas zu sagen! Du meinst es doch gar nicht so«, unterbreche ich seine Schimpftirade und er hält kurz inne.

Für einen Moment glaube ich, dass ich zu ihm durchgedrungen bin, doch dann wird seine Miene wieder abweisend und er geht einen Schritt zurück. Seine Hand gleitet aus meiner und sein Blick ist so kalt, dass es mich fröstelt.

»Doch, ich meine jedes Wort so, wie ich es sage«, stellt er klar und mir schnürt es den Hals zu.

»Sven, hör auf, so zu reden«, flüstere ich mit erstickter Stimme und unterdrücke die Tränen, die mit einem Mal in meinen Augen brennen. Sven reagiert nicht, sondern geht mit schnellen Schritten Richtung Ausgang. Als er hinaustritt, renne ich ihm hinterher. »Sven, bitte! Jetzt warte doch und lass uns in Ruhe reden.« Kurz bevor ich ihn eingeholt habe, wirft er mir die Stalltür vor der Nase zu. Es fühlt sich an, als hätte er mein Herz darin eingeklemmt, denn ich krümme mich und die Tränen rinnen mir über das Gesicht.

»Jane, bist du das?«, ertönt Amelias Stimme im Stallgang, doch ich antworte nicht. Sie streckt ihren Kopf in die Box von Cajou und als sie mich entdeckt, holt sie erschrocken Luft. »Was ist denn passiert?« Sofort kommt sie herein und kniet sich neben mich.

Ich sitze in dem frischen Stroh von Cajou, der um mich herum frisst, und wische mir die Tränen vom Gesicht. Vor ein paar Wochen hätte ich mich nicht einmal alleine in seine Box getraut und jetzt ist es zu dem einzigen Ort geworden, an den ich mich zurückziehen kann. In meiner Wohnung erinnert mich viel zu viel an Sven.

»Hey, rede mit mir«, bittet mich Amelia, als ich ihr immer noch nicht antworte.

Geräuschvoll ziehe ich die Nase hoch. »Sven war hier und hat gesagt, dass er mich nicht mehr sehen will«, schniefe ich.

Verwirrung macht sich auf Amelias Gesicht breit. Erst jetzt fällt mir ein, dass sie noch gar nicht weiß, was die letzten Tage zwischen Sven und mir passiert ist. In einer Kurzfassung erzähle ich es ihr und ihre Augen weiten sich, als ich fertig bin und die neuen Tränen von meinen Wangen wische.

»Was für ein Idiot.«

»Er war so wütend …«, murmle ich zusammenhanglos und starre ins Leere.

»Womöglich kommt er morgen bei dir angekrochen, um sich zu entschuldigen.«

Hoffnung bildet sich tief in mir und ich sehe Amelia an. »Meinst du wirklich?«

»Klar. Aber du lässt ihn schön schmoren und betteln, okay?«

»Hm«, antworte ich, obwohl ich genau weiß, dass ich Sven direkt um den Hals fallen würde.

»Komm, wir bringen dich nach oben. Du brauchst etwas Alkohol und Schokolade«, bestimmt Amelia und ein Schmunzeln bildet sich auf meinem Gesicht.

»Es ist gerade mal Mittag.«

»Na und? Dein Freund ist ein Arschloch und du musst jetzt dringend abgelenkt werden.« Ich zucke bei dem Wort *Freund* zusammen. War er wirklich mein Freund? Ich denke nicht weiter darüber nach, sondern schüttle mit dem Kopf.

»Ich muss die Pferde versorgen. Flynn wird sonst …«

»Ach, Quatsch. Sie haben alle Heu bekommen und stehen draußen. Vor heute Abend musst du dich um gar nichts mehr kümmern. Lass uns zu dir gehen und erst einmal in Ruhe reden. Ob wir etwas trinken, können wir dann ja immer noch entscheiden«, sagt Amelia aufmunternd und zieht mich nach oben. Bereitwillig lasse ich es geschehen und trotte ihr hinterher in meine Wohnung. Auf dem Weg dorthin begegnet uns zum Glück niemand.

Ich fühle mich ein wenig besser, seitdem Amelia mich aus meinem Leiden gerissen hat.

Vielleicht hat sie ja recht und er meldet sich morgen, denke ich hoffnungsvoll.

Sven

Gelangweilt starre ich in meinen Fernseher und nehme nicht wirklich wahr, was überhaupt läuft. Immer wieder quält mich der Gedanke an Jane. Mittlerweile tut es mir leid, was ich ihr an den Kopf geworfen habe. Verdammt, wieso musste ich auch zu ihr fahren?! Ich hätte meine Wut erst einmal unter Kontrolle bekommen müssen!

Ich nehme die Fernbedienung und schalte durch das Programm, in der Hoffnung, mich von ihr abzulenken. Jedoch ohne Erfolg. Stattdessen frage ich mich, ob ich sie anrufen soll. Würde sie rangehen? Und was sollte ich sagen? *Ein schlichtes »Tut mir leid« wird kaum die Worte von heute Mittag wiedergutmachen,* denke ich verzweifelt.

Das Klingeln an meiner Haustür reißt mich aus meinen Überlegungen und ich springe aufgeregt vom Sofa hoch. *Womöglich ist es Jane,* schießt es mir durch den Kopf und ich sprinte in Rekordzeit zur Tür. Als ich sie aufschließe und öffne, fällt meine Hoffnung jedoch in sich zusammen. Es ist mein Vater.

»Was willst du?! «, fahre ich ihn an und er drängt sich an mir vorbei, ohne dass ich ihn hereingebeten habe.

»Mit dir reden.«

»Ich wüsste nicht, was das bringen sollte.«

»Es könnte dir Flower zurückbringen«, erklärt er vage und ich horche auf. Sofort macht sich jedoch Misstrauen in mir breit. Mein Vater hat noch nie etwas ohne Gegenleistung getan und ich glaube kaum, dass er bei dieser Sache eine Ausnahme machen wird.

»Ich höre.« Ich schließe die Tür und verschränke meine Arme vor der Brust.

»Wie ich hörte, wird diese Walker mit Cajou nächste Woche auch am Turnier teilnehmen.« Er spuckt die Worte aus, sodass ich mich zusammenreißen muss, um mir nichts anmerken zu lassen. »Es besteht die Möglichkeit, dass sie ein besseres Ergebnis abliefern könnte als du. Das darf jedoch auf gar keinen Fall passieren. Der Ruf unseres Hofes steht auf der Kippe!«

»Das ist mir scheißegal«, unterbreche ich ihn und mein Vater schaut mich böse an.

»Wir müssen etwas dagegen tun. Kurz bevor Jane beim Turnier antritt, schmierst du Cajou das hier auf die Beine.« Er holt eine Salbe aus seiner Jackentasche und reicht sie mir. Mir weicht sämtliche Farbe aus dem Gesicht, als mir bewusst wird, was ich da in den Händen halte. Fassungslos sehe ich ihn an. Er hat mir eine Salbe mit dem Inhaltsstoff Capsaicin gegeben. Wenn man das auf die Beine eines Pferdes aufträgt, wird die Durchblutung stark gefördert. Sobald das Pferd beim Springen eine Stange berührt, empfindet es dabei große Schmerzen und springt automatisch beim nächsten Mal höher, um den Schmerz zu vermeiden.

»Aber das ist Doping!«

Er nickt. »Genau deshalb wirst du es Cajou auf die Vorderbeine schmieren. Sie werden Stichproben nehmen und testen, ob jemand dopt. Einer der Richter schuldet mir noch einen Gefallen und wird sich auf jeden Fall Cajou ansehen. Damit wird Jane offiziell für mehrere Monate gesperrt und Sticks Hof kann einpacken.«

Ein Lachen entringt sich seiner Kehle und mir gefriert das Blut in den Adern. »Das kann ich nicht tun«, sage ich leise und halte ihm die Salbe hin.

»Du musst. Oder du packst deine Sachen und verlässt diesen Hof für immer.« Mein Vater geht an mir vorbei in Richtung Tür, ohne die Salbe wieder an sich zu nehmen. Bevor er rausgeht, dreht er sich noch einmal zu mir um. »Du hast bis zum Turniertag Zeit, um eine Entscheidung zu treffen.«

Er wirft die Tür hinter sich zu, doch ich nehme nur halbherzig das Knallen wahr und starre stattdessen fassungslos die Salbe in meiner Hand an. Wie kommt er bloß auf die Idee, ich würde das tatsächlich tun?

Ich werfe die Salbe auf meinen Schuhschrank, als hätte ich mich daran verbrannt. Warum ich sie nicht direkt in den Müll schmeiße, weiß ich selbst nicht.

33. Kapitel

Jane

»Jane, kommst du bitte mal?«, ruft mich Flynn quer durch den Stall und ich lehne die Heugabel in den Gang, bevor ich auf ihn zugehe.

»Was gibt es?« Ich wische mir den Schweiß von der Stirn und sehe ihn abwartend an.

»Könntest du mit ins Büro kommen? Ich habe etwas gefunden, was für dich sehr interessant sein könnte.« Erst jetzt fällt mir auf, dass ein trauriger Zug um seine Mundwinkel liegt.

»Ist etwas passiert?«, frage ich nach, doch er schaut mich nur bedeutungsvoll an.

»Nicht hier.« Ich sehe mich kurz um und stimme ihm gedanklich zu. Einige der Reiterinnen, die ihre Pferde privat im Stall untergestellt haben, beobachten uns neugierig. Schließlich ist neuer Tratsch im Stall stets willkommen.

Er läuft auf direktem Weg zu dem großen Haus und mir schnürt es den Hals zu, wenn ich daran denke, wie Landon früher hier gelebt hat. Wieso denke ich nur jetzt auf einmal an ihn? Liegt es daran, dass Sven sich seit zwei Tagen nicht mehr gemeldet hat? Ist das der Grund? Weil mich erneut ein geliebter Mensch verlassen hat?

Der Gedanke drückt schwer auf meine Stimmung und ich folge Flynn stumm ins Büro. »Setz dich«, fordert er mich auf und ich nehme auf dem alten Holzstuhl Platz.

Er setzt sich mir gegenüber und atmet einmal tief durch, bevor er mir einen Zettel überreicht. Fragend sehe ich ihn an. »Was ist das?«

»Ein Brief von Landon.«

»Was?« Zischend hole ich Luft und meine Finger zittern plötzlich. Ich schaue auf das Papier und erkenne sofort Landons schwer leserliche Handschrift.

»Er hat ihn offenbar ein paar Wochen vor seinem Tod geschrieben. Anscheinend hat er gehofft, dass ich ihn später finden würde.«

»Wo war er versteckt?«, frage ich und meine eigene Stimme klingt völlig fremd.

»Zwischen einigen Unterlagen. Ich habe nach der Abrechnung vom letzten Jahr gesucht und stattdessen das gefunden.«

In meinen Ohren rauscht es und Tränen bilden sich in meinen Augen. Mit so einer Neuigkeit hätte ich niemals gerechnet. Mein Blick gleitet abermals zu dem Brief und ich erkenne, dass Flynns Name dort steht. »Er war für dich bestimmt. Bist du dir sicher, dass ich ihn lesen soll?«

»Ganz sicher. Wenn ich könnte, würde ich dir sagen, was darin stand. Aber … lies selbst.« Ich sehe zu ihm und bemerke den verzweifelten Ausdruck auf seinem Gesicht.

Ich will noch etwas sagen, doch die Worte bleiben in meinem Hals stecken, sodass ich stattdessen anfange, den Brief zu lesen.

Flynn,

ich hoffe, dass du der Aufforderung in meinem Testament nachgekommen bist und den Hof übernommen hast. Noch immer kann ich es nicht glauben, dass wir uns derart voneinander entfernt haben. Schließlich waren wir mehr als Brüder. Wir waren beste Freunde, die durch dick und dünn gegangen sind! Eine lange Zeit habe ich dir gegrollt und dich für das gehasst, was du mir angetan hast.

Doch als ich gestern die schlimmste Nachricht meines Lebens bekam, hat das alles in ein neues Licht gerückt.

Ich bin schwer krank, Bruder. Der Arzt gibt mir noch sechs Monate. Leukämie. Es gibt keine Hoffnung mehr. Eine Chemotherapie habe ich abgelehnt. Sie würde ja doch nichts bringen und ich möchte meine letzten Tage nicht in einem Krankenhaus zwischen fremden Menschen verbringen. Da ich also von meinem baldigen Ableben weiß, habe ich dir den Hof und alles Weitere vermacht. Jane soll Cajou bekommen, denn ich habe bereits jetzt nicht mehr die Kraft, um ihn zu handhaben. Sie wird mit ihm klarkommen. Das weiß ich. Er braucht jemanden, der ihm mehr Zeit entgegenbringen kann als ich in meinem Zustand.

Zu gerne würde ich dich persönlich anrufen, um dir zu sagen, dass ich dir verzeihe, aber ich bin noch nicht bereit dazu.

Verdammt, ich bin so ein mieser Briefschreiber.

Es tut mir leid, wie alles zwischen uns abgelaufen ist. Du fehlst mir, Bruder. Kümmere dich gut um die Pferde und Jane! Sie ist ein Engel. Versau es dir nicht mit ihr!

Landon

Tränen verschwimmen mir die Sicht und ich lasse den Brief langsam sinken. »Er wusste, dass er stirbt«, flüstere ich und kann nicht glauben, dass er das vor mir geheim gehalten hat. Ich habe nicht einmal etwas bemerkt!

Flynn seufzt und nickt. »Der Unfall hat ihm lediglich einen schnellen und schmerzfreien Tod beschert. Ich weiß gar nicht, was ich dazu sagen soll. All die Jahre habe ich mich gefragt, ob er mir verziehen hat, und jetzt habe ich die Antwort, jedoch zu spät.«

»Es tut mir so leid, Flynn.«

Er stützt den Kopf in den Händen ab und seine Schultern zucken. »Wenn er den Unfall nicht gehabt hätte … Vielleicht hätte er mich noch angerufen? Vielleicht hätte ich noch einmal mit ihm sprechen können?« Seine Stimme bebt und ich fühle mit ihm. Mir zieht es das Herz krampfhaft zusammen, während ich ihn so traurig sehe.

»Wir können nichts mehr daran ändern. Es war ein Unfall. Schließlich konnte niemand ahnen, dass Cajou stürzt und Landon deshalb stirbt.«

Flynns Kopf zuckt nach oben und er starrt mich an. »Was hast du gesagt?«, fragt er leise, fast schon bedrohlich.

»Dass … dass es ein Unfall war und je…«

»Das davor«, unterbricht er mich unwirsch und mir wird klar, dass ich einen Fehler begangen habe. Flynn sollte nicht erfahren, dass Cajou unmittelbar zu Landons Tod beigetragen hat. Ich wusste genau, wie er reagieren würde, und zwar genau so, wie er es jetzt tut.

»Flynn, es …«

»Ich fasse nicht, dass du mir das verschwiegen hast! Dieses Pferd hat meinen Bruder das Leben gekostet und mir die letzte Chance genommen, mich mit ihm zu versöhnen!«

Er steht von seinem Stuhl auf und stützt seine Hände auf dem Schreibtisch ab.

»Aber …«

»Geh.«

»Flynn, bitte …«

»Verlass sofort dieses Büro! Ich muss allein sein«, fährt er mich an und ich nicke betreten.

Langsam lege ich den Brief vor ihm ab und stehe auf. Mit hängenden Schultern verlasse ich das Büro.

Sven

Mittlerweile ist es früher Abend und ich halte es keine Minute länger in meinem Haus aus. Ich steige ins Auto und fahre vom Hof. Ich habe heute nur das Nötigste im Stall gemacht und ansonsten in meiner Küche gesessen und auf diese beschissene Salbe gestarrt. Wie kommt mein Vater darauf, dass ich so etwas tun würde?

Ich ahne, warum er es nicht selbst tut. Er hat Angst, dabei erwischt zu werden. Es seinem eigenen Sohn zuzuschieben, sagt einiges über seine niederträchtige Art aus. Einmal mehr frage ich mich, warum ich ihm nicht einfach den Rücken zuwende und von hier verschwinde. Aber mein Verantwortungsgefühl ihm gegenüber hält mich zurück.

Ohne darüber nachzudenken, habe ich bereits den Weg zu Jane eingeschlagen. Bevor ich jedoch bei ihr ankomme, fahre ich einfach die Straße weiter. Ich kann doch jetzt nicht bei ihr auftauchen und sie mit meinem Mist belästigen! Immerhin habe ich sie vor zwei Tagen angebrüllt, obwohl sie keinerlei Schuld getroffen hat. Wahrscheinlich will sie mich sowieso nicht sehen. Mein Herz krampft sich zusammen, wenn ich daran denke.

Kurzerhand biege ich an der nächsten Kreuzung links ab und fahre zu Damian. Vielleicht kann mir mein bester Freund einen guten Rat geben.

Ein paar Minuten später komme ich bei ihm an und finde nicht weit entfernt von seiner Wohnung einen Parkplatz. Ich steige aus und gehe mit raschen Schritten auf das Wohnhaus zu. Als ich bei ihm klingle, wird wenig später der Summer betätigt und ich kann eintreten.

Merkwürdig, dass er nicht einmal fragt, wer vor der Tür steht, denke ich mir, während ich die Treppen hochlaufe.

Vor seiner Tür erwartet mich Damian bereits und hält ein paar Scheine in seiner Hand. Verwundert sieht er mich an. »Hey, störe ich?« Ich bleibe vor ihm stehen und er schüttelt augenblicklich mit dem Kopf.

»Mensch, Sven! Dich habe ich jetzt gar nicht erwartet. Komm rein.« Er klopft mir auf die Schulter, während ich an ihm vorbeilaufe. Drinnen ziehe ich meine Schuhe aus und schaue ihn danach fragend an. »Geh ruhig ins Wohnzimmer.«

»Hattest du jemand anderes erwartet?«, frage ich ihn und mein Blick schweift zu dem Geld in seiner Hand.

»Keine Nutte, falls du das meinst«, sagt er lachend und ich rolle mit den Augen. »Wir warten auf die Pizza.«

»Wir?« Erst jetzt nehme ich die Stimmen aus dem Wohnzimmer wahr. Ich gehe hinein und Nick und Cayden starren mich genauso erstaunt an wie Damian zuvor.

»Schaut mal, wer vor der Tür stand!«, ruft Damian und die Jungs jubeln laut los. Für einen Moment fühle ich mich übergangen, da mich Damian nicht eingeladen hat, aber was habe ich erwartet? Schließlich melde ich mich nie bei meinen Freunden und sage sowieso die meisten Treffen ab.

»Hey«, murmle ich und lasse mich auf den freien Sessel fallen. Nick und Cayden lehnen sich auf dem Sofa zurück und Damian gibt mir ein Bier, bevor er sich mir gegenüber in den anderen Sessel setzt.

»Siehst ganz schön blass aus«, richtet Nick das Wort an mich und Cayden nickt. Dabei fallen ihm seine schwarzen Haare in die Stirn und er streicht sie sich aus dem Gesicht.

»Wie geht es deiner Puppe?«, fragt mich Damian und die anderen zwei sehen mich erstaunt an.

»Haben wir etwas verpasst?«, erkundigt sich Cayden und Damian nickt.

»Anscheinend. Eine Frau hat Sven nämlich den Kopf verdreht, sodass er sich nun noch weniger bei uns meldet.« Der Seitenhieb schmerzt, doch ich sage nichts dazu. Es entspricht ja der Wahrheit.

»Wir wollen alles wissen.«

»Da gibt es nicht viel zu wissen«, antworte ich Nick und aus dem Augenwinkel bemerke ich, wie Damian die Augenbrauen hochzieht.

»Was ist passiert?«, fragt er ernst. Bevor ich jedoch anfangen kann, klingelt es an der Haustür und Damian springt auf. »Das ist die Pizza. Beweg dich nicht und warte mit dem Erzählen, bis ich wieder da bin«, fordert er mich auf und ich muss grinsen.

Nach nicht einmal zwei Minuten kommt er mit einem riesigen Karton zurück. Er bietet mir etwas an, doch ich lehne höflich ab. Wenn ich nur an Essen denke, protestiert mein Magen.

»Ich habe Scheiße gebaut«, murmle ich, als mich alle drei abwartend ansehen.

»Das dachte ich mir. Aber was genau?«, bohrt Damian nach und bevor ich es mir anders überlegen kann, bricht alles aus mir heraus.

Wie glücklich Jane und ich waren. Der Moment, als mein Vater Flower verkauft hat, und wie ich Jane gesagt habe, dass ich sie nicht mehr sehen will. Nicht einmal die Sache mit dem Doping lasse ich aus. Nachdem ich mir alles von der Seele geredet habe, lehne ich mich zurück und nehme einen Schluck von meinem Bier.

Nick sieht mich schockiert an, Cayden legt sein Pizzastück fassungslos wieder in den Karton und Damian schnaubt.

»Scheiße«, murmelt er und ich nicke zustimmend.

»Allerdings. Was mache ich jetzt nur? Kann ich einfach zu ihr gehen und mich entschuldigen? Gott, ich bin so verwirrt. Schließlich will ich nichts falsch machen, wodurch ich sie womöglich verliere.«

»Du verlierst sie, wenn du nicht hingehst und dich entschuldigst«, sagt Cayden ernst. »Es war ein Fehler, sie anzumaulen, aber das kannst du jetzt nicht mehr ändern. Geh zu ihr und klär das.«

»Genau«, mischt sich Damian ein. »Ich nehme nicht an, dass du die Sache mit dem Doping tun willst, oder?«

Sein Blick sucht meinen, als würde er überprüfen wollen, ob ich lüge oder nicht. »Natürlich nicht.«

»Dann bring das so schnell wie möglich in Ordnung.«

»Aber was ist, wenn sie mich nicht sehen will?« Meine Stimme klingt panisch, doch es schert mich nicht, ob die Jungs mich für einen Waschlappen halten. Schließlich geht es hier um die Frau, die ich liebe.

Moment mal, bremse ich mich gedanklich selbst. Doch kaum habe ich das gedacht, erscheint mir plötzlich alles ganz klar: Ich liebe Jane wirklich.

»Natürlich wird sie dich sehen wollen! Beweg also deinen Arsch so schnell wie möglich zu ihr rüber!«, fordert mich Damian auf und die anderen zwei nicken heftig.

»Okay. Ich versuche es. Danke, Jungs«, sage ich und springe im selben Moment auf. Bevor ich zur Tür raus bin, drehe ich mich noch einmal und gehe zu ihnen. »Danke, dass ihr immer ein offenes Ohr für mich habt.«

»Ist doch klar, Kumpel. Und jetzt geh! Erzähl uns aber gefälligst so bald wie möglich, wie es lief.« Ich nicke und winke den dreien nochmal zu, bevor ich mich auf den Weg zu Jane mache.

34. Kapitel

Sven

Meine Beine fühlen sich wie Pudding an und ich stehe unschlüssig vor ihrer Wohnung. Soll ich raufgehen und klingeln? Oder soll ich mich lieber wieder in mein Auto setzen und von hier verschwinden?

Ich entscheide mich dagegen und renne, zwei Stufen auf einmal nehmend, zu ihrer Wohnung. Nervös wippe ich mit den Füßen hin und her, nachdem ich geklingelt habe, und frage mich, wie sie wohl reagiert, wenn sie mich sieht. Ob sie gleich die Tür zuwirft und mich zum Teufel jagt? Oder fällt sie mir womöglich um den Hals? Ich hoffe auf Letzteres, jedoch rührt sich nichts in der Wohnung. Seltsam. Daran, dass sie womöglich gar nicht daheim ist, habe ich nicht gedacht.

Als ich gerade zurück zum Stall gehen will, um dort nachzusehen, höre ich doch noch Geräusche. Schritte nähern sich der Tür und der Schlüssel wird im Schloss umgedreht. Langsam geht die Tür auf und Jane erscheint.

Ein Lächeln bildet sich auf meinen Lippen, doch es fällt jäh in sich zusammen, als ich erkenne, wie sie aussieht. Ihre Augen sind geschwollen, ihre Haare stehen wirr ab und ihre Körperhaltung ist in sich zusammengesunken.

»Jane! Was ist denn passiert?«, sage ich panisch und gehe auf sie zu.

Sie schaut mich traurig aus ihren grünen Augen an und überbrückt den letzten Abstand zwischen uns, indem sie ihre Arme um meinen Hals schlingt. Ich drücke sie an mich und Schluchzer lassen ihren Körper erbeben.

»Ganz ruhig«, murmle ich und streiche ihr sanft über den Rücken.

Als ihre Schluchzer weniger werden, führe ich sie ins Wohnzimmer und sie setzt sich langsam. Anschließend gehe ich in die Küche und hole ihr etwas zu trinken. Das Glas bleibt jedoch unberührt vor ihr stehen.

Ich greife sanft nach ihrer Hand und sie lässt es geschehen. »Was ist denn passiert?«, frage ich sie und sie hebt ihren Kopf. Der traurige Ausdruck in ihren Augen führt dazu, dass sich ein Kloß in meinem Hals bildet.

Es dauert einen Moment, doch endlich antwortet sie mir mit brüchiger Stimme. »Flynn hat einen Brief von Landon gefunden.«

»Was?« Verwirrung macht sich in mir breit und ich frage mich, was wohl drinstand, wenn Jane so aufgewühlt ist.

»Hm.«

»Möchtest du darüber reden?«, frage ich vorsichtig.

Sie lehnt ihren Kopf an meine Schulter und ich lege den Arm um sie. Schweigend sitzen wir ein paar Minuten nebeneinander. »Landon hatte Krebs. Er lag im Sterben. Ich habe es nicht einmal gewusst. Wieso ist es mir nicht aufgefallen? Wieso?«, fragt sie mich und wischt die Tränen eilig weg.

Ihre Worte überraschen mich. Landon muss es gut vertuscht haben, denn mir ist es auch nicht aufgefallen. Gott, wie konnte das nur so an allen vorbeigehen?

Ich schmiege mich an sie und hoffe, dass meine Nähe sie etwas beruhigt. »Du konntest es nicht wissen, Jane. Mach dir bitte keine Vorwürfe.«

»Ich habe Flynn zudem aus Versehen gesagt, dass Landon bei einem Reitunfall mit Cajou gestorben ist. Er war so sauer, weil ich es ihm verschwiegen habe.«

»Oh«, entfährt es mir.

»Ich glaube, er wird wollen, dass ich Cajou verkaufe, aber das kann ich nicht. Landon hat ihn mir vererbt. Ich kann ihn nicht einfach hergeben.«

»Das verstehe ich.« Sie hebt ihren Kopf, sieht mich mit einem Mal sanft an und drückt mir einen zärtlichen Kuss auf die Lippen.

Ihre Lippen fahren über meine und bevor ich reagieren kann, hat sie sich wieder von mir gelöst. »Jane, was …«

»Nicht. Ich will nichts hören. Halt mich einfach nur fest«, bittet sie mich und ich tue ihr diesen Gefallen. Ich weiß nicht, wie lange wir so auf ihrem Sofa sitzen, doch irgendwann spüre ich, dass die Anspannung aus ihrem Körper weicht und ihre Atmung langsamer wird.

Ich bin ebenfalls kurz davor, einzunicken, doch ein zaghaftes Klopfen an der Tür lässt mich hochschrecken. Ich schaue zu Jane, aber sie scheint es nicht gehört zu haben. Offenbar schläft sie tief und fest.

Vorsichtig stehe ich auf, um sie nicht zu wecken, und gehe zur Tür. Flynn steht davor und ein überraschter Ausdruck huscht über sein Gesicht. »Oh, hey Sven.«

»Hi.« Flynn sieht fast so schlecht aus wie Jane. Auch seine Augen sind gerötet und ein trauriger Ausdruck liegt um seine Mundwinkel. Der Brief nimmt ihn, wie zu erwarten war, genauso sehr mit wie Jane.

»Kann ich kurz reinkommen und mit Jane reden? Es ist wichtig.«

»Sie ist gerade eingeschlafen«, sage ich leise und versperre ihm den Weg.

»Oh, okay.«

»Jane hat mir alles erzählt. Sie macht sich ganz schöne Vorwürfe wegen dieser Sache«, flüstere ich, um Jane nicht aufzuwecken.

Flynn verzieht den Mund und seufzt. »Ich weiß. Gott, es tut mir so leid, wie ich sie angegangen bin. Es in diesem Moment zu erfahren, hat mich komplett erschüttert. Ich wünschte nur, sie hätte es mir eher erzählt.«

»Das wünschte ich auch«, ertönt Janes Stimme hinter mir und ich drehe mich um. Offenbar haben wir sie doch mit unserem Gespräch geweckt.

Flynn schaut zu ihr und geht einen Schritt auf sie zu. »Jane! Können wir bitte reden?« Seine Stimme klingt so verzweifelt wie ihre vorhin.

»Komm rein«, sagt sie, ohne zu zögern. Flynn geht an mir vorbei und Jane kommt auf mich zu.

»Ich gehe dann mal«, murmle ich vor mich hin und fühle mich wie das fünfte Rad am Wagen. »Oder soll ich hierbleiben?«, frage ich, obwohl ich weiß, dass die beiden es untereinander klären müssen.

»Nein, aber kommst du bitte morgen wieder? Wir müssen reden.« Sie klingt ernst und ich befürchte sofort das Schlimmste. Ich nicke lediglich.

Jane kommt noch einen Schritt auf mich zu und stellt sich auf die Zehenspitzen. Sie küsst mich und verscheucht somit zumindest die schlimmsten Befürchtungen. »Bis morgen«, flüstert sie.

»Bis morgen.« Wir sehen uns tief in die Augen, bevor ich ihre Wohnung verlasse und zurück zu meinem Auto gehe.

Jane

Ich kehre zu Flynn zurück, nachdem ich ein paar Mal tief ein- und ausgeatmet habe. »Hi«, murmle ich vorsichtig und wische mir die Tränen aus den Augen.

»Jane, es tut mir so leid. Ich wollte dich nicht so angehen und …«

»Schon gut. Du hattest jedes Recht dazu. Ich habe es dir nicht erzählt, weil ich befürchtet habe, dass du so reagieren würdest. Dass nun ein Brief auftaucht und alles in ein ganz anderes Licht rückt, konnte ich nicht ahnen.« Ich werfe ihm einen verzweifelten Blick zu und er kommt auf mich zu. Als er vor mir steht, umarmen wir uns und lassen unserem Schmerz freien Lauf. Er weint an meiner Schulter und ich an seiner.

Wir beide machen uns auf die eine oder andere Weise dieselben Vorwürfe. Doch wir können nicht mehr ändern, was passiert ist. Wir müssen nach vorne sehen.

Noch eine ganze Weile halten wir uns in den Armen und keiner von uns beiden sagt ein Wort. Ich spüre, dass Flynn mir mein Schweigen verzeiht, und er merkt hoffentlich, dass ich ihm seine harschen Worte nicht nachtrage.

Bevor noch mehr Geheimnisse zwischen uns stehen, erzähle ich auch von dem Deal zwischen Sven und mir, der jedoch zum Glück gelöst wurde. Er sagt nichts dazu, aber ich bin froh, es ihm endlich gebeichtet zu haben, auch wenn es eigentlich nicht mehr relevant ist.

Nach einer schlaflosen Nacht stehe ich früh morgens auf und warte darauf, dass Sven kommt. Ich habe mich die letzten Stunden in meinem Bett nur hin und her gewälzt. Aber ich bin zu einer Entscheidung gekommen. Ob es die richtige ist, weiß ich selbst nicht.

Wenig später klingelt es und ich lasse ihn herein. Schweigend gehen wir ins Wohnzimmer und ich setze mich ihm gegenüber, um von seiner Nähe nicht übermannt zu werden. Svens Blick huscht derweil unruhig zwischen dem Boden und mir hin und her. Offenbar weiß er genauso wenig wie ich, was er sagen soll.

Vergangene Nacht kam es für mich einer Erlösung gleich, als er vor meiner Tür stand. Doch jetzt, nachdem ich mit Flynn alles geklärt habe und er mir auch verziehen hat, schwebt wieder diese Wolke des Streites über Sven und mir. Es schmerzt mich immer noch, dass er mich so abgewiesen hat. Ich dachte, er hätte sich mittlerweile geändert.

»Ist wieder alles okay zwischen dir und Flynn?«, beginnt er das Gespräch und ich nicke.

Sven reibt mit einer Hand verlegen über seinen Nacken und weicht erneut meinem Blick aus. »Es tut mir leid, wegen unseres Streits«, sagt er schließlich. »Du bedeutest mir so viel, Jane, und ich habe das zwischen uns einfach mit Füßen getreten.« Kurz sieht er zu mir, doch ich sage noch immer nichts. »Ich war in diesem Moment so wütend, dabei habe ich mir das alles selbst eingebrockt.«

»Was ist, wenn du mich irgendwann erneut dafür verantwortlich machst, dass Flower verkauft wurde?«, frage ich leise und er seufzt.

»Das wird nicht passieren. Das verspreche ich dir.«

»Sicher?«

»Natürlich. Ich weiß in letzter Zeit nur nicht, wo mir der Kopf steht. Alles, was ich bisher hatte, bricht wie ein Kartenhaus zusammen.« Seine Stimme klingt verzweifelt, aber ich habe mir gestern Nacht selbst geschworen, dass ich seine Entschuldigung nicht so selbstverständlich hinnehme. Er muss sich klar werden, dass er so nicht mit mir umspringen kann.

»Vielleicht ist es besser, wenn du darüber nachdenkst, was du wirklich willst.« Ich muss mich zwingen, die Worte auszusprechen, doch es muss sein. Er kann mir nicht Sachen an den Kopf werfen, für die ich nichts kann, sich anschließend tagelang nicht melden und dann vor meiner Tür stehen und erwarten, dass ich ihm sofort verzeihe. Wäre er direkt am nächsten Tag gekommen, wäre es vermutlich etwas anderes gewesen.

»Was willst du mir damit sagen, Jane?« Ich presse die Lippen zusammen und unterdrücke die Tränen in meinen Augen. »Jane?«, fragt er panisch.

»Etwas Abstand würde uns guttun«, antworte ich mit fester Stimme und Sven holt laut Luft. »Ich will, dass du dir überlegst, ob du mich wirklich willst oder ob ich nur eine Art Spielball für dich bin, den du hin und her schubsen kannst.«

»Du bist für mich kein Spielball!«

»Denk bitte genau nach. Ich will nicht, dass dein Vater zwischen uns steht, aber das tut er momentan. Alles, was er macht, wirkt sich auf uns aus.«

»So ist es nicht. Mein Vater ist mir egal. Hätte ich den Deal zwischen uns beendet, wenn dem nicht so wäre?«

»Und dennoch hast du mich direkt für etwas verantwortlich gemacht, als dein Vater dir wieder Steine in den Weg gelegt hat. Ich glaube, es ist besser, wenn du jetzt gehst.«

»Jane, bitte. Ich …«

»Bitte«, flüstere ich und er kommt zögernd meiner Aufforderung nach. Mit schlurfenden Schritten geht er Richtung Wohnungstür und scheint darauf zu hoffen, dass ich ihn zurückrufe, doch ich tue es nicht, obwohl es mich meine gesamte Kraft kostet.

Wenn das zwischen uns eine Zukunft haben soll, muss er sich endlich seinem Vater stellen. Merkt er denn nicht, dass er sich wie ein kleines Kind manipulieren lässt? Die Beziehung zwischen uns, oder was auch immer das ist, stand von Anfang an unter keinem guten Stern.

Ich höre, wie die Tür geöffnet wird, und eine erste Träne rollt über meine Wange. *Es wäre alles leichter, wenn Sven mir nicht so viel bedeuten würde,* denke ich traurig.

»Jane? Nimm bitte nicht an dem Turnier am Samstag teil«, murmelt er und ich horche auf. Er zögert einen Moment, als würde er noch etwas sagen wollen, doch er scheint es sich anders zu überlegen. Einen Augenblick später wird die Tür geschlossen.

Ratlos bleibe ich allein auf meinem Sofa zurück und frage mich, warum er das gesagt hat.

35. Kapitel

Sven

Ich schleppe mich nach Hause und bin anschließend nicht ganz bei der Sache, als ich Candy longiere. Janes Worte wollen mir nicht aus dem Kopf gehen. Sie hat tatsächlich recht. Ich lasse mich von meinem Vater hin und her schubsen, ohne etwas dagegen zu unternehmen. Zum krönenden Abschluss lasse ich meine Stimmung dann auch noch an ihr aus. Dabei kann sie nichts dafür. Ich bin der Einzige, der Schuld hat, und zwar wegen meiner Unfähigkeit, zu akzeptieren, dass mein Vater ein Arschloch ist.

Aus welchem Grund auch immer kann ich es ihm niemals recht machen. Mir wird bewusst, dass ich auf diesem Hof nicht mehr glücklich werde. Mein Vater akzeptiert mich niemals als gleichberechtigten Geschäftspartner und wird auch weiterhin seine Launen an mir auslassen. Wozu soll ich meine Kraft und Energie also weiter in seine Pferde stecken, wenn ich nichts davon habe, außer Spott und Ärger?

Ich sehe Candy zu, wie sie im Kreis um mich herum trabt und dabei schnauft. Es schmerzt mich, dass ich, wenn ich meinen Entschluss wirklich durchziehe, auch sie verliere. Neben Flower war sie mein liebstes Pferd hier und ich kenne sie, seitdem sie ein Fohlen war.

Janes Gesicht taucht vor meinem inneren Auge auf und ich würde am liebsten direkt zurück zu ihr fahren. Aber sie braucht Zeit. Wenn ich jetzt bei ihr aufkreuzen und meinen Entschluss darlegen würde, dann würde sie mir sowieso nicht glauben. Sie würde denken, dass es nur ein Hirngespinst ist und ich es mir ein paar Tage später wieder anders überlege, aber so ist es nicht. Ich werde diesem Hof so schnell wie möglich den Rücken kehren und von hier verschwinden.

Euphorie breitet sich bei diesem Gedanken in meinem Körper aus und ich schnalze mit der Zunge, um Candy anzutreiben. Sie springt in den Galopp.

Bevor ich jedoch meinen Entschluss umsetzen kann, muss ich noch das Turnier am Samstag mitmachen. Ich muss meinen Vater im Auge behalten, damit er Jane nicht doch Doping unterjubelt. Sofern sie wirklich mitmacht. Vielleicht nimmt sie meinen Ratschlag ernst und startet nicht.

Ich verziehe den Mund, als ich mich selbst daran erinnere, wie ehrgeizig sie ist. Sie wird auf jeden Fall teilnehmen, um es allen zu zeigen. Ganz besonders mir. Am liebsten würde ich ihr von dem Vorhaben meines Vaters erzählen, aber dann würde ich mir eingestehen, dass er tatsächlich der Mistkerl ist, für den ihn alle halten. Irgendetwas wehrt sich da tief in mir und doch … Ich schüttle mit dem Kopf. Vielleicht überlege ich es mir noch anders.

All die Jahre habe ich gedacht, mein Vater wäre ein ehrlicher Mann. Jetzt frage ich mich immer mehr, ob er das jemals war. Ich seufze und pariere Candy wieder in den Trab durch. Nach ein paar Runden lasse ich sie in den Schritt gehen und bringe sie anschließend raus.

»Ach, Süße. Am liebsten würde ich dich mitnehmen«, murmle ich und Candy sieht mich aus ihren großen Augen freundlich an. Ich streiche über ihren Schopf und führe sie in ihre Stallung. Als ich an Flowers Box vorbeikomme, wende ich schnell den Blick ab. Ich kann es immer noch nicht fassen, dass er sie verkauft hat.

Schnell schiebe ich den Gedanken beiseite, führe Candy hinein und lege ihr eine Decke auf den Rücken. Bevor ich mich dem nächsten Pferd widme, gebe ich noch eine Schippe Hafer in ihren Trog. Sie stürzt sich darauf und ich reibe mir über das Gesicht, während ich zu einem Pferd gehe, das bei uns untergestellt ist und das ich bewegen soll. Mit einem Mal fühle ich mich unendlich müde und würde mich am liebsten einfach auf mein Sofa verkriechen.

Hoffentlich ist bald Samstag, sodass ich von hier verschwinden kann, denke ich mir bitter, putze mechanisch das Pferd und reite es anschließend.

Jane

Ich starre das Handy in meiner Hand an und die Sicht verschwimmt vor meinen Augen. Sven hat mir geschrieben. Mal wieder. Seitdem wir uns vor drei Tagen das letzte Mal gesehen haben, schreibt er jeden Morgen und Abend. Er bittet mich um Verzeihung und will mich sehen. Zu gerne würde ich darauf eingehen, doch ich kann nicht. Das mit uns kann auf Dauer nicht gut gehen. Er muss erst mit sich und seinem Vater diese ganzen Konflikte wegen des Hofs und Cajou klären. Hätte er das bereits getan, wäre er mit Sicherheit schon persönlich hier aufgetaucht und hätte mir nicht bloß geschrieben.

Obwohl es das Vernünftigste ist, schmerzt es mich. Die Sehnsucht nach ihm frisst mich innerlich bald auf und in jedem Mann, der auf den Hof kommt, sehe ich ihn. Mittlerweile frage ich mich, ob ich nicht langsam durchdrehe. Wundern würde es mich nicht.

Ein letztes Mal lese ich mir seine Nachricht durch, bevor ich mein Handy einstecke, ohne ihm zu antworten, und in den Stall gehe. Übermorgen findet das große Turnier statt und ich will heute noch mal einen Parcours mit Cajou springen. Morgen werde ich ihn dann nur locker longieren, damit er genug Kraft für Samstag hat.

Es handelt sich um ein großes und vor allem wichtiges Event. Für Flynn und den Hof wäre es gute Werbung, wenn ich erfolgreich abschneide. Gerade, weil ich beim letzten Turnier ausgeschieden bin. Vier andere Reiterinnen aus unserem Stall nehmen ebenfalls teil, aber es würde mich mit Stolz erfüllen, wenn ich diejenige bin, die am besten abschneidet.

Mein Herz pocht aufgeregt, wenn ich daran denke, dass Sven übermorgen ebenfalls teilnehmen wird. Bevor ich länger über ihn nachdenke, gehe ich in die Reithalle und baue mir ein paar Hindernisse auf.

Flynn wollte gleich kommen, um mir zu helfen. Das Verhältnis zwischen uns ist noch nicht so wie vorher, aber so langsam wird es. Ich mache mir mittlerweile nicht mehr ganz so schlimme Vorwürfe, dass ich Landons Krankheit nicht mitbekommen habe. Wie auch? Wenn Landon etwas verschweigen wollte, hat er das hervorragend hinbekommen.

Bestes Beispiel ist sein Bruder, denke ich mir und just in diesem Moment kommt Flynn zur Halle herein.

»Du hast ja schon angefangen!«, ruft er mir zu.

»Ja. Ich wollte acht Hindernisse aufbauen. Für mehr reicht leider der Platz nicht.« Flynn nickt und packt schließlich mit an. Nach ein paar Minuten haben wir alles aufgebaut und ich gehe zu Cajou, um ihn fertig zu satteln.

Wenig später laufe ich mit ihm in die Halle, setze mir die Kappe auf und Flynn hält Cajou fest, während ich aufsteige. Cajou tänzelt nervös hin und her, sodass ich die Zügel kürzer nehmen muss. Ich reite ein paar Runden Schritt, bis er sich einigermaßen beruhigt hat. Erstaunlich, wie schnell das inzwischen geht. Früher wäre er ausgeflippt und hätte versucht mich abzuwerfen. Davon ist nicht mehr viel übrig. Klar, er ist nach wie vor nervös, wenn Leute um ihn herum sind, doch er lässt sich dann immer schnell wieder beruhigen.

Ich trabe an und muss lächeln, als ich spüre, wie willig er mitmacht. All die Verzweiflung und der Frust, der letzten Tage fällt von mir ab. Sobald ich in den Sattel von Cajou steige, fühle ich mich frei und geborgen. Ein Gefühl, das ich vorher nur bei meinem verstorbenen Pferd Soraya hatte.

»Läuft heute gut, nicht wahr?«, ruft mir Flynn zu und ich nicke stolz. Für einen Moment glaube ich, Landon vor mir zu sehen, doch es war lediglich ein Hirngespinst. Ich frage mich, während ich mit Cajou durch die Halle trabe, ob er stolz wäre. Würde er es gut finden, wie ich meinen Weg gegangen bin?

Ich glaube, ja, denke ich mir und sitze den schwungvollen Trab von Cajou aus.

Als ich auf dem Zirkel abwende, lege ich mein äußeres Bein ein Stück nach hinten und Cajou springt sofort in den Galopp. »Baust du bitte den einen

Steilsprung zu einem kleinen Kreuz um?«, frage ich Flynn, während ich an ihm vorbeirausche, und er nickt.

Für einen Moment überlege ich, ob er überhaupt weiß, was ich meine, da er mit Pferden und dem Springreiten nach wie vor nicht viel zu tun hat. Doch er baut den Sprung richtig auf und ich pariere in den Trab durch und reite darauf zu.

Cajou zieht stark an und ich erinnere mich an Svens Ratschlag, den er mir vor ein paar Wochen gegeben hat. Ich nehme die Zügel an, sitze die schnellen Schritte aus und halte ihn so zurück. Er springt zwar immer noch zu hastig darüber, aber nicht so unkontrolliert, wie er es vorher getan hätte.

Ich trabe eine Runde auf dem Zirkel, bevor ich erneut auf das Hindernis zureite. Dieses Mal springt Cajou gelassen darüber und ich bitte Flynn, es wieder zu einem kleinen Steilsprung zu bauen. Stillschweigend verlaufen so die nächsten Minuten. Ich springe, Flynn baut um und Cajou macht brav all das, was ich von ihm verlange.

Nachdem ich einmal den kompletten Parcours gesprungen bin, klopfe ich lobend Cajous Hals. »Erhöhe bitte jeden Sprung um drei Loch.« Flynn nickt und legt die Stangen höher. Nun ist es annähernd die Höhe, die der Parcours am Samstag haben wird. Ein bisschen Bammel macht sich in mir breit, wenn ich an das bevorstehende Turnier denke. Was ist, wenn ich versage?

»Okay, fertig!«, ruft Flynn und reißt mich aus meinen Gedanken. Ich treibe Cajou an und reite auf das erste Hindernis zu. Wir werden es schaffen. Das muss ich einfach.

Sven

Unschlüssig starre ich auf mein Handy. Soll ich Jane erneut schreiben? Ich habe es in den letzten Tagen schon so oft versucht und sie hat nicht ein Mal geantwortet. Gott, ich komme mir vor wie ein dämlicher Teenager und nicht wie ein erwachsener Mann. Normalerweise renne ich keiner Frau hinterher, aber bei Jane ist es etwas anderes. Ich muss sie einfach sehen und mit ihr reden.

Kurzentschlossen nehme ich meine Autoschlüssel und laufe zu meinem Wagen. »Sven! Wo zum Teufel willst du hin?« Die Stimme meines Vaters lässt mich innehalten und ich drehe mich mit hochgezogenen Augenbrauen um. In den letzten Tagen hat sich mein Entschluss nicht verändert. Ganz im Gegenteil, ich kann es gar nicht erwarten, endlich von hier zu verschwinden. *Nur noch zwei Tage,* sage ich mir, bevor ich einen Schritt auf meinen Vater zugehe.

»Was ist?«, frage ich schlecht gelaunt und für eine Sekunde huscht ein verwirrter Ausdruck über sein Gesicht.

»Es muss ein neuer Heuballen in den Stallgang gefahren werden. Es wird gleich dunkel, also kümmere dich gefälligst darum«, herrscht er mich an, doch ich zucke nicht einmal mit der Wimper.

»Nein.« Ohne ein weiteres Wort drehe ich mich um und gehe zu meinem Auto. Eine Hand, die mich an der Schulter zurückhält, lässt mich taumeln. Irritiert wende ich mich meinem Vater zu. »Was soll das?«, fahre ich ihn an und bemerke, dass sein Gesicht eine rote Farbe angenommen hat.

»Ich sagte, du sollst einen neuen Heuballen in den Stallgang fahren!«

»Und ich sagte: Nein!«, knurre ich und starre demonstrativ auf seine Hand, die nach wie vor auf meiner Schulter liegt. Er bemerkt meinen Blick und nimmt sie endlich weg.

»Sven«, zischt er, doch ich gehe nicht darauf ein und wende mich zu meinem Auto. Er soll ruhig merken, dass er nicht länger so mit mir umspringen kann. »Erledige wenigstens die Sache am Samstag für mich!«, ruft er mir hinterher, nachdem ich immer noch nicht reagiert habe, doch ich schüttle bloß mit dem Kopf. Ganz sicher werde ich diese Dopingsache nicht für ihn durchziehen. Es ist sowieso Wahnsinn, was er vorhat.

»Ich bin nicht so ein Betrüger wie du!«, antworte ich und steige schließlich in meinen Wagen. Im Rückspiegel sehe ich, wie er mir mit einem grimmigen Blick hinterherschaut. Offenbar hat er nicht damit gerechnet, dass ich ihm mal die Stirn biete. Ich beschließe, sobald ich zurück bin, diese dämliche Dopingsalbe wegzuschmeißen.

Als ich wenig später bei Jane im Stall ankomme, verharre ich für einen Moment im Auto, bevor ich aussteige. Ich will nicht, dass Jane das Gefühl hat, ich würde sie bedrängen. Andererseits möchte ich aber auch, dass sie weiß, dass ich um sie kämpfe. Verdammt, ich wollte ihr eigentlich längst sagen, dass ich sie liebe. Aber ständig kommt etwas dazwischen und bedroht unser Glück.

Nachdem ich all meinen Mut zusammengenommen habe, steige ich aus. Ich kann mich nicht erinnern, wann ich jemals so nervös war, mit einer Frau zu reden. Doch jetzt bin ich das reinste Nervenbündel.

Ich werfe die Tür hinter mir ins Schloss und gehe auf den Stall zu. Aus dem Augenwinkel bemerke ich, wie jemand mir entgegenkommt. Ich sehe nach links und registriere, dass es Flynn ist.

»Hallo Flynn!«, rufe ich ihm freundlich zu und er nickt. Mir fällt auf, dass er nicht mehr so erschöpft wirkt wie noch vor ein paar Tagen.

»Hallo Sven.«

»Ich wollte gerade zu Jane. Ist sie im Stall?«, erkundige ich mich und Flynn schaut mich durchdringend an. »Ist irgendetwas?«, frage ich misstrauisch und er gibt ein leises Seufzen von sich.

»Es tut mir leid, dir das so zu sagen, aber ich würde es besser finden, wenn du nicht zu ihr gehst.«

Ich verschränke abwehrend meine Arme vor der Brust. »Wieso?«

»Sie war die letzten zwei Tage ziemlich fertig und ich würde es nicht gut finden, wenn du sie jetzt abermals durcheinanderbringst«, bittet er mich.

»Wieso sollte ich sie durcheinanderbringen?« Meine Stimme klingt angespannt und ich sehe ihn aus schmalen Augen an.

»Das Turnier findet übermorgen statt und ich möchte, dass sie sich voll und ganz darauf konzentriert. Ich will nicht noch einen Menschen verlieren, weil er Cajou nicht handhaben kann, da er mit den Gedanken woanders ist.«

Mein Mund klappt auf, um etwas zu sagen, doch ich überlege es mir anders. Vielleicht hat er recht. »Hm«, brumme ich und Flynn kommt einen Schritt auf mich zu. Er klopft mir sanft auf die Schulter und sieht in diesem Moment plötzlich älter aus, als er ist. Er wirkt wie dreißig und nicht wie Mitte zwanzig.

»Ich meine es nicht böse, Sven. Es ist nur eine Bitte. Wenn du sie nicht befolgen möchtest, kann ich das nicht ändern.«

»Schon gut. Vielleicht ist es besser, wenn ich noch Abstand zu ihr halte.«

»Jane vermisst dich wirklich, aber ich glaube, sie weiß gerade selbst nicht, was sie fühlen soll.«

»Richte ihr bitte aus, dass mir alles sehr leid tut, okay?«

»Mach ich.«

Dankend nicke ich, bevor ich zurück zu meinem Auto gehe. Obwohl ich am liebsten zu ihr gegangen wäre, hat Flynn recht. Leider.

Als ich wenig später daheim ankomme und in mein Haus gehe, bemerke ich sofort, dass die Salbe von der Flurkommode verschwunden ist. Ich habe sie tagelang nicht angerührt und sie lag immer an derselben Stelle. Es bleibt also nur die Möglichkeit, dass sie jemand entwendet hat. Ein unangenehmes Gefühl breitet sich in meinem Körper aus und mir wird bewusst, dass es ein Fehler war, sie nicht gleich wegzuschmeißen. Dabei habe ich sie doch nur aufbewahrt, damit mein Vater sie nicht nutzen kann.

36. Kapitel

Sven

Anspannung macht sich in mir breit und ich wippe nervös mit dem Knie auf und ab. Mein Vater fährt heute den großen Pferdetransporter, sodass ich keine Möglichkeit habe, mich abzulenken. Mit ihm unterhalten möchte ich mich jedoch keinesfalls. Also bleibt mir nichts anderes übrig, als aus dem Fenster zu starren.

Das Turnier ist knapp eine Fahrstunde von unserem Hof entfernt. Siebzig Reiter nehmen an der großen Prüfung teil, sodass wir schon beizeiten losgefahren sind. Als Erstes gehe ich heute mit Candy an den Start und danach mit Kalendu. Ein junger Hengst, mit dem ich mich ebenfalls qualifiziert habe. Eigentlich müsste ich mich freuen, dass ich am Turnier teilnehmen kann, doch dem ist nicht so.

Ich kann nur an Jane, Cajou und das denken, was mein Vater vorhat. Gestern haben wir erneut darüber gestritten und er will nach wie vor, dass ich es tue. Sobald wir ankommen, muss ich Jane ausfindig machen und sie warnen, sie am besten zusätzlich im Auge behalten, sodass mein Vater nicht an Cajou herankommt. Der Plan klingt selbst in meinen Ohren wacklig und ich frage mich, warum ich ihr nicht schon eher von dem Doping erzählt habe. Wahrscheinlich, weil ich immer noch daran glaube, dass mein Vater es nicht tun wird.

Mein Handy vibriert in der Hosentasche und ich hole es heraus. Es ist Damian, der mir viel Erfolg wünscht. Ich bedanke mich und stecke das Smartphone wieder ein. Die letzten zwei Tage habe ich fast ausschließlich bei ihm verbracht. Ich bin nur zum Schlafen und um die zwei Pferde, die ich heute reite, zu trainieren, heimgefahren. Alles andere geht mich nichts mehr an. Mental habe ich schon mit dem Hof und meinem Vater abgeschlossen. Gut möglich, dass er schon ahnt, was ich vorhabe, aber bisher hat er mich nicht darauf angesprochen.

»Alles in Ordnung, Junge?«, fragt mich mein Vater und reißt mich somit aus meinen Gedanken.

Mit hochgezogenen Augenbrauen sehe ich zu ihm hinüber. Ich antworte nicht, sondern nicke lediglich. Danach starre ich wieder aus dem Fenster. Ich höre, wie er seufzt, gehe jedoch nicht darauf ein. Dieses angespannte Verhältnis zwischen uns hat er sich selbst eingebrockt. Ich war immer der Sohn, der zu ihm aufgesehen und nach seiner Aufmerksamkeit und Zustimmung gelechzt hat, doch das ist jetzt vorbei. Für immer.

Als wir ankommen und mein Vater eingeparkt hat, fliehe ich förmlich aus dem Wagen. Ich gehe zum Anhänger und sehe nach den Pferden. Neugierig gucken mich beide an und schnauben aufgeregt. Ich mache die Tür wieder zu und schaue mich um. Es herrscht hektisches Treiben und der ganze Parkplatz steht mit Anhängern voll. Auf den ersten Blick kann ich Jane nirgendwo ausmachen.

»Gehen wir zum Richterturm?«, fragt mich mein Vater und bleibt vor mir stehen.

»Ich gehe. Was du machst, interessiert mich nicht«, sage ich kalt und vergrabe meine Hände in den Taschen. Der eisige Wind zerrt an meiner Jacke.

»Was soll das?«, fragt er mich, bevor ich verschwinden kann, und ich lache kurz auf.

»Wenn du das selbst nicht weißt, ist es sowieso egal.«

Ich gehe eilig an ihm vorbei und laufe in Richtung Richterturm. Ein paar Reiter, die ich kenne, kommen mir entgegen und ich nicke ihnen freundlich zu. Einige sehen so aus, als würden sie gerne ein Gespräch mit mir anfangen wollen, doch ich gehe nicht darauf ein. Als ich bei der Meldestelle ankomme, gebe ich Bescheid, dass ich heute teilnehme, und schaue anschließend nach, wann ich dran bin. Mit Candy starte ich als vierundzwanzigster Reiter und mit Kalendu als Letzter. Also genügend Zeit dazwischen, um die Pferde ordentlich warmzureiten. Mein Blick gleitet erneut über die Liste und mein Puls rast, als ich Janes Namen lese. Sie ist als fünfzehnte dran.

Verdammt, ich muss sie sehen. Sofort. Die letzten Tage haben sich wie Kaugummi gezogen und ich kann nur noch daran denken, sie endlich zu küssen.

Ich halte es nicht länger aus. Auch wenn ich Flynn versprochen habe, sie erst nach dem Turnier aufzusuchen. Bevor ich es mir anders überlege, schaue ich kurz in der Halle, wo sich der Abreiteplatz befindet, vorbei, bevor ich wieder Richtung Parkplatz gehe. Nirgendwo ist sie zu sehen. Gerade als ich die Hoffnung aufgeben und zurück zu meinem Hänger laufen will, erblicke ich sie. Sie steht mit einem älteren Mann zusammen und unterhält sich mit ihm. Am liebsten würde ich auf sie zurennen, doch ich beherrsche mich und gehe langsam zu den beiden.

Der ältere Mann nickt mir zu, als er mich sieht. Wahrscheinlich kennt er mich irgendwoher. Kein Wunder, mein Vater ist ziemlich bekannt, also bin ich es irgendwie auch. Jane dreht ihren Kopf in meine Richtung und ihr Blick wird von meinem wie magisch angezogen. Als sie ihren linken Mundwinkel zaghaft anhebt und mich anlächelt, fällt mir ein Stein vom Herzen. Ich gehe weiter und der Mann verabschiedet sich von ihr. Er nickt mir erneut zu, bevor er verschwindet. Jane und ich sehen uns an, doch keiner von uns beiden überbrückt den letzten Abstand. Warum, weiß ich selbst nicht, aber ich bin in diesem Moment zu nichts anderem fähig, als sie einfach nur zu betrachten. Mein Herz pocht aufgeregt und es kribbelt mir in den Fingern, sie endlich zu berühren.

Während wir uns weiter anschauen, kommt es mir so vor, als würde dieser dämliche Streit gar keine Rolle mehr spielen. Es gibt einen ganz anderen Grund, weshalb mich Jane nicht sehen wollte. Sie wollte, dass ich mir sicher bin mit dem, was ich möchte. Und verdammt, ich weiß jetzt genau, was ich will.

»Hi«, sagt sie leise und ich muss lächeln. Der Bann zwischen uns ist gebrochen und ich bin mit einem großen Schritt nahe vor ihr. Ich lege meine Hände um ihre Taille und ziehe sie an mich. Sie schlingt ihre Arme um meinen Hals und plötzlich ist alles andere um uns herum egal.

Die Leute, die uns so sehen, sind mir egal. Das Turnier ist mir egal, ja, sogar das Gerede, das jetzt wohl entstehen wird. Das Einzige, was zählt, ist Jane in meinen Armen. »Ich habe dich vermisst«, murmle ich und beuge meinen Kopf ihrem entgegen.

»Ich dich auch. Sehr.« Sie leckt sich über die Lippen und Erregung breitet sich in mir aus, als sie das tut. »Weißt du endlich, was du willst?«

»Das wusste ich schon immer«, antworte ich ihr und küsse sie. Fordernd presse ich meine Lippen auf ihre, damit sie spürt, wie viel sie mir bedeutet. Ihre Finger graben sich in meine Haare und ich presse sie fest an mich. Als ich mich von ihr löse, erkenne ich einen glücklichen Ausdruck in ihren Augen, sodass ich es nicht länger für mich behalten kann. »Ich liebe dich, Jane.«

Ihre Kinnlade klappt runter und sie sieht mich erstaunt an. »Was?«, fragt sie verblüfft.

»Ich liebe dich«, wiederhole ich und streiche ihr eine Strähne aus dem Gesicht. »Ich weiß, es kommt sehr überraschend, aber …«

Sie legt ihren Finger auf meine Lippen und ich verstumme. »Kein Aber. Ich liebe dich auch, Sven.«

Ein Lächeln breitet sich auf meinen Lippen aus und ich würde vor Freude am liebsten laut jubeln. »Wirklich?«

»Wirklich!«

»Gott, du weißt gar nicht, wie glücklich du mich damit machst«, flüstere ich und lehne meine Stirn an ihre.

»Es tut mir leid, dass ich mich nicht gemeldet habe, aber ich brauchte Zeit, um nachzudenken, und du auch.«

»Du hattest recht. Ich habe viel gegrübelt in den letzten Tagen.« Ich lehne mich etwas nach hinten, um sie besser ansehen zu können. »Ich erzähle dir nach dem Turnier was ich damit meine. Versprochen.«

Sie nickt und gibt mir einen sanften Kuss. Es scheint, als würde sie, genauso wie ich, die letzten Tage nachholen wollen.

»Viel Glück mit Cajou. Du schaffst das und ich glaube an dich.«

»Wirst du mir zuschauen?«, fragt sie leise und sieht mich unsicher an.

»Natürlich. Ich feuere dich sogar lautstark an.«

Sie lacht und es ist das schönste Geräusch, das ich in den letzten Tagen gehört habe. »Also ist alles gut zwischen uns?«, fragt sie zaghaft und ich streichle mit meinem Handrücken über ihre Wange.

»Natürlich«, flüstere ich. Der Gedanke an das Doping kommt mir, doch ich verdränge ihn. Ich kümmere mich um meinen Vater und sein irrwitziges Vorhaben. Sie muss davon nichts erfahren. Jane schaut mich musternd an, als wüsste sie, wohin meine Gedanken führen. Ich streiche ihr erneut über die Wange und küsse sie.

Mit großen Schritten gehe ich zurück zu meinem Transporter. Das Lächeln will gar nicht von meinem Gesicht verschwinden. Zu gerne wäre ich noch länger bei Jane geblieben, jedoch muss ich mich fertig machen, und wir stehen so weit voneinander entfernt, dass ich fast zehn Minuten bis zurück zu unserem Hänger benötige. Eigentlich wollte ich sie im Auge behalten, aber das wird wohl nun nichts. Ich sollte mich mit dem Satteln beeilen und so schnell wie möglich wieder ihre Nähe suchen.

Am Hänger angekommen, ist nichts von meinem Vater zu sehen. Ein mulmiges Gefühl macht sich in meinem Magen breit und ich hoffe, dass er keine Dummheiten anstellt.

Glücklicherweise hat er es nicht geschafft, meine Beziehung mit Jane zu zerstören. Ich denke an unsere Versöhnung zurück und fühle mich wie der glücklichste Mensch auf Erden. Jetzt muss ich nur noch das Turnier hinter mich bringen und dann kann unsere gemeinsame Zukunft starten.

Ich klappe die Laderampe auf und führe Candy herunter. Sie bewegt ihre Ohren aufgeregt hin und her und sieht sich neugierig um. Ansonsten bleibt sie ruhig. Kein Wunder, sie war schon so oft mit auf Turnieren, dass es für sie fast Normalität ist. Nachdem ich sie abgeladen habe, binde ich sie an der Seite des Hängers an und hole mein Putzzeug heraus.

Während ich sie bürste, bemerke ich aus dem Augenwinkel, wie mein Vater zurückkommt. Wenn er hier bei mir ist, kann er zumindest nicht seine diabolischen Pläne vollziehen.

»Nette Show, die du vorhin abgeliefert hast«, brummt er und ich ziehe verständnislos eine

Augenbraue nach oben. »Diese theatralische Versöhnung mit Jane«, klärt er mich auf.

Der bissige Unterton in seiner Stimme lässt mich die Fäuste ballen, doch ich putze weiter und sage nichts dazu. »Hör zu, Sven. Ich gebe dir noch eine Chance, diese Sache zu erledigen.«

Bei seinen Worten macht sich erst etwas Erleichterung in mir breit, denn es bedeutet, dass er es noch nicht durchgezogen hat. Zeitgleich halte ich fassungslos inne und starre ihn entsetzt an, da ich tief im Innern gehofft hatte, er hätte seine Pläne verworfen.

»Ich werde das nicht tun und du auch nicht! Es ist verrückt und obendrein illegal!«, sage ich hitzig.

»Aber es sichert uns den Sieg und sorgt dafür, dass Cajou keine Bedrohung mehr für uns darstellt. Jane wird gesperrt und wir …«

»Es gibt kein Wir«, unterbreche ich ihn harsch und gehe auf ihn zu.

»Wenn du Cajou diese Salbe aufträgst, bekommst du den Hof.« Meine Kinnlade klappt runter und ich traue meinen Ohren kaum. Hat er das gerade wirklich gesagt?

»Was?!«

»Du hast mich schon verstanden. Ich trage dich gleich Montag als Mitbesitzer ein und hole dir Flower zurück. Aber du musst jetzt mitspielen und das für mich erledigen, klar?« Sein Blick bohrt sich in meinen.

»Dad, ich … Ich liebe Jane. Ich kann das nicht tun.«

Er seufzt und schüttelt mit dem Kopf. »Die Salbe liegt im Handschuhfach. Du hast noch ein paar Minuten Zeit, um das durchzuziehen. Ich verlasse mich auf dich. Also fäll die richtige Entscheidung«, fährt er mich an. »Lass dir nicht von so einer Frau diese einzigartige Chance nehmen. Was soll an ihr schon so besonders sein?«

Nicht imstande, auch nur ein Wort hervorzubringen, sehe ich ihn einfach an.

»Fäll die richtige Entscheidung, Sven«, sagt er erneut und geht.

Ich starre ihm hinterher und erst Candy, die mich mit ihrem Kopf anstupst, holt mich aus der Trance zurück. In diesem Moment entscheide ich, was ich tun soll.

37. Kapitel

Jane

Cajou tänzelt nervös unter mir hin und her. Er schlägt aufgebracht mit seinem Schweif und seine Ohren bewegen sich in jede Richtung. »Ganz ruhig, Hübscher«, murmle ich und tätschle seinen Hals.

Wahrscheinlich ist Cajou so aufgeregt, weil ich es bin. Nur noch ein Reiter ist vor uns an der Reihe und ich spüre, wie meine Hände zittern. Von dem heutigen Turnier hängt so viel ab. Es könnte mich wieder in den Spitzensport katapultieren oder mir einmal mehr aufzeigen, dass ich nicht dafür geschaffen bin. Ich straffe die Schultern und setze bei diesem Gedanken einen entschlossenen Gesichtsausdruck auf. Auf gar keinen Fall lasse ich mich so einfach unterkriegen.

Ich schaue mich nach Sven um, doch noch immer ist er nirgendwo zu sehen. Nicht einmal auf dem Abreiteplatz war er. Sehr seltsam. Ob irgendetwas passiert ist?

Vielleicht geht eines seiner Pferde lahm, denke ich mir und lasse die Angst tief in meinem Inneren gar nicht erst zu.

Flynn taucht neben mir auf und klopft Cajous Hals. »Ihr zwei packt das. Ich glaube an euch«, sagt er stolz und strahlt mich an. Der Kloß in meinem Hals sorgt dafür, dass ich nur nicken kann. Er klopft mir noch einmal auf mein Bein, dann wird das Ergebnis des letzten Reiters verkündet. Es ist für mich das Zeichen, dass ich einreiten kann. Ich treibe Cajou an und er läuft hinein.

Jemand ruft meinen Namen und ich drehe meinen Kopf nach links. Ich sehe, dass es Sven ist, und lächle ihm zu. Er lächelt jedoch nicht, sondern starrt mich nervös an.

Vielleicht ist er nur aufgeregt, denke ich mir und reite hinein.

Eine Gänsehaut breitet sich auf meinen Armen aus, als ich die vielen Zuschauer in der Halle registriere. Alle starren mich an, und dennoch ist plötzlich meine Nervosität verflogen und ich konzentriere mich nur auf das Pferd unter mir.

Cajou schnaubt, bleibt ansonsten allerdings ruhig. Die Richter sagen Cajous und meinen Namen an und ich nicke ihnen schließlich zu. Die Zuschauer um mich herum nehme ich nur noch halb wahr. Es fühlt sich an, als würde alles wie bei einem Film ablaufen.

Ich nehme die Zügel auf, gebe Cajou das Zeichen zum angaloppieren und reite eine Zirkelrunde. Danach steure ich auf das erste Hindernis zu. Ich atme tief durch, treibe Cajou an und wir überwinden den Sprung. Auch der weitere Parcours läuft wie am Schnürchen. Erst als ich den tosenden Applaus höre, kehre ich in die Realität zurück.

Ein Blick hoch zu dem Bildschirm sagt mir, dass ich einen fehlerfreien Ritt und eine hervorragende Zeit hingelegt habe. Ich strecke den Arm nach oben und grinse über das ganze Gesicht. Lobend klopfe ich Cajous Hals und reite unter dem Klatschen der Zuschauer nach draußen.

»Jane! Wow! Das war perfekt!«, ruft Flynn aufgeregt und kommt auf mich zu. Ich steige ab und umarme ihn kurzerhand.

»Er ist so gut gelaufen! Ich kann es noch gar nicht wirklich glauben«, sage ich halb lachend, halb weinend.

Sven tritt neben mich. »Du warst super, Jane«, sagt er lobend, bleibt jedoch auf Abstand. Sein Gesichtsausdruck ist ernst und ich frage mich, was los ist.

Bevor ich darüber nachdenken kann, tauchen plötzlich zwei Männer und eine Frau vor mir auf. »Ms Walker, wir müssten Sie bitten, mit Ihrem Pferd mitzukommen.«

Überrumpelt sehe ich die drei an. »Wer sind Sie?«, frage ich verwirrt.

»Wir sind auf diesem Turnier für die Dopingkontrolle verantwortlich«, antwortet die Frau und ich folge ihnen schließlich. Auch wenn ich mich frage, warum sie ausgerechnet mich prüfen wollen.

Ich schaue noch einmal kurz nach Sven und bemerke, dass sein Gesicht aschfahl ist. Was hat er nur?

Man führt Cajou und mich nach draußen, wo es etwas ruhiger ist. Sie stellen sich mir vor, doch ich kann mir ihre Namen nicht merken. Das Einzige, was hängen bleibt, ist *Tierarzt* und *Kontrolleure*.

»Entschuldigung, aber ich bin etwas durcheinander. Warum wollen Sie ausgerechnet mich auf Doping testen?«, frage ich nach und der jüngere von den zwei Männern sieht mich ernst an.

»Man hat uns einen anonymen Tipp gegeben, dass Sie Ihr Pferd gedopt haben«, sagt er in einem nüchternen Ton.

»Doping? Was? Ich habe nicht gedopt!«

»Ob das der Wahrheit entspricht, werden wir jetzt kontrollieren. Wir nehmen von Ihrem Pferd eine Urinprobe und in zwei bis fünf Tagen werden Sie etwas von uns hören. Je nachdem wie schnell das Labor ist.«

Fassungslos starre ich sie an und kann es immer noch nicht glauben. Wer hat diesen anonymen Tipp gegeben? Als würde ich dopen! So etwas Verrücktes!

Während die Tierärztin darauf wartet, dass Cajou pinkelt, denke ich an Svens blasses Gesicht zurück und ein leiser Verdacht regt sich tief in mir.

Ich streichle Kalendus Hals, nachdem ich abgestiegen bin. Eilig sattle ich ihn danach ab und bringe ihn auf den Hänger. Ich muss dringend zu Jane. Ihr schockiertes Gesicht, als diese Kontrolleure kamen, verfolgt mich noch immer. Mein Vater hat es wahr gemacht und jemanden geschmiert, damit sie kontrolliert wird. Ich fasse es nicht.

Aber warum mache ich mir darüber Gedanken? Ich habe die Salbe nicht aufgetragen und würde es auch niemals tun. Dafür bedeutet mir Jane viel zu viel und da ich die Salbe hatte, kann mein Vater sie ja schlecht benutzt haben.

Ich klappe die Laderampe nach oben und sehe mich weiter um. Cajou sticht mir von Weitem ins Auge und ich eile auf ihn zu. Offenbar ist Jane erst jetzt aus der Kontrolle gekommen, dabei ist fast eine Stunde vergangen.

Sie will Cajou auf den Hänger führen, bleibt jedoch stehen, als sie mich bemerkt. Ihre Stirn ist gerunzelt und sie wirkt müde.

»Da bist du ja. Ich habe dich schon überall gesucht«, sage ich und gehe einen Schritt auf sie zu, um sie zu umarmen, doch sie hebt abwehrend eine Hand.

»Steckst du dahinter?«, fragt sie mich ernst und ich horche auf.

»Wie bitte?«

»Hast du ihnen diesen anonymen Tipp gegeben, ich würde Cajou dopen?«

»Natürlich nicht! Jane, ich liebe dich! So etwas würde ich dir niemals antun!« Ihr angespannter Gesichtsausdruck wird weich und erste Tränen rollen über ihre Wangen. Eilig gehe ich auf sie zu und nehme sie in meinen Arm. »Ganz ruhig«, murmle ich und sie presst ihr Gesicht an meine Brust.

»Wer macht so etwas bloß? Ich habe doch niemandem etwas getan!« Sie schluchzt und ich drücke sie fester an mich. »Ich wusste, dass du es nicht warst, aber ich musste trotzdem fragen. Wie all die Leute mich angestarrt haben … Bestimmt denken jetzt alle, ich hätte wirklich gedopt, und der Hof hat nun einen schlechten Ruf«, schnieft sie.

»Quatsch, Jane. Mach dir keinen Kopf über das, was die anderen denken«, murmle ich und streiche ihr beruhigend über den Rücken. Wer jedoch tatsächlich dahintersteckt und dass ich es tun sollte, verschweige ich lieber. Wenn ich es ihr sage, dann würde sie bestimmt ihr Vertrauen in mich verlieren. Und das will ich auf gar keinen Fall. Außerdem habe ich meine Entscheidung gefällt, als mein Vater mich zuletzt gebeten hat, diese Salbe zu verwenden. Ich habe mich für Jane und gegen ihn entschieden. Ein für alle Mal. Es gibt kein Zurück mehr für mich. Also muss sie von seinem Plan auch nichts wissen.

»Trotzdem. Cajou ist so gut gelaufen und ich habe mich sehr darüber gefreut! Die Leute denken jetzt bestimmt nicht mehr an meine gute Runde, sondern lediglich, dass ich auf Doping getestet wurde. Bestimmt wissen auch schon viele, dass die Probe erfolgt ist, weil es einen anonymen Tipp gab.«

»Jane, es ist doch normal, dass solche Kontrollen erfolgen. Das weißt du. Jetzt feiere deinen Erfolg und denk nicht mehr daran.« Ich gebe ihr einen Kuss auf den Scheitel und sie sieht zu mir auf.

»Ich weiß. Aber vorher hat man mich noch nie kontrolliert.«

»Wie wäre es, wenn ich heute Abend zu dir komme, um dich abzulenken? Ich muss dir sowieso viel erzählen.«

Sie lächelt und nickt. Dabei sieht sie nicht mehr ganz so niedergeschlagen aus.

»Das hört sich perfekt an«, antwortet sie mir.

Ich nehme ihr Gesicht in meine Hände und küsse sie sanft. Einmal mehr weiß ich, dass ich die richtige Entscheidung getroffen habe.

Als ich am Abend bei Jane ankomme, erwartet sie mich bereits auf dem Parkplatz. Ich steige mit einem Lächeln aus und gehe auf sie zu. Die Anspannung der letzten Tage ist mittlerweile von mir abgefallen und ich fühle mich so frei wie schon lange nicht mehr. Jane und ich haben uns zwar nur knapp nicht für die Meisterschaft qualifiziert, da andere Reiter besser waren, aber ich bin dennoch stolz auf sie, dass sie es allen gezeigt hat.

Jane springt mir förmlich in die Arme und wir halten uns für einen Moment aneinander fest.

»Ich liebe dich«, flüstere ich und sie drückt mich noch etwas mehr.

»Ich liebe dich auch.«

Glücklich seufze ich und atme ihren unverkennbaren Duft ein. »Komm, lass uns nach oben gehen.« Ich verschränke meine Hand mit ihrer und wir laufen in ihre Wohnung.

Als wir wenig später auf ihrem Sofa sitzen, kuscheln wir uns unter der Decke eng aneinander und genießen die Nähe des jeweils anderen.

»Ich werde den Hof meines Vaters verlassen«, sage ich leise in die Stille hinein und Jane richtet sich auf.

»Im Ernst?«

»Ich bin dort nicht mehr glücklich und war es wohl auch nie. All die Jahre habe ich mir nur etwas vorgemacht. Es tut mir zwar um die Pferde leid, aber mir hat nie wirklich eines gehört. Ich lasse all das hinter mir und fange nochmal von vorne an.« Ihre Augen weiten sich und sie sieht so verblüfft aus, dass ich kurz auflachen muss. »Schau nicht so. Es ist mein Ernst.«

»Ich … Wow. Ich weiß gar nicht, was ich sagen soll. Wie geht es jetzt weiter?«

»Vorerst wohne ich bei meinem besten Freund Damian und dann mal sehen. Ich habe Geld gespart und werde mich hier in der Nähe nach einem passenden Hof umsehen«, erkläre ich ihr.

Sie schweigt einen Moment, bevor sie darauf antwortet. »Oder du kommst hierher.«

»Wie meinst du das?«, frage ich verwirrt.

»Flynn könnte dich einstellen, anstelle des Trainers, den wir momentan haben. Er ist sowieso nicht so beliebt bei den Reitschülern und ich glaube, du würdest es viel besser machen. Außerdem ist hier genug Platz. Die Wohnung neben meiner ist noch frei und ich … ich würde mich sehr darüber freuen.« Ihre Wangen färben sich rot und sie wendet sich beschämt ab.

Ich drehe ihr Gesicht wieder mir zu und lächle sie vorsichtig an. »Das klingt fast zu gut, um wahr zu sein. Ich werde mit Flynn reden.«

Jane gibt mir einen sanften Kuss. »Also hältst du mich nicht für verrückt, dass ich dir das vorschlage?«

»Ganz und gar nicht.« Ich beuge mich nach vorne und stibitze mir noch einen Kuss. Doch er wird hitziger als beabsichtigt und ehe ich mich versehe, liege ich zwischen ihren gespreizten Beinen. »Ich liebe dich«, hauche ich, bevor ich ihr den Pullover ausziehe und Küsse auf ihrem gesamten Körper verteile.

38. Kapitel

Sven

Am nächsten Morgen wache ich mit Jane in meinen Armen auf und gebe ein glückliches Seufzen von mir. Ich ziehe sie enger an mich und denke über letzte Nacht nach. So viel ist passiert, dass ich es selbst noch gar nicht glauben kann.

Ich habe Jane gesagt, dass ich den Hof meines Vaters verlassen werde, und womöglich werde ich hierherziehen. Vor meinem geistigen Auge spielen sich schon Szenarien ab, wie ich morgens gemeinsam mit ihr in den Stall gehe, die Pferde fertig mache und sie hin und wieder in die Sattelkammer ziehe. Mein bestes Stück wird bei diesem Gedanken hart und ich reibe mich an ihr.

Sie gibt ein wohliges Stöhnen von sich und ich kann nicht widerstehen und lasse eine Hand zwischen ihre Beine gleiten. Sanft küsse ich dabei ihren Hals. Jane bewegt sich neben mir und wird langsam wach.

»Guten Morgen, Schönheit«, murmle ich und lasse zwei Finger in sie gleiten.

Als Antwort keucht sie auf und streckt mir ihr Becken entgegen. Ich bin froh, dass wir komplett nackt im Bett liegen. »Sven«, seufzt sie und presst ihren Po noch enger an mich. Es ist eine stumme Bitte nach mehr, der ich nur allzu gerne nachkomme.

Ich spreize mit meinem Knie ihre Beine und dringe langsam in sie ein. Zentimeter für Zentimeter stoße ich vor und knete gleichzeitig mit einer Hand ihre Brüste. »Du bist so eng«, presse ich zwischen zusammengebissenen Zähnen hervor und versenke mich endlich ganz in ihr.

Als ich beginne, mich in ihr zu bewegen, kommt sie meinen Stößen entgegen. Sie windet sich neben mir, presst ihren Po immer fester an mich und meine Stöße werden schneller. Eine Hand um ihre Taille geschlungen, halte ich sie in Position und nur noch unser Keuchen und Stöhnen erfüllt das Zimmer.

Wenig später spüre ich, wie sich meine Hoden zusammenziehen und ich kurz davor bin, zu kommen.

»Gott, Jane«, stöhne ich und auch sie gibt Laute der Lust von sich. Ich stoße noch einmal in sie, als der Orgasmus über mich hereinbricht und ich komme. Jane folgt mir und ihre Wände, die sich um mich herum zusammenziehen, verstärken meinen Höhepunkt.

Nach Atem ringend, ziehe ich mich aus ihr zurück und lasse mich auf den Rücken gleiten. Sie dreht sich um und schmiegt sich an meinen Oberkörper. Auch ihre Atmung geht schwer und ich streichle mit den Fingerspitzen über ihren nackten Körper.

»Ich liebe dich«, flüstert sie und hebt ihren Kopf.

Glücklich sieht sie mich an und ich kann diesen Gesichtsausdruck nur erwidern. »Ich liebe dich auch.«

Sie stützt sich auf und gibt mir einen sanften Kuss. *An solche Morgen könnte ich mich auf jeden Fall gewöhnen,* denke ich mir und lasse meine Zunge in ihren Mund gleiten.

Ich füttere mit Jane die Pferde, als Flynn zur Stalltür hereinkommt. Er verschwindet in der Sattelkammer und Jane wirft mir einen bedeutungsschweren Blick an. Ich beuge mich zu ihr, um ihr einen Kuss zu geben, und gehe anschließend auf Flynn zu.

Ich habe Jane noch mindestens dreimal gefragt, ob sie das Angebot ernst meint und mich hier haben will. Sie hat mir wieder und wieder versichert, dass dem so ist. Sehr überzeugend sogar. Um genau zu sein, viermal. Deshalb sind wir mit dem Füttern der Pferde so spät dran.

Lediglich das Angebot mit der Wohnung habe ich vorerst ausgeschlagen, sodass ich Flynn noch nicht darum fragen werde. Ich werde erst einmal bei Damian unterkommen, damit Jane nicht das Gefühl hat, es könnte zu schnell zwischen uns gehen. Vielleicht ist es aber auch nur meine eigene Befürchtung, die mich davon abhält.

Flynn steht in der Sattelkammer, als ich hereinkomme und sieht mich überrascht, aber freundlich an. »Oh, hallo Sven. Ich wusste gar nicht, dass du noch da bist«, begrüßt er mich und wendet sich danach wieder den Sätteln zu.

»Ähm, ja. Es gibt etwas, worüber ich mit dir reden möchte.«

»Mit mir? Okay, schieß los.« Er dreht sich mit hochgezogenen Augenbrauen zu mir um und für einen Moment vergesse ich, dass er im Grunde nur ein paar Jahre älter als ich ist.

»Ich habe Jane gestern davon erzählt, dass ich den Hof meines Vaters verlassen möchte. Es gibt dort für mich keine Zukunft mehr und …«

»Was?«, unterbricht mich Flynn und seine Kinnlade klappt runter.

Ich muss schmunzeln und nicke. »Es ist mein Ernst. Ich trage diese Entscheidung schon eine Weile mit mir herum und jetzt bin endlich bereit, es umzusetzen. Jane hat gemeint, dass ihr wohl nicht so zufrieden mit dem jetzigen Trainer seid und euch schon nach Ersatz umgeschaut habt. Deshalb wollte ich fragen, ob du Interesse daran hättest, wenn ich vielleicht das Training übernehme.« Ernst sehe ich ihn an und versuche, in seiner Miene zu lesen, was er denkt.

»Du bist sicher, dass du hier arbeiten willst?«

Ich nicke.

»Landon war, so wie ich gehört habe, nicht gerade dein bester Freund. Wieso solltest du also die Pferde bewegen wollen, die ihm gehört haben?« Er verschränkt die Arme vor der Brust und sein Blick bohrt sich in meinen.

»Weil ich mich getäuscht habe. Ich habe Landon immer als meinen Feind betrachtet, weil mein Vater das getan hat. Genauso wie ich Jane nie leiden konnte. Doch die Dinge haben sich geändert und es würde mir gefallen, Landons Pferde zu trainieren sowie seine Reitschüler und ihm so die letzte Ehre zu erweisen.«

Flynn lässt seine verschränkten Arme sinken. »Wenn das so ist, bist du hier herzlich willkommen. Jane hat recht, wir sind nicht zufrieden mit dem Trainer. Ich wollte schon eine Stellenausschreibung rausschicken, aber wenn wir dich haben können, ist das natürlich noch besser. Du kannst am Montag anfangen. Wenn du magst, über dem Stall ist auch noch eine Wohnung frei. Vielleicht wäre die was für dich. Komm am besten nachher noch mal in mein Büro, dann besprechen wir alles in Ruhe.«

Ich lächle ihn an und er hält mir seine ausgestreckte Hand hin. Ohne zu zögern, schlage ich ein. »Das klingt fantastisch. Danke, Flynn.«

»Gerne.« Er klopft mir noch einmal auf die Schulter und ich will zu Jane zurückgehen. Die steht allerdings bereits an der Tür und hat alles mit angehört. Strahlend sieht sie mich an und ich hebe sie kurzerhand hoch und wirble sie durch die Luft.

Freudig schreit sie auf und als ich sie wieder absetze, küsst sie mich stürmisch. »Ich freue mich so«, sagt sie.

»Nun aber wieder an die Arbeit!«, ruft Flynn uns zu und ein spielerisch tadelnder Ton liegt in seiner Stimme.

Wir nicken beide und füttern die restlichen Pferde, die die ganze Aufregung um sie herum gar nicht verstehen.

Jane

Drei Tage später kann ich immer noch nicht glauben, dass Sven nun mit auf dem Hof arbeitet. Es ist ein tolles Gefühl, ihn jeden Tag zu sehen und mit ihm die Pferde zu trainieren. Er gibt mir viele hilfreiche Tipps und hat mittlerweile auch die Reitstunden übernommen. Bereits bei der ersten Stunde wollten so viele aus dem Stall mitmachen, dass er drei Trainingseinheiten geben musste. Wobei ich allerdings glaube, dass das nicht nur an seinen Fähigkeiten liegt, sondern auch an seinem guten Aussehen. Aber ich brauche mir keine Sorgen zu machen. Sven zeigt mir jeden Tag, dass er nur mich will. Das Herz in meiner Brust pocht aufgeregt und ich lächle glücklich vor mich hin, während ich zu Cajous Box laufe.

Nur in die Wohnung möchte er nicht ziehen, aber auch das wird mit der Zeit bestimmt kommen. Womöglich hat er das Gefühl, dass alles zu schnell geht. Aber worauf warten, wenn man sich sicher ist?

Heute tut er einen weiteren Schritt in die richtige Richtung und verkündet seinem Vater die Entscheidung. Er zögert es seit Tagen hinaus, aber ich habe ihn gezwungen, heute hinzufahren. Es macht mich traurig, dass sein Vater nicht einmal versucht hat, ihn anzurufen. Macht er sich denn keine Sorgen, was mit Sven passiert sein könnte? Oder ahnt er bereits, was für einen Entschluss Sven gefällt hat? Bei meinen Eltern wundert es mich nicht, dass sie sich so gut wie nie melden. Das bin ich ja gewohnt. Immerhin belächeln sie meinen Job bloß und meinen, es wäre eine Phase. Wenn die wüssten.

Ich denke nicht weiter darüber nach, sondern putze Cajou. Als ich fertig bin, gehe ich in Richtung Sattelkammer, halte jedoch inne, als ich Flynn sehe, der sich dort mit zwei Männern unterhält. Ich hatte gar nicht mitbekommen, dass sie hereingekommen sind.

Mir fällt auf, dass die drei hitzig miteinander reden, und Flynn schüttelt immer wieder mit dem Kopf. Ich gehe auf sie zu und erkenne, dass es die zwei Männer vom Turnier sind, die mich kontrolliert haben. Sie sehen auf, als sie mich bemerken.

»Hallo«, sage ich zögernd und bleibe neben Flynn stehen.

»Ms Walker, wir sind hier, um Ihnen das Ergebnis der Dopingkontrolle mitzuteilen.«

Mein Körper versteift sich. An die Kontrolle hatte ich gar nicht mehr gedacht. Dafür sind viel zu viele andere Dinge in den letzten Tagen passiert.

»Okay«, piepse ich und ein ungutes Gefühl breitet sich in meinem Magen aus. Dabei habe ich gar nichts zu befürchten. Nur, warum sonst würden die Männer hier persönlich auftauchen? Den Brief per Post zu schicken, wäre viel einfacher gewesen.

»Cajou wurde positiv auf Capsaicin getestet«, erklärt der Ältere und für einen Moment huscht ein triumphierendes Grinsen über sein Gesicht. Es fühlt sich an, als würde der Boden plötzlich unter mir schwanken.

»Wie bitte? Das kann gar nicht sein!«

Der Jüngere von den beiden lacht freudlos auf und sieht mich kalt an. »Das sagen sie alle.« Er hält mir den Brief hin und ich nehme ihn mit zitternden Fingern entgegen. Mit einem Mal ist mir kalt. So unendlich kalt. »Sie und Cajou sind für ein Jahr im Reitsport gesperrt. Es wird noch ein Verfahren auf Sie zukommen.« Er spricht weiter, doch ich nehme kein Wort mehr wahr. Ein Jahr? Ich habe doch nichts getan, will ich schreien, aber kein Wort kommt über meine Lippen.

Mein Kopf fühlt sich wie in Watte gepackt an und Flynns Arm, der sich stützend um meine Schultern schlingt, hält mich als Einziges davon ab, umzukippen.

Wie konnten sie ein Dopingmittel bei Cajou finden? Ich habe ihm nichts gegeben und würde es auch nie tun. Jemand muss es ihm verabreicht haben, als ich Cajou für einen Moment unbeobachtet gelassen habe.

Die Männer verabschieden sich von uns und verlassen den Stall. Ich drehe meinen Kopf zu Flynn, der genauso schockiert aussieht, wie ich mich fühle. »Hast du Cajou etwas gegeben?«, fragt er leise und ich schüttle sofort mit dem Kopf.

»Himmel, nein! Das würde ich nie tun!«

»Ich weiß, aber ich musste trotzdem nachfragen.« Ich lehne meinen Kopf an seine Schulter und erste Tränen rollen über meine Wangen. Mir wird bewusst, was das bedeutet. Ich bin gesperrt und mein Ruf und der des Hofes ist beschädigt. Verflucht. Wieso ausgerechnet jetzt?!

»Wer könnte mir so etwas antun?«, frage ich mehr mich selbst als Flynn. Er antwortet mir dennoch.

»Ich habe einen leisen Verdacht und er wird dir nicht gefallen.« Ich hebe meinen Kopf und starre ihn fassungslos an, als er mir davon erzählt.

39. Kapitel

Sven

Ich klingle an der Tür meiner Eltern und bin froh, wenn ich dieses Gespräch hinter mich gebracht habe. Danach werde ich nur noch hier aufkreuzen, wenn ich meine Sachen aus dem Haus hole. Ich klingle erneut, da sich nichts regt, und endlich wird mir die Tür geöffnet. Mein Vater erscheint im Türspalt und sieht mich böse an.

»Na, schau mal einer an, wer hier ist. Schön, dass du dich auch mal blicken lässt«, blafft er und ich gehe einfach an ihm vorbei.

»Kommen wir direkt zur Sache«, brumme ich.

Ich laufe in sein Büro, setze mich auf einen Stuhl und er folgt mir. Er nimmt mir gegenüber Platz und in seinem Blick steht so viel Verachtung, dass es mir den Hals zuschnürt.

»Also, warum bist du hier?«

»Um dir zu sagen, dass ich diesen Hof für immer verlassen werde. Ich habe keine Lust mehr, mich von dir herumschubsen zu lassen.«

Er lacht laut auf. Offenbar hat er sich die letzten Tage nicht einmal Gedanken gemacht, wo ich stecke. Ich hätte tot im Straßengraben liegen können und es hätte ihn nicht interessiert. »Du willst den Hof verlassen? Was für ein Hirngespinst ist das denn? Wo willst du hin? Willst du etwa bei diesem Versagerbruder von Sticks und dieser Walker unterkommen? Ich dachte, die letzten Tage wären nur eine Trotzphase und du wärst hier, um dich zu entschuldigen.«

Sein Lächeln verblasst, als ich mit dem Kopf schüttle. »In den nächsten Tagen hole ich meine Sachen und dann bist du mich ein für alle Mal los. Dürfte dir ja nichts ausmachen.«

»So ist das also. Du trittst wieder einmal alles mit Füßen, was ich für dich aufgebaut habe. Wie immer undankbar«, mault er und ich lache freudlos auf.

»Was du mir aufgebaut hast? Ist das ein Witz?! Mir gehört auf diesem Hof nichts und das hast du mich immer wieder spüren lassen. Warum sollte ich also noch Zeit hier investieren? Dazu kommt, dass du mich stets wie Abschaum behandelst. Deinen eigenen Sohn! Du solltest dich schämen!« Ich spucke die Worte förmlich aus und es fühlt sich so befreiend an, ihm endlich all das zu sagen, was ich schon seit Monaten mit mir herumtrage.

»Du bist nicht mein Sohn«, knurrt er und ich stutze kurz.

»Was?«

»Du hast mich schon verstanden.«

Das meint er nicht ernst, oder? Das hat er bestimmt nur so dahin gesagt.

Natürlich bin ich sein Sohn. Wir sehen uns doch unglaublich ähnlich! Ich mustere ihn prüfend und mit einem Mal fällt es mir wie Schuppen von den Augen. Ich habe blondes Haar, er dunkles. Meine Gesichtszüge sind kantig, seine eher rund. Mir fallen noch mehr Unterschiede auf und ich kralle meine Finger in das Sitzpolster. »Wie kann das sein?«, murmle ich und in meinem Kopf dreht sich alles wie bei einem Karussell.

»Deine Mutter hat mich betrogen und mir das Kind eines anderen untergejubelt. Ein Glück, dass dieser Mistkerl früh gestorben ist, sonst hätte ich das erledigt! Ich habe es immer gewusst, aber stets gedacht, du würdest dich noch machen. Wie falsch ich doch lag.« Seine Miene ist ausdruckslos und er schaut mich herablassend an.

Ich kann seinen Worten gar nicht richtig folgen und sitze einfach nur schockiert vor ihm. Zuerst glaube ich, es sei ein Scherz, doch mein Vater lacht nicht. Wie konnte man mir das nur all die Jahre verschweigen?

»Wer war mein Vater?«, frage ich und der Mann mir gegenüber, den ich immer Dad genannt habe, lacht mich aus.

»Was interessiert es dich? Er ist tot.«

Ein kalter Schauer läuft über meinen Rücken und ich würde am liebsten etwas zerstören, um der angestauten Wut in mir Luft zu machen.

Ich stehe mit zittrigen Beinen auf und muss mich am Stuhl abstützen. »Du bist ein Schwein«, zische ich und kann nicht fassen, wie rücksichtslos er mir das an den Kopf geworfen hat.

»Möglich. Aber was schert es mich? Du wirst schon noch sehen, was du davon hast, wenn du diesen Hof verlässt. Bei der Walker besteht keine Zukunft für dich. Sie wird gesperrt.«

Ich hebe meinen Kopf. Langsam dämmert mir, was er damit meint und somit getan hat. »Du hast Cajou die Salbe aufgetragen? Wann hast du das gemacht?«

»Als ihr euch versöhnt habt und Cajou so für einen Moment unbeaufsichtigt war. Ich wusste, dass du zu schwach dazu sein würdest. Zu sagen, dass du eine Enttäuschung bist, wäre die Untertreibung schlechthin.« Seine Worte sind erneut wie ein Schlag in mein Gesicht. Wie konnte er mich nur all die Jahre seinen Sohn nennen, obwohl er mich so hasst?

»Wenn jemand eine Enttäuschung ist, dann du!«, zische ich und verlasse sein Büro. Meine Mutter kommt mir auf halbem Weg entgegen, doch ich ignoriere sie. Eigentlich will ich sie fragen, wer mein richtiger Vater ist, doch ich muss zuerst zu Jane. Ich muss ihr erzählen, was mein Vater, ich meine, Hendrik, getan hat, bevor sie es von jemand anderem erfährt.

Meine Mutter ruft nach mir, aber ich reagiere nicht.

Wie von selbst ballen sich meine Hände zu Fäusten und ich sprinte zu meinem Auto. Auf einmal fühlt sich mein komplettes Leben wie eine große Lüge an. Wer weiß, was mir noch alles verschwiegen wurde.

Mit quietschenden Reifen komme ich vor dem Stall von Flynn zum Stehen und gehe hinein. Ich schaue mich um, doch niemand ist zu sehen. Wo steckt Jane nur? Vor Cajous Box bleibe ich stehen, als ich bemerke, dass sie leer ist. Jedoch ist Jane nicht in der Halle, was nur bedeuten kann, dass sie ausgeritten ist.

Verflucht! Dabei hat sich der Himmel bereits bedrohlich dunkel verfärbt und alles ist noch von dem Regen der letzten Tage schlammig.

Ich drehe mich um, da auch schon Flynn zur Stalltür hereinkommt. Offenbar hat er mich gesucht, denn er atmet erleichtert aus, als er mich bemerkt.

»Da bist du ja! Ich habe dich schon mehrmals versucht anzurufen! Du musst Jane suchen! Sie ist vor mehr als einer Stunde mit Cajou ausgeritten und ich erreiche sie nicht auf dem Handy!« Seine Stimme klingt panisch und ich nicke, ohne zu zögern.

»Welches Pferd kann ich nehmen?«, frage ich und wundere mich selbst, wie ich so ruhig klingen kann. Müsste ich nicht eigentlich ausflippen?

»Nimm ihn hier«, sagt Flynn und zeigt auf einen Rappen zwei Boxen entfernt.

»Hol das Sattelzeug«, weise ich ihn an und er nickt. Ich führe den Rappen heraus, der mich misstrauisch mustert, und Flynn reicht mir den Sattel und die Trense.

»Nicht, dass sie gestürzt ist oder Schlimmeres.«

»Bitte nicht«, fluche ich und ziehe den Sattelgurt stramm.

»Der Himmel wird immer dunkler. Womöglich gewittert es gleich. Beeil dich.«

»Das mache ich.«

Flynn hält den Rappen draußen fest, als ich aufsteige. »Jane war völlig fertig, als die Kontrolleure ihr gesagt haben, dass bei Cajou Spuren von Doping gefunden wurden. Erst wollte sie in ihre Wohnung, hat sich dann aber für einen Ausritt entschieden. Wenn ich gewusst hätte, dass das Wetter so umschlägt, hätte ich sie aufgehalten.«

»Pass hier auf, falls sie vor mir zurückkehrt.«

Er nickt und ich treibe den Rappen an. Es wird nicht einfach werden, Jane zu finden. Ich bin bisher erst einmal in dem Gelände hier ausgeritten und sie könnte mit Cajou überall lang sein.

Der Himmel gibt ein Grollen von sich und der Rappe unter mir zuckt zusammen. Ich drücke ihm meine Fersen in den Bauch, sodass er antrabt, und halte Ausschau nach ihr. Ich muss sie finden, bevor das

Gewitter über uns hereinbricht, denn ich glaube kaum, dass Cajou dabei ruhig bleibt.

Angst macht sich in mir breit und alles andere, was passiert ist, rückt in den Hintergrund.

Jane

Tränen verschleiern mir die Sicht und ich wische sie genervt weg. Ich war mir so sicher, dass jetzt alles gut werden würde, doch als Flynn gemeint hat, dass womöglich Svens Vater Cajou das Doping verpasst hat, ist all meine Hoffnung zusammengefallen. Ich hatte gedacht, dass mich ein Ausritt ablenken könnte, aber irgendwie will mir das nicht so recht gelingen. Ständig schweifen meine Gedanken ab.

Leider bin ich mir absolut sicher, dass Sven es wusste. Sonst hätte er, als die Kontrolleure damals bei dem Turnier auf mich zukamen, nicht so schockiert dreingesehen. Oder täusche ich mich vielleicht?

Cajou erschreckt vor etwas und springt zur Seite, sodass ich mich wieder auf ihn konzentrieren muss. Mit einem Mal fällt mir auf, wie dunkel es um mich herum geworden ist. Ich schaue hinauf zum Himmel und bemerke, dass er sich schwarz verfärbt hat. Ein Grollen ist zu hören.

Ich pariere Cajou durch und sehe mich um. Panik erfüllt mich, als ich realisiere, dass ich die Umgebung nicht wiedererkenne. Wo bin ich nur lang geritten? War ich etwa so sehr in Gedanken?

Kurzerhand beschließe ich, einfach umzudrehen. *Irgendwann wird mir schon etwas bekannt vorkommen,* denke ich selbstsicher und ignoriere das nahende Gewitter.

Eine gefühlte Viertelstunde später muss ich mir eingestehen, dass ich mich verirrt habe. Cajou wird zusehends nervöser und nur mit Mühe kann ich ihn unter Kontrolle halten.

Ich ziehe mein Handy aus der Hosentasche und drücke auf den Entsperrknopf, jedoch bleibt der Bildschirm schwarz. Ich fluche laut auf. Anscheinend ist der Akku alle. Gerade das hat mir noch gefehlt.

Ich will es wieder einstecken, als plötzlich ein Blitz am Himmel zuckt und ein lauter Knall folgt. Cajou erschreckt sich und rast los. Da ich nur eine Hand an den Zügeln habe, verliere ich die Kontrolle. Das Handy fliegt mir aus der Hand und ich versuche, die Zügel aufzunehmen, doch Cajou ist nicht mehr zu bremsen. Er rennt über den schlammigen Feldweg und rutscht weg, als er um eine Kurve schießt. Für einen Moment befürchte ich, dass er das Gleichgewicht verliert, jedoch fängt er sich. Ich hänge allerdings nur noch an seiner Seite und versuche, mich irgendwie in den Sattel hochzuziehen. Leider ohne Erfolg.

Cajou buckelt wie ein Wahnsinniger und ich verliere schließlich das Gleichgewicht. Ich lande hart auf dem

Boden und Panik erfüllt mich, als mein Fuß sich im Steigbügel verhakt.

Cajou zieht mich hinter sich her und ich kann nichts dagegen unternehmen. Zweige und Steine auf dem Boden schürfen meine Haut auf und ich versuche, mit den Händen mein Gesicht zu schützen. Immer wieder sehe ich Cajous Hufe vor mir und bete, dass sie mich nicht treffen.

Ein Baum taucht vor mir auf und ich schreie laut, als mir bewusst wird, dass ich nichts tun kann, um ihm auszuweichen. Danach wird alles um mich herum schwarz.

40. Kapitel

Sven

Das Gewitter kommt immer näher und bisher habe ich Jane noch nicht ausfindig gemacht. Wo steckt sie nur? Ich muss sie finden. Eher kehre ich nicht zum Stall zurück, schwöre ich mir selbst. Ich sehe auf mein Handy, ob ich womöglich einen Anruf von ihr oder Flynn verpasst habe, doch dem ist nicht so.

Immer wieder rufe ich ihren Namen, in der Hoffnung, dass sie antwortet. Nun reite ich tiefer in den Wald hinein und bete darum, sie vielleicht da zu finden, auch wenn es gefährlich ist. Denn die Bäume schwanken wegen des zunehmenden Winds bereits stark hin und her.

Ein Geräusch lässt mich aufhorchen und ich nehme die Zügel auf, sodass der Rappe gehorsam stehen bleibt. Meine Augen weiten sich, als ich sehe, dass Cajou auf mich zugerannt kommt, jedoch ohne Reiter. Blitzschnell drehe ich den Rappen, sodass er quer steht und Cajou den Weg versperrt.

Cajou wird langsamer und bleibt vor uns stehen. In seinen Augen erkennt man das Weiße und er schnauft panisch.

»Scheiße«, fluche ich, als mir bewusst wird, dass Jane gestürzt sein muss. Ich greife nach Cajous Zügeln und ziehe ihn hinter mir her. Den Rappen treibe ich an, sodass er trabt. Cajou folgt uns brav, offenbar froh, dass er ein anderes Pferd neben sich hat.

Ich brülle Janes Namen, erhalte jedoch nach wie vor keine Antwort. Mein Rufen wird immer panischer, als nun Regen einsetzt. Irgendwo muss sie sein! Womöglich ist sie schwer verletzt. Gott, ich darf nicht mal daran denken.

Als ich ihren Namen erneut schreien will, sehe ich sie neben einem Baum liegen. Ich springe von dem Rappen, wickle die Zügel der beiden Pferde um einen Ast und renne auf sie zu. »Jane!«

Sie rührt sich langsam und ich sinke neben ihr auf die Knie. »Sven«, flüstert sie und öffnet blinzelnd ihre Augen.

Ich ziehe scharf die Luft ein, als ich die Platzwunde an ihrer rechten Schläfe bemerke. Der Rest ihres Körpers sieht nicht besser aus. Ihre Hose ist zerrissen und färbt sich am Bein rot. Die Schleifspur hinter ihr zeigt mir, was passiert sein muss. Offenbar hat Cajou sie nach dem Sturz mitgeschliffen. Es ist ein Wunder, dass sie nicht schwerer verletzt ist.

»Kannst du mich hören?«, frage ich sanft und sie nickt.

»Mein Bein … Es tut so weh.«

»Noch etwas?«

»Meine Schulter.« Ich schaue mir vorsichtig ihre Schulter an, erkenne jedoch, dass sie nicht blutet. Womöglich ist sie nur geprellt.

»Ich setze dich jetzt auf das Pferd, okay? Wir machen ganz langsam und bringen dich zurück zum Stall.«

Sie wimmert zustimmend, während ich ihr helfe, aufzustehen. Normalerweise würde ich sie bei solchen Verletzungen gar nicht bewegen, jedoch bleibt mir nichts anderes übrig. Das Gewitter nähert sich und ein Krankenwagen würde niemals bis hier in den Wald hineinfahren können. Außerdem ist sie ansprechbar, was ein gutes Zeichen ist. Eilig ziehe ich mein Handy aus der Tasche, um Flynn anzurufen. Als ich auf seine Nummer klicke, zeigt es mir jedoch nur an, dass ich kein Signal habe. Verflucht.

Ich stecke es ein und nehme sie auf meine Arme, um sie zu den Pferden zu tragen. Der Rappe steht ruhig da, während Cajou panisch hin und her sieht. Kurzerhand setze ich Jane auf den Rappen. Sie stöhnt auf, als sie im Sattel sitzt, und hält sich krampfhaft fest. »Halt durch, Jane. Wir schaffen das«, sage ich ermutigend und sie nickt zaghaft.

Ich löse die Zügel der Pferde und steige auf Cajou auf. Die Zügel des Rappen behalte ich ebenfalls in meiner Hand, sodass ich die Kontrolle über ihn habe. Immer wieder schaue ich zu Jane, die sich nur mit

Mühe oben hält. Ihr Gesicht ist schmerzverzerrt und ich bete, dass wir schnell beim Hof ankommen.

Als wir den Wald verlassen, prasselt der Regen auf uns herab und ich habe Mühe, Cajou unter Kontrolle zu halten. *Nur noch ein paar Meter,* denke ich mir, als wir endlich auf dem Feldweg sind. Von Weitem erkenne ich schon die Umrisse des Hofes.

Erneut sehe ich zu Jane, die sich verzweifelt am Sattel festklammert. »Wir sind gleich da!«, rufe ich ihr zu, doch sie reagiert gar nicht.

Blitze zucken um uns herum und mir wird bewusst, wie gefährlich es ist, auf diesem offenen Feldweg umgeben von Feldern zu reiten. Doch mir bleibt keine andere Möglichkeit. Es ist der schnellste Weg und ich will Jane nicht mehr zumuten.

Cajou geht zum Glück nicht durch und als wir auf dem Hof ankommen, helfe ich Jane sofort von dem Rappen. Flynn kommt auf uns zugerannt und nimmt die Pferde, während ich Jane auf die Arme nehme. »Ich habe bereits einen Krankenwagen gerufen«, sagt Flynn und ich nicke nur.

Ich trage Jane in den Stall hinein und setze sie in der Sattelkammer ab. Vorsichtig schlinge ich ein paar Pferdedecken, die hier herumliegen, um ihren Körper und bemerke panisch, dass ihr Gesicht ganz blass ist.

»Du schaffst das, Jane. Halt durch«, sage ich zu ihr. Sie murmelt etwas, doch ich verstehe es nicht.

Minuten, die mir endlos erscheinen, vergehen, bis endlich die Sanitäter kommen. Ich beobachte sie dabei, wie sie Jane ansprechen und ihre Verletzungen untersuchen. Keiner sagt etwas zu mir, doch als sie Jane auf die Trage legen, bestehe ich darauf, mit ins Krankenhaus zu fahren.

Flynn ruft mir hinterher, dass er uns folgen wird, aber ich reagiere nicht darauf. Ich kann mich nur noch auf Jane konzentrieren. Sie ist das Einzige, was jetzt zählt.

Im Krankenhaus beginnt die Zeit des quälenden Wartens. Man hat Jane zu einem Arzt gebracht und nun sitze ich seit zwei Stunden hier. Flynn hockt neben mir und versorgt uns immer wieder mit Kaffee.

Ich kann nur daran denken, wie schwach Jane gewirkt hat. *Bitte, lass sie wieder gesund werden,* denke ich verzweifelt.

»Es ist meine Schuld«, murmelt Flynn und ich sehe zu ihm.

»Wie kommst du darauf?«

Er seufzt, bevor er mir antwortet. »Ich habe ihr gesagt, dass womöglich dein Vater hinter der Dopingsache steckt.« Mir klappt der Mund auf, doch ich sage nichts. »Sie war fassungslos und hat davon geredet, dass du bestimmt etwas gewusst hast. Gott, ich hätte ihr nicht solche halbgaren Vermutungen auftischen dürfen«, flucht er und vergräbt sein Gesicht in den Händen.

»Du lagst damit nicht so falsch«, gestehe ich und er hebt seinen Kopf.

Traurig erzähle ich ihm, was in den letzten Wochen passiert ist. Die Sache mit dem Deal, der Streit mit meinem Vater und sein Vorhaben, sogar, dass er nicht mein richtiger Vater ist, gebe ich preis. Flynn ist fassungslos und ich bin froh, es endlich laut ausgesprochen zu haben. »Wenn einer Schuld hat, dann ich. Ich habe nicht gedacht, dass er es wirklich tut, und ich wollte nicht, dass sich Jane unnötig Gedanken macht. Hätte ich es ihr mal lieber doch erzählt …«

»Oh«, sagt Flynn leise.

Ich will noch etwas sagen, doch in diesem Moment geht die Tür auf. Ein Arzt kommt herein und sieht uns freundlich an. »Gehören Sie zu Jane Walker?« Wir nicken beide synchron und stehen auf. »Sie können zu ihr. Sie ist wach und es geht ihr gut.«

Ein Stein fällt von meinem Herzen und wir folgen dem Arzt in ihr Zimmer.

Jane

Ich schaue auf, als die Tür geöffnet wird, und muss lächeln, während Sven und Flynn in das Zimmer kommen.

»Jane«, murmelt Sven und geht auf mich zu. Er umarmt mich sanft und drückt mir einen Kuss auf die Lippen.

»Hi«, begrüße ich ihn und bin froh, dass die beiden hier sind.

»Wir haben uns solche Sorgen gemacht! Wie geht es dir? Was sagt der Arzt? Wann kannst du hier heraus?«, bestürmt mich Flynn mit Fragen und ich muss lachen.

»Es geht mir gut. Nur eine Platzwunde, drei geprellte Rippen und eine Schnittwunde am Bein, die genäht wurde. Alles nicht so dramatisch.«

»Nicht so dramatisch?«, murmelt Sven und setzt sich auf den Stuhl neben meinem Bett. Ich greife nach seiner Hand und drücke sie. »Ich dachte, du …«

»Sag es nicht«, bitte ich ihn. »Der Arzt meinte, ich hatte großes Glück, dass ich mich bei dem Sturz nicht schwerer verletzt habe. Offenbar hat mein Schutzengel ganze Arbeit geleistet.«

»Gott sei Dank. Ich wüsste nicht, was ich ohne dich tun würde«, flüstert Sven und schaut mich so liebevoll an, dass mir Tränen in die Augen steigen.

»Ich lasse euch zwei dann mal allein«, murmelt Flynn und ich nicke ihm dankbar zu. Es gibt einiges, was ich mit Sven bereden muss.

Die Tür geht hinter Flynn zu und Sven wendet mir seine Aufmerksamkeit zu. »Wieso bist du ausgeritten und hast nicht auf mich gewartet?«

Ich seufze und mein Blick gleitet zu der weißen Bettdecke. »Als Flynn zu mir gesagt hat, dass womöglich dein Vater dahintersteckt, wollte ich einfach nur in Ruhe nachdenken. Ein Ausritt erschien mir da als die richtige Lösung. Ich konnte ja nicht ahnen, dass es so endet. Es tut mir leid, Sven.«

»Mir tut es leid«, murmelt er und ich sehe wieder zu ihm. »Flynn hatte recht. Ich wusste davon.«

Zischend hole ich Luft, was meine geprellten Rippen protestieren lässt, und will ihm meine Hand entziehen, doch er hält sie fest.

»Lass mich bitte ausreden. Mein Vater wollte, dass ich Cajou das Doping verpasse, aber ich habe es nicht getan, weil ich dich liebe und dir so etwas niemals antun würde. Ich dachte, damit wäre die Sache erledigt. Deshalb habe ich dir auch nichts davon erzählt, zumal ich dich auch nicht damit belasten wollte. Ich dachte wirklich, mein Vater hätte wenigstens etwas Anstand und Gewissen. Womit ich auch schon beim nächsten Thema bin.« Verwirrt ziehe ich die Augenbrauen zusammen und kann seinen Gedankengängen nicht ganz folgen. »Als ich ihm erzählt habe, dass ich ab sofort bei dir arbeiten werde, ist er ausgeflippt. Er hat mir dabei gestanden, dass er gar nicht mein richtiger Vater ist.«

Meine Kinnlade klappt runter und Sven schaut mich schmerzerfüllt an. »Oh Gott, Sven. Das tut mir so leid!«

»Deshalb konnte er mich nie leiden und hat mich wie Abschaum behandelt. Ich kann es noch immer nicht glauben.«

Er lässt seinen Kopf sinken und ich streichle seine Hand. »Ich bin für dich da. Das weißt du, oder?«, flüstere ich.

Sven hebt seinen Kopf und ein zärtlicher Ausdruck liegt in seinen Augen. »Du bist der einzige Grund, weshalb ich noch nicht zusammengebrochen bin.« Er beugt sich zu mir und gibt mir einen Kuss, in dem so viel mehr mitschwingt, dass mein Puls anfängt zu rasen.

»Wir schaffen das und stehen es durch. Hauptsache wir haben uns«, flüstere ich und er nickt.

41. Kapitel

Sven

Eine Woche ist seit dem verheerenden Tag vergangen. Jane ist fast komplett wieder fit und auch ich finde mich mit der Tatsache, dass mein Vater nicht mein richtiger Vater ist, so langsam ab. In Wahrheit habe ich ihn sowieso nie wirklich als ein geliebtes Elternteil angesehen.

Doch nicht alles hat sich in den letzten Tagen geklärt. Jane hat die Sperre für das Doping bekommen, obwohl wir mehrmals ausgesagt haben, dass sie es nicht war. Aber wer glaubt einem das schon ohne Beweise?

Gestern habe ich die letzten Sachen aus meinem ehemaligen Zuhause abgeholt und bin bei Jane eingezogen. Meine Freunde halten mich für verrückt, dass ich gleich bei ihr einziehe, aber es fühlt sich richtig an. Außerdem ist es das schönste Gefühl auf der Welt, morgens neben der Frau aufzuwachen, die man liebt.

Einzig und allein Flynn macht uns beiden nach wie vor Sorgen. Doch er will uns partout nicht verraten, was los ist. Vermutlich steckt eine Frau dahinter, aber solange er nicht redet, können wir ihm auch nicht helfen.

Ich schiebe die letzte Gabel mit Heu in eine der Pferdeboxen und mache mich auf den Weg zu Jane. Sie darf ihr Bein vorerst nicht stark belasten, weshalb sie die meiste Zeit in ihrer Wohnung bleibt und sich schont. Wenigstens bin ich in ihrer Nähe und kann sie besuchen. Eilig gehe ich die Treppen nach oben und ein himmlischer Duft steigt mir in die Nase. Offenbar hat sie für uns etwas zu Mittag gekocht. Schwungvoll öffne ich die Tür und das Lächeln gefriert mir auf den Lippen, als ich bemerke, wer in unserer Wohnung auf mich wartet.

Meine Mutter.

»Hallo Sven«, begrüßt sie mich und Jane sieht entschuldigend zu mir. Ich streife mir die Schuhe ab und gehe langsam auf sie zu.

»Hey«, murmle ich. Sie steht von dem Sofa auf und umarmt mich kurz. Jedoch erwidere ich es nicht, sodass sie mich danach traurig ansieht.

»Ich wollte mit dir reden«, fängt sie zögerlich an und ich verschränke meine Arme vor der Brust.

»Worüber?« Mein bissiger Unterton lässt sie zusammenzucken. Ich seufze bei ihrer traurigen Miene und setze mich auf das Sofa. Meine Mutter lässt sich neben mich nieder, hält aber etwas Abstand.

»Ich möchte dir von deinem leiblichen Vater erzählen.«

Ich versteife mich und bringe kein Wort hervor. Ehrlich gesagt weiß ich nicht, ob ich es hören will oder nicht. Natürlich habe ich mich in den letzten Tagen öfter gefragt, wie wohl mein richtiger Vater war, aber dass sie von selbst auf mich zukommt, überrascht mich.

Sie hält mir ein altes Bild hin, das ich zögernd ergreife. Darauf ist ein junger Mann zu erkennen, der mir so ähnlich sieht, dass ich schlucken muss. »Das ist Ben. Ich habe ihn, kurz bevor ich Hendrik geheiratet habe, kennengelernt. Es war Liebe auf den ersten Blick«, erklärt sie mit einem Lächeln. Ich sage nichts, sondern starre das Bild an. »Jedoch war das Schicksal uns nicht gut gesonnen. Wir hatten nur eine gemeinsame Nacht zusammen, danach ist er bei einem Arbeitsunfall ums Leben gekommen. Ich habe nie jemandem davon erzählt und Hendrik einfach geheiratet. Ich wollte nicht, dass du ohne einen Vater aufwächst. Im Nachhinein denke ich mir, dass es so wahrscheinlich besser gewesen wäre. Je älter du wurdest, umso mehr fiel Hendrik auf, dass du nicht ausgesehen hast wie er. Irgendwann hat er mich damit konfrontiert und ich habe es zugegeben. Danach war nichts mehr wie zuvor«, erklärt sie betrübt und Tränen schimmern in ihren Augen.

»Wieso hast du mir nie etwas gesagt?«, frage ich und sie greift nach meiner Hand.

»Ich wollte es so oft tun, aber ich habe gesehen, wie du Hendrik nachgeeifert hast und versucht hast, so zu werden wie er. Ich dachte, es wäre für alle das Beste.«

»Aber das war es nicht«, stelle ich klar und sie nickt.

»Ich habe immer auf der Seite von Hendrik gestanden. Wahrscheinlich, weil ich meinen damaligen Verrat ihm gegenüber wiedergutmachen wollte, aber letztendlich hat das nichts gebracht. Das Gegenteil ist der Fall. Es tut mir leid, dass ich dir so oft in den Rücken gefallen bin.«

Ich entziehe ihr meine Hand. »Ein einfaches *Tut mir leid* reicht da nicht«, brumme ich und sie sinkt in sich zusammen.

»Ich weiß. Vielleicht freut es dich dennoch zu hören, dass ich mich um die Anschuldigungen wegen des Dopings gekümmert habe. Ich habe den Kontrolleuren davon erzählt, dass Hendrik Cajou gedopt hat. In seinem Büro habe ich nämlich die Salbe gefunden. Sie werden den Fall neu aufrollen und prüfen.«

»Im Ernst?«

»Das war das Mindeste, was ich tun konnte.« Sie lächelt mich zaghaft an.

»Derjenige, der Flower geholt hat, hat er meinen Vater ...« Sofort beiße ich mir auf die Zunge. »Ich meine, Hendrik. Hat er ihn verprügelt?«

»Nicht er direkt. Seine Leute waren es. Er hat mich vor ein paar Tagen eingeweiht, da ich nicht locker gelassen habe mit dem Nachfragen«, erklärt meine Mutter bereitwillig und bringt somit endlich Licht in das Dunkle. »Er hatte diesem Mann Cajou versprochen.

Schon vor einer Weile. Als er immer wieder den Verkauf verschoben hat, hat er schließlich die Quittung dafür bekommen.« Sie wirkt traurig, doch ich verspüre kein Mitleid mit ihm.

»Wieso hat er ihm Cajou überhaupt versprochen?«

»Weil er Hendrik dafür eine Menge Geld geboten hat.«

»Also hatte er Schulden?«, schlussfolgere ich, doch meine Mutter schüttelt mit dem Kopf.

»Er war einfach nur gierig. Jetzt muss er zusehen, wie er damit zurechtkommt. Wenn es öffentlich wird, dass er Cajou Doping untergejubelt hat, ist sein Ruf ruiniert.«

»Er hat es nicht anders verdient«, zische ich bitter.

»Es war nicht alles schlecht, was er getan hat, Sven. Vergiss das bitte nicht«, fleht sie und ich nicke knapp. Vielleicht kann ich ihm irgendwann verzeihen, aber das braucht Zeit. Viel Zeit. »Ich lasse euch wieder allein. Ich wollte nur, dass du es weißt. Das Bild kannst du gerne behalten.« Sie geht zur Tür und ich schaue ihr nach. Bevor sie die Wohnung verlässt, dreht sie sich nochmal zu mir um. »Ich bin stolz auf dich, Sven. Auf alles, was du bisher erreicht hast. Es tut mir leid, dass ich dir das nie gezeigt habe.«

Mit diesen Worten schließt sie die Tür und lässt mich mit meinen Gedanken zurück.

»Alles okay?«, frage ich Sven sanft und er nickt. Ich setze mich neben ihn und umarme ihn. Es war ganz schön viel, was er gerade von seiner Mutter erfahren hat.

»Danke, dass du bei mir bist.« Ich muss lächeln bei seinen Worten.

»Wo sollte ich sonst sein?«

»Keine Ahnung. Jede andere Frau wäre womöglich bei all dem Ballast, den ich derzeit mit mir herumschleppe, fortgelaufen.«

»Ich bin aber nicht jede Frau«, sage ich schmunzelnd und er lacht. Es scheint, als wäre ein großer Stein von seinem Herzen gefallen, jetzt, da er alles weiß und die Beweggründe von Hendrik Sorrenson kennt.

»Ein Glück.« Er küsst mich sanft und ich sinke nach hinten auf das Sofa. Mit einem Mal ist alles andere außer Sven nebensächlich. Es ist toll, dass der Dopingversuch womöglich zurückgezogen wird, doch dass zwischen Sven und mir endlich alles geklärt ist, ist tausendmal besser.

Er folgt mir auf das Sofa und kommt zwischen meinen Beinen zum Liegen. »Du bist wirklich die schönste Frau, die ich kenne«, flüstert er.

»Du bist auch nicht übel«, antworte ich und er grinst mich an.

Er beugt sich herab und küsst mich, sodass ich an nichts anderes denken kann, als an seine weichen Lippen auf meinen und seine rauen Hände, die sanft über meinen Körper fahren.

In diesem Moment wird mir klar, dass wir füreinander bestimmt sind. Es war einfach Schicksal.

Sein Blick bohrt sich in meinen und der Ausdruck darin sorgt dafür, dass ich der glücklichste Mensch auf der Welt bin. Sven liebt mich und das, obwohl uns so viele Steine in den Weg gelegt wurden.

»Ich liebe dich«, hauche ich, bevor er mich erneut küsst.

Epilog

Jane

Sechs Monate später

Leise stehe ich aus dem Bett auf und ziehe mich an. Sven liegt noch auf seiner Seite und rührt sich nicht. *Hoffentlich wacht er nicht auf,* denke ich mir und verlasse auf Zehenspitzen das Schlafzimmer.

Es ist gerade mal sechs Uhr morgens und ich konnte die ganze Nacht nicht schlafen, weshalb ich jetzt todmüde bin. Heute kommt endlich meine Überraschung für Sven an. Ich hoffe, er wird sich darüber freuen.

Es hat mich viele Nerven gekostet, es zu ermöglichen, aber für ihn würde ich alles tun. Im Flur ziehe ich mir die Schuhe an und schnappe mir eine dünne Jacke.

Als ich runterkomme, steht bereits ein Auto mit Pferdehänger vor der Tür. Ein Blick auf die Uhr sagt mir, dass er eine halbe Stunde zu früh da ist. Ein grimmig dreinblickender Mann steigt aus dem Wagen aus und kommt auf mich zu.

»Walker?«, blafft er und ich nicke. »Ich habe den Gaul, den Sie wollten.« Ich zucke bei seiner Wortwahl zusammen, sage jedoch nichts. »Wo ist mein Geld?«

Ich gebe ihm den Briefumschlag, der in meiner Jacke gesteckt hat, und er zählt nach.

Während er das Geld begutachtet, gehe ich zu dem Hänger und öffne die Laderampe. Die Stute darin sieht mich ängstlich an und wiehert aufgebracht.

»Ruhig, Flower«, murmle ich und gehe nach vorn, um sie abzuladen. Es gestaltet sich schwierig, da sie immer wieder versucht, mich zu beißen und sich zu wehren. Als sie endlich vor dem Hänger steht, wiehert sie erneut.

»Verrücktes Vieh, dieser Gaul. Keinen Schimmer, warum Sie die unbedingt haben wollten. Ich bin nur froh, dass ich es los bin«, brummt der Typ und verschließt den Hänger wieder.

»Haben Sie die Papiere?«, frage ich ihn und gehe auch diesmal nicht auf den Rest ein. Es kann ihm schlichtweg egal sein, wieso ich unbedingt dieses Pferd haben wollte.

»Hier«, knurrt er und gibt mir einen Pferdepass. »Viel Glück. Ich nehme das Vieh nicht zurück«, grummelt er noch, bevor er in sein Auto steigt und fortfährt.

Ich sehe ihm kurz nach, bevor ich mich Flower zuwende. Als ich über ihre Nüstern streicheln will, reißt sie ihren Kopf nach oben und starrt mich panisch an. Mein Herz schmerzt bei diesem Anblick, denn mir wird bewusst, dass sie in den letzten Monaten viel durchgemacht haben muss.

Mit leiser Stimme beruhige ich sie und führe sie, oder zerre sie vielmehr, in den Stall. Gestern Abend habe ich extra mit Flynn eine Box für sie hergerichtet. Als sie darin steht, stellt sie sich in die hinterste Ecke.

Ich beobachte sie einen Moment, bis ich Schritte höre. Sven kommt auf mich zu und sieht ganz verschlafen aus. »Warum bist du denn hier?«, fragt er mich und ich gehe ihm entgegen.

»Dasselbe könnte ich dich fragen.«

»Ich konnte nicht mehr schlafen, weil du neben mir gefehlt hast.« Ich lächle und stelle mich auf Zehenspitzen, um ihn zu küssen.

»Das hatte einen guten Grund. Gerade ist nämlich jemand für dich angekommen.« Sven schaut mich verwirrt an.

»Für mich?«

Ich nicke und verschränke seine Hand mit meiner. »Komm mit«, bitte ich ihn und führe ihn zu Flowers Box. Seine Augen weiten sich und seine Kinnlade klappt herunter.

»Oh mein Gott! Flower!« Ich bin froh, dass er sie trotz ihres desaströsen Zustands erkennt. Ihre Rippen stehen nämlich stark hervor, ihr Fell ist schmutzig und überall auf ihrem Körper sind Striemen und kahle

Flecken verteilt. »Wie hast du sie gefunden?«, fragt er verblüfft.

»Mit viel Glück. Hätte ich einen Tag später angerufen, wäre sie womöglich schon wieder weg gewesen.«

»Was ist nur mit ihr passiert?«, fragt er leise. Flower beobachtet uns nach wie vor scheu.

Von dem zutraulichen Pferd von früher ist nicht mehr viel übrig geblieben, denke ich mir traurig.

»Sie wurde von einem Händler zum nächsten weitergereicht. Offenbar hat man sie nicht gerade gut behandelt. Aber jetzt ist sie hier und wir können sie gesund pflegen.«

»Danke«, murmelt Sven. In seinen Augen schimmern Tränen. »Du glaubst gar nicht, wie viel es mir bedeutet, dass du sie mir zurückgeholt hast.«

»Doch, das weiß ich. Deshalb habe ich es getan.«

Er lächelt und küsst mich. Ich schlinge meine Arme um seinen Hals und genieße seine Nähe. Es wird eine Weile dauern, bis Flower wieder Vertrauen fasst, aber wir werden es schaffen.

So wie wir auch alles andere geschafft haben, denke ich mir glücklich. Immerhin wurden letzte Woche sogar die Anschuldigungen wegen Dopings gegen mich fallen gelassen und ich kann somit wieder an Turnieren teilnehmen. Und mit Svens und Flynns Hilfe werde ich es schaffen, den Ruf des Hofes wieder reinzuwaschen.

Wobei das nicht einmal das Wichtigste ist: Hauptsache, wir haben uns. Der Gedanke erfüllt mich mit tiefem Frieden und ich erwidere leidenschaftlich Svens Kuss.

Ende Band 1.

Wie geht es weiter?

Voraussichtlich im Herbst 2018 erscheint der zweite Teil meiner »Jumping Heart«-Reihe. Dieses Mal spielt ein anderes Paar die Hauptrolle. Um wen es geht? Lasst euch überraschen!

Printed in Germany
by Amazon Distribution
GmbH, Leipzig

30037829R00218